DER GOSSE-NEUNTÖTER

KÖNIGREICH ERISHUM TRILOGIE - ZWEITER BAND

GWEN DEMARCO

KAPITEL 1

ie Nacht zuvor...

Die metallische Kakophonie der sich öffnenden Gefängnistür weckte Vallen aus einem Schlummer, der ebenso unwirtlich war wie der Stein, der seine Ruhe polsterte. Als er sich mühsam vom unnachgiebigen, eisigen Boden erhob, drangen fünf Enumerii-Priester, vom sanften Morgenlicht umrissen, in das Gefängnis ein.

Als Vallen mit verschwommenem Blick umsah, näherte sich einer der Enumerii seiner Zelle und bot ihm etwas Brühe mit einem Stück trockenem, altem Brot an. Vallen, wie auch die meisten anderen Tribute, kehrte dem Essen den Rücken zu. Das war leicht zu tun, da Nyssa in der Nacht zuvor ins Gefängnis geschlichen war und jedem Mann einen ganzen Laib frisches Brot geschenkt hatte. Es war mehr, als die meisten in diesen Zellen seit langem gegessen hatten.

Nachdem Vallen die Brühe verschmäht hatte, bot ihm der weißgesichtige Priester eine Tasse Tee an. Er öffnete den Mund, um abzulehnen, aber der Mann unterbrach ihn: »Der Tee enthält eine Droge, die deine Sinne betäuben wird. Ohne ihn wirst du völlig bei Bewusstsein und wach sein, wenn die monströsen Hyvas beginnen, an dir zu fressen.«

Das Grauen dieses Bildes zwang Vallens Hand, und er nahm das Getränk an. Trotz des üblen, bitteren Geschmacks schaffte er es, jeden Tropfen aus dem Zinnbecher zu trinken. Als er an die Gitterstäbe seiner Zelle gepresst dasaß, bemerkte er, dass die anderen vier Tribute dasselbe getan hatten.

Vallen schloss die Augen, um zu Enum zu beten, als ihn etwas im Gesicht traf. Er schreckte auf und hielt sich das Auge, während Teereste über sein Gesicht tropften. Er musste nicht einmal hinsehen, um zu wissen, wer seinen Becher nach ihm geworfen hatte. Als er die anderen Opfer betrachtete, entdeckte er sofort den Schuldigen. Ein wütender, ausgemergelter Mann starrte ihn trotzig an. Vallen kannte den Namen des Mannes nicht, aber er erinnerte sich an sein Gesicht. Er hatte ihn letzten Monat verhaftet, weil er versucht hatte, Essen aus der Speisekammer des Königs zu stehlen.

Als Vallen zum ersten Mal in seine Zelle geworfen worden war, hatte der Mann ihn schnell verspottet und beschimpft. Er nahm ihm seinen Zorn nicht übel. Wenn Vallen gewusst hätte, dass der Preis für den Diebstahl von etwas Nahrung der Tod war, hätte er den Mann laufen lassen. Immerhin war es das Laufenlassen von jemandem, das ihn in seine gegenwärtige Lage gebracht hatte. Wenn er die Möglichkeit gehabt hätte, diesen Moment noch einmal zu erleben, hätte er Nyssa trotzdem entkommen lassen.

Vallen war ohnehin nicht wirklich verärgert über seine Umstände. Nicht wirklich. Er wollte nicht sterben, aber wenn das der Preis dafür war, Nyssa davor zu bewahren, in die Fänge der Neuntöter und der Enumerii zu geraten, würde er ihn gerne zahlen.

Nach nur wenigen Minuten begann das Gefängnis zu wackeln und zu schwanken, die Ränder von Vallens Blickfeld verdunkelten sich, als wären sie von wogenden Schatten verhüllt.

Seine Glieder fühlten sich schwer an, als wären sie aus geschmolzenem Blei, während sich eine angenehme Wärme in seiner Brust ausbreitete und eine gewisse Lethargie seine Sinne erfasste.

Langsam wurde die Welt verschwommen. Vallen ließ die Empfindung über sich hinwegwaschen und erlebte das Gefühl mit einer fast losgelösten Neugier. Er hatte keine Angst, denn selbst die Furcht war durch das seltsame Gebräu gedämpft worden, das durch seine Adern floss.

Mehrere Neuntöter, gekleidet in die blutrote Uniform der Garde von König Jorek, stürmten ins Gefängnis. Zwei von ihnen schlossen seine Zelle auf und zogen Vallen auf seine unsicheren Füße. Sie hielten ihn aufrecht und marschierten mit Vallen zusammen mit den restlichen Tributen nach draußen.

Grelle Sonnenstrahlen reflektierten vom Kopfsteinpflaster und ließen Vallens ohnehin schon verschwommene Sicht weiß werden. Vorübergehend geblendet, kniff er die Augen zusammen, bevor vage Formen allmählich in den Fokus rückten. Die Königsstraße entfaltete sich vor seinen Füßen, mit roten Punkten, die über den Boden verstreut waren. Zuerst dachte Vallen, er würde Blutlachen sehen, aber er erkannte schnell, dass es rote Blätter waren, die auf der Straße verstreut lagen.

Er versuchte, sich auf der Straße umzusehen und sich einen Reim auf die Szene vor ihm zu machen. Die Kälte in der Luft biss durch seine Kleidung und tief in seinen Körper. Sie durchdrang etwas von dem Nebel des Tees. Vor ihm war ein Meer aus düsteren schwarzen Roben, die an geisterhaft weißen Oberkörpern hingen. Das Rot der Narben der Priester sah in Vallens benommenem Blick wie rohe, nässende Wunden aus. Die Neuntöter standen neben den Enumerii-Priestern, ihre zeremoniellen Uniformen eine bittere Erinnerung an das, was er einst war. Die Straßen säumten die Bürger von Erishum, die Gesichter der Menge verschwammen zu einer ununterscheidbaren Masse. Sie waren für Vallens benebelte Sinne so flüchtig wie Morgendunst, ein wogendes Meer aus Schatten und Bewegung. Chaos wirbelte und nagte an den Rändern seiner Wahrnehmung – Schreie der Händler, Flüstern der Beobachter, das Rascheln von Seiten, das gedämpfte Murmeln von Gebeten. Doch durch all das stand Vallen aufrecht und fühlte sich wie ein einsames Schiff, das auf einem wilden Ozean treibt.

Eine unnatürliche Stille legte sich über die Menge, als der Große Enumerox vortrat; sein starres weißes Gesicht, maskiert mit rituellen roten Narben, wirkte streng im Morgenlicht. Er hob seine Hände, knochige Finger weit gespreizt, und begann zu intonieren, seine Stimme hallte in einem monotonen Brummen über die Menge. Vallens Fokus schwankte unbeholfen vom gelblichen Blick des Berossus zu den komplizierten Mustern, die auf die Haut des Priesters tätowiert waren, und versuchte vergeblich, die geheimnisvollen Worte zu entziffern, die aus den Lippen des Priesters strömten. Betäubt vom bitteren Tee taumelte Vallens Verstand und fing nur Echos der feierlichen Anrufung des Hohepriesters auf. Das Gebet war lang und gewunden, die Worte verschmolzen zu einem unsinnigen Summen, das Vallens Ohren jucken ließ. Als er sich kratzen wollte, packte sein Wächter seine Hand und riss sie gewaltsam zurück an seine Seite.

Das Schnappen seines zurückgerissenen Arms zerrte an Vallens Nerven, und durch seinen drogenbenebelte Geist erinnerte er sich, wer neben ihm stand. Er drehte den Kopf, seine verengten Augen ruhten auf der Gestalt von Mardan. Mardan, gekleidet in die Neuntöter-Uniform, die einst über Vallens eigenem Körper hing, trug ein Grinsen im Gesicht. Vallens Hass auf ihn loderte in seinen Augen und ging in spürbaren Wellen von ihm aus. Mardan hatte Vallen immer wegen seiner armen Herkunft verachtet. Und er hatte nie eine Gelegenheit verpasst, ihn zu untergraben, seine niedrige Herkunft zu betonen und Vallen mit hinterhältigen, unterschwelligen Beleidigungen zu verspotten.

Vallen wusste jetzt, dass Mardan ihm gefolgt war, als er Nyssa hatte entkommen lassen. Wie der kleine, kriechende Wurm, der er war, rannte Mardan sofort zurück zu ihrem Kommandanten und verriet Vallen. Der Kommandant, hocherfreut über jeden Vorwand, ihn aus ihren Reihen zu entfernen, hatte Vallen nicht einmal nach seiner Version der Geschichte gefragt. Er hatte sich vor dem nächsten Sonnenaufgang in einer Gefängniszelle wiedergefunden.

Erst jetzt wurde Vallen klar, dass es nur eine Frage der Zeit war – irgendwann hätten die Neuntöter einen Weg gefunden, ihn aus ihren Reihen zu entfernen, egal wie vorsichtig er war oder wie perfekt er sich verhielt.

Die Wut in Vallens Blick intensivierte sich; das Gefühl des Verrats und der Verachtung überwältigte ihn. Mit seinem Blick auf Mardan geheftet, tanzten ätzende Worte auf seiner Zunge, fanden aber nie ihren Weg nach draußen. Alles, was er sagte, würde als Vorwand für weitere Misshandlungen benutzt werden.

Schließlich verebbte das Gebet des Hohepriesters, und er verkündete den Beginn der Parade von Enums Tributen.

Als er grob angestoßen wurde, erkannte Vallen, dass er den Fokus verloren und den Anfang verpasst hatte. Er trat auf die Königsstraße und versuchte, nicht auf plötzlich wackligen Füßen zu stolpern. Anstatt gegen seinen berauschten Zustand anzukämpfen, umarmte Vallen den Nebel. All die Jahre, die er damit verbracht hatte, aus den Slums herauszukommen, um etwas aus seinem Leben zu machen. All dieser Ehrgeiz war umsonst gewesen; alles hatte hier in Trümmern geendet. Nur sein Tod lag vor ihm, also schien es eine gute Idee zu sein, der Taubheit nachzugeben.

Vallen verlor das Zeitgefühl. Alles, was er wahrnahm, war das sengende Licht des Vormittags, das die lange, strenge Strecke der Königsstraße badete, wo die Prozession stattfand. Die Opfertribute, aufgereiht wie eine Schnur von Gebetsperlen, schleppten sich unter den wachsamen Augen der Neuntöter und Enumerii entlang. Vallen nahm vage wahr, wie die Gruppe im königlichen Hof anhielt. Eine weitere langatmige Rede wurde gehalten, diesmal von König Jorek, bevor Mardan ihn erneut zurück in Bewegung schubste.

Ihr grimmiger Marsch wurde unterbrochen durch das leise, monotone Murmeln des Dankes aus der Menge, die die Ränder der gepflasterten Route säumte. Das gemeine Volk, eingehüllt gegen die zunehmende jahreszeitliche Kälte, schüttete Handvoll roter Blätter auf die Köpfe der verurteilten Männer.

Die surreale Landschaft verschwamm in Vallens Sicht, verzerrt und entstellt. Er stellte sich vor, dass Enum Tränen aus Blut auf seinen Kopf weinte, was ihn zusammenzucken ließ. Ein Schauder glitt sein Rückgrat hinunter und sprang in der tauben Hülle seines Körpers umher.

An den flüchtigen Fäden der Realität ziehend, versuchte er vergeblich, mit seinen desorientierten Sinnen zu argumentieren. Die Blätter waren kein Blut, sondern einfach Zeichen der Dankbarkeit, ein Symbol für Enums göttliche Gnade und den Hunger der Sterbenden Wildnis.

Also umarmte Vallen den Nebel und ergab sich dem surrealen Strudel um ihn herum. Er ließ seinen Körper im Rhythmus des Marsches schwanken, seine Beine trugen sein Gewicht mechanisch. Die roten Blätter, die auf seinen Kopf regneten, klebten an seiner Haut und tränkten ihn in imaginärem Blut. Das Meer der trauernden Gesichter, das ihn umgab, verblasste in die Dunkelheit. Er umarmte sogar das kalte Gift von Mardans Verrat. Er schloss die Augen und ließ die verworrene Dunkelheit jeden seiner Gedanken auslöschen.

Verloren im wogenden Lärm der Menge wurde Vallen aus seiner verschwommenen Träumerei gerissen, als ein seltsamer dissonanter Schrei ertönte – eine Welle der Unruhe und des Umbruchs, die ihn aus seiner Vergessenheit stieß. Er sah sich um und versuchte herauszufinden, was geschah, und war überrascht, dass die Prozession bereits fast am Haupttor angekommen war. Stunden mussten vergangen sein, ohne dass er es überhaupt bemerkt hatte.

Eine Frau löste sich aus der Menge und stürzte auf Vallen zu. Instinktiv fing er sie in seinen Armen auf. Sie klammerte sich mit überraschender Kraft an Vallen und drückte ihr Gesicht gegen seine Brust. Die Kollision hätte ihn fast von den Füßen geworfen, aber er blieb aufrecht stehen.

Sie jammerte – ein mitleiderregendes Klagen, das sich in seine benebelte Sinne bohrte. Er konnte spüren, wie sie zitterte, ihr zerbrechlicher Körper zuckte unter intensiven Schluchzern, die in keuchenden Schlucken aus ihr herausbrachen. Ihre dünnen Finger klammerten sich mit spürbarer Verzweiflung an seine Tunika, als wäre er ihr Anker zur Realität, der einzige Faden, der sie davon abhielt, in einen Abgrund der Verzweiflung zu stürzen.

Vallen blickte auf die Frau hinab, die sich fest an ihn klammerte, und versuchte, seine vom Nebel umhüllten Gedanken zu sammeln. Ein lavendelfarbener Schal, leuchtend gegen den trüben Tag, bedeckte ihren Kopf. Als Strähnen ihres schwarzen Haares unter dem Schal hervorlugten, klickte ihre Identität in seinem benebelten Gehirn – Nyssa, die Person, die ihm am meisten auf der Welt bedeutete.

Er starrte, sein Verstand rang darum, die Realität von ihr zu verarbeiten, ein wildes, aber zerbrechliches Mädchen, normalerweise voller stiller Freundlichkeit und Wärme, das mitten auf der Königsstraße an seiner Brust heulte. Ihre Anwesenheit war so erschreckend, dass Vallen sich fragte, ob er halluzinierte, ob sein Verlangen, sie ein letztes Mal zu sehen, eine Erscheinung geschaffen hatte, die nicht existierte.

Verzweiflung umschlang sein Herz wie eine Viper, als die Erkenntnis dessen, was Nyssas Kleidung bedeutete, ihn traf. Sie war in die grelle, verlockende Kleidung einer Prostituierten gehüllt. Sein Magen verkrampfte sich und Galle stieg ihm in die Kehle. Schmerz, weit stärker als jede körperliche Qual, durchschnitt ihn – seine Nyssa, in seiner Abwesenheit zu einem solchen Schicksal gezwungen. Was geschah hier? Nyssa sollte in der fröhlichen gelben Kleidung einer Bäckerlehrling sein, nicht im sanften Lavendel einer Prostituierten.

Vallen wusste tief in seinem Inneren, dass dies falsch war. Unverzeihlich falsch. Alles, was sie je tun wollte, war, Bäckerin zu sein.

Vallen rieb Nyssas Rücken, während sie schluchzte, und versuchte, sie so gut wie möglich zu trösten. Er wurde sich der Menge um sie herum bewusst, die kämpfte und auf die Straße drängte. Es sah aus wie die ersten Anzeichen eines Aufruhrs. Als Vallen spürte, wie Nyssa ein Paket in seine Tunika fallen ließ, blickte er von der Menge weg und starrte sie ungläubig an. Was auch immer der Gegenstand war, er rutschte an der Innenseite seines Hemdes hinunter und blieb am Bund seiner Hose hängen. Er spürte, wie Nyssa es anpasste und es in einer Falte seines Hemdes versteckte. Er nahm an, dass sie immer noch eng an seiner Brust gepresst war, um ihre Handlungen zu verbergen.

Nyssa lehnte sich zurück, sah auf und starrte Vallen an. Ihre Augen waren geschwollen und rot umrandet, aber sie hatte diese vertraute störrische Neigung ihres Kinns. Er starrte sie an, prägte sich ihre Züge ein, froh, diesen letzten Moment zu haben, um sie zu sehen. Als sie ihn anstarrte, ergriff sie beide seine Hände und brachte sie zwischen ihre Körper.

Er starrte zurück und versuchte, Worte zu formulieren. Er erkannte, dass er Nyssa sagen musste, wie er wirklich fühlte. Dies war seine letzte Chance; so egoistisch es auch war, er wollte, dass sie es wusste.

»Ny—«, begann Vallen, ihren Namen zu sagen, aber bevor er die Worte vollständig bilden konnte, packte Nyssa seine Wangen und zog sein Gesicht zu ihrem. Er fand sich mit ihren Lippen auf seinen wieder, die ihn zum Schweigen brachten.

Er hatte immer gehofft, dass sie dasselbe fühlte wie er, aber selbst wenn sie nur Abschied nahm, beschloss er, ihre Motive nicht zu hinterfragen. Er drängte sich näher, musste den Moment auskosten. Während sie inmitten des Chaos küssten, verwandelte sich der Lärm der Menge in ein gedämpftes Summen.

Vallen war enttäuscht, als Nyssa sich zurückzog. Sie stellte sich auf die Zehenspitzen und brachte ihren Mund nahe an sein Ohr.

»Vallen«, murmelte sie, ihre Stimme sanft, aber voller Dringlichkeit. Bevor er antworten konnte, fuhr sie fort: »Ich habe eine Karte und eines der Amulette der Priester in deinem Hemd versteckt. Das Amulett wird dich vor den Hyvas schützen. Die Karte wird dich durch die Sterbende Wildnis führen. Kuratorin Athura hat mir gezeigt, dass die Königreiche von Puzur und Hassuna jenseits der Grenzen der Sterbenden Wildnis noch existieren. Es gibt Leben und Freiheit jenseits der Grenzen von Erishum.«

Bevor er sprechen konnte, beschwor Nyssa ihn eindringlich: »Lauf, Vallen. Finde die Freiheit jenseits der Sterbenden Wildnis und schau nicht zurück.«

Sie sah aus, als wollte sie mehr sagen, aber Nyssa drückte stattdessen ihre Stirn gegen seine. Vallen konnte kaum verarbeiten, was geschah. Ein kleiner Teil von ihm dachte, er hätte Nyssa aus seiner Fantasie heraufbeschworen.

In der Entscheidung, dass es keine Rolle spielte, ob sie real war, begann Vallen zu antworten, als Mardan endlich Nyssas Anwesenheit bemerkte. Mit einem Schrei und einem Grunzen stieß er sie auseinander. »Verschwinde von hier, du Hure. Mach dich davon!«

Mardan, vor Aggression kochend, machte einen zielstrebigen Schritt auf Nyssa zu, die Faust erhoben. Vallens Herz hämmerte in seiner Brust. Angst um Nyssa floss durch seine Adern wie geschmolzenes Eisen. Ohne einen zweiten Gedanken stürzte er vor und rammte seinen Ellbogen tief in Mardans Rippenkorb. Schock verwandelte sich in Wut auf Mardans Gesicht, und er schlug Vallen. Der strafende Schlag hallte wider, als er auf seinen Kiefer traf. Der Geschmack von Blut sickerte in seinen Mund, scharf und metallisch, doch seine Augen blieben auf Nyssas fixiert.

Erleichterung, scharf und roh, durchflutete Vallen, als sie wie ein Phantom unbemerkt in der wogenden Menge verschwand. Ihre Silhouette, kaum unterscheidbar inmitten des Rauschens zorniger Stimmen und drängender Körper, verschwand schnell um eine Ecke. Sein Blick verweilte einen Herzschlag länger, bevor er in die Realität zurückgerissen wurde.

»Beweg dich, du Kanalratte!«, hallte Mardans gutturale Stimme in Vallens Ohr. Vallens Füße wurden mit einem Ruck wieder in Bewegung gesetzt. Ihre Parade setzte sich als Spektakel für das Königreich fort. Vallen konnte die Neugier der versammelten Menge spüren, aber auch ihre Angst und Trauer. Dies waren nicht die wohlhabenden und verächtlichen Eliten unter Erishums Bürgern; dies waren seine Leidensgenossen aus den Gossen – die Armen, die Verlorenen und die Hungrigen. Die sterbende Hoffnung in den Augen der Menge hinterließ einen dumpfen Stich in Vallens Herz, eine bittere Erinnerung an seine eigene Vergangenheit.

Als die Welt sich um ihn drehte, stolperte er und fing sich gerade noch rechtzeitig, um einen demütigenden Sturz zu verhindern. Er würgte die Übelkeit zurück, die seine Kehle hochstieg, sein Magen protestierte gegen das bittere Gebräu, das er freiwillig konsumiert hatte. Der Drogentee nagte an seinen Sinnen und drohte, ihm die wenige Kontrolle zu entreißen, die er über sich selbst hatte. Verzweifelt konzentrierte sich Vallen auf den Klumpen in seinem Hemd und das anhaltende Gefühl von Nyssas Kuss. Wenn sie die Wahrheit gesprochen hatte – und es gab keinen Grund, warum sie das nicht tun sollte – dann bedeutete das, dass Vallen ein Amulett hatte, um ihn vor den Hyvas zu schützen, und eine Karte, um ihn aus Erishum wegzuführen.

Das Paket in seiner Tunika war eine deutliche Erinnerung an Nyssas hektisches Flüstern. Er klammerte sich an diesen Hoffnungsschimmer und flößte ihn seiner Seele gegen die herannahende Benommenheit der Droge ein. Seine Vision tanzte mit schattenhaften Gespenstern, aber die Wärme von Nyssas Glauben trug ihn. Nyssa war seine Rettungsleine.

Die Königsstraße führte Vallen schließlich zu einem Platz direkt vor einer erhöhten Plattform, die mit dem Wappen des Königreichs geschmückt war. Ihre Pracht konnte ihren morbiden Zweck nicht verbergen. Auf der Plattform befanden sich ihre Monarchen, König Jorek, der wie der strenge Herrscher aussah, der er war. Königin Sasana saß an seiner Seite und sah aus, als wäre sie lieber woanders. Sie war bekannt für ihre Liebe zu Festen und Bällen. Das königliche Paar war umgeben von einem stillen Ring von Priestern, ihre weißen Körper und schwarzen Roben leuchteten in der schwindenden Sonne. Am Fuße der Bühne waren Vallen und die übrigen Opfer von den Neuntötern umgeben, ihre leuchtend roten Waffenröcke stachen in einer Menge von Braun- und Grautönen hervor.

Vallen unterdrückte ein Schaudern, als Mardan ihn anstieß und versuchte, ihn zu zwingen, respektvoll den Kopf zu senken, als der König sich von seinem Thron erhob. Mardan würde jedoch nicht riskieren, Aufmerksamkeit zu erregen, indem er eine Szene verursachte, also ignorierte Vallen ihn. Was kümmerte es ihn, sich vor König Jorek zu verbeugen? Was würden sie ihm antun, wenn er sich weigerte? Die schlimmste Strafe des Königreichs wartete bereits auf ihn.

Die harten Pflastersteine unter seinen Füßen waren so rau wie die Zukunft, die ihn erwartete. Aber jetzt hatte er Hoffnung – alles dank Nyssa. Vallen konnte sich nicht vorstellen, wie sie an ein Amulett gekommen sein könnte. Sie wurden so streng bewacht wie die reichsten Juwelen.

Als er stand und sich weigerte zu verbeugen, spürte er die Augen der Menge, der Priester, der Neuntöter und des Herrschers selbst auf sich ruhen, aber seine Tage des Verbeugens vor irgendjemandem waren vorbei.

Der Große Enumerox Berossus, mit seinen gelblichen Augen

und gebleichtem Antlitz, trat vor, unbeeindruckt von Vallens offenkundiger Missachtung. In seiner Hand hielt er einen gerillten Holzstab, an dessen Spitze eine Kugel aus leuchtendem rosa Stein befestigt war. Seine Hände, weiß mit großen knorrigen Knöcheln, streckten sich zum Himmel und warfen einen seltsamen, knorrigen Schatten über die Menge. Vallen hatte dieses Gebet, eine Bitte an Enum, Erishums menschliche Tribute für die Sterbende Wildnis zweimal im Jahr anzunehmen, sein ganzes Leben lang gehört, aber er hatte nie diese Perspektive gehabt, als Gegenstand des Opfers.

Vallen blendete seine Worte aus, es kümmerte ihn nicht, sie zu hören. Als Neuntöter hatte er oft genug unter Berossus' heiliger Maske gesehen, um zu wissen, dass unter der weißen Farbe ein Monster lauerte. Vallens unschuldige Scheuklappen waren in seiner ersten Woche als Neuntöter weggewischt worden. Aber bis dahin war es zu spät gewesen, um zu entkommen. Er hatte mit Zähnen und Klauen gekämpft, um ein Mitglied der Neuntöter zu werden, und sobald er beigetreten war, gab es kein Entkommen mehr.

Jetzt brodelte sein Verstand mit Strategien und Taktiken, Möglichkeiten und Plänen. Er zeichnete einen schattigen Pfad auf seiner mentalen Karte und versuchte, einen Punkt entlang der Route zum Opferhügel zu finden, wo er entkommen könnte. Vallen verwarf diesen Plan schnell und entschied, dass es besser wäre, wenn niemand wüsste, dass er entkommen war. Andernfalls würden sie wissen, dass sie nach ihm suchen müssten.

Sobald die Priester sie an ihre Opfersäulen gebunden hätten, würden sie die Tribute für tot zurücklassen. Wenn er dann entkäme, würde niemand je wissen, dass er nicht umgekommen war. Niemand würde je nach ihm suchen. Seine Fantasie lief wild mit den Bildern der Sterbenden Wildnis – dichtes Unterholz, Raubtiere mit Fangzähnen und einem Geschmack für Menschenblut – all das ein tödlicher Spießrutenlauf, durch den er bald rennen müsste. Zumindest müsste er sich keine Sorgen um die Hyvas machen; das Amulett hatte die Kraft, sie abzuwehren.

Als Berossus das Gebet beendete, skandierte die Menge in geübter Monotonie und fügte ihre automatischen, geübten Worte des Dankes an Enum hinzu.

»Danke für dein Opfer. Du wirst nicht vergessen werden«, verkündete Berossus den Tributen, was Vallen fast vor Hohn schnauben ließ.

Vallens Entschlossenheit verhärtete sich. Seine Unruhe verwandelte sich in Entschlossenheit. Er würde sein Ende nicht auf dem Opferaltar finden. Er würde nicht noch eine weitere Kanalratte sein, die in der Sterbenden Wildnis zurückgelassen wurde, ausgesondert von den gnadenlosen Eliten von Erishum.

Als die Anrufung von Berossus zu Ende ging, erhob sich der König, eine Aura von Arroganz umwehte ihn wie Parfüm über dem Lavendeldistrikt.

Ein Enumerii-Priester trat vor und trug einen Korb, der mit blutroten Blättern gefüllt war. Mit ehrfürchtiger Sorgfalt stellte er ihn vor König Joreks Füße. Jorek, mit hellen, herrischen Augen, streckte seine Hände hoch über den Korb. Auf seinen stillen Befehl hin begannen die Blätter zu zittern und zu beben, bevor sie in die Luft schwebten, ätherisch und leicht wie ein Seufzer. Mit einer Handbewegung sandte er die Blätter flatternd auf die fünf Männer herab, tanzend in der Luft, bevor sie sich auf ihren Köpfen wie Kronen aus Scharlach niederließen.

»Ihr zeigt großen Mut, Männer von Erishum«, ertönte König Joreks Stimme, ein Baritongrollen, das über die stillen Zuschauer hallte. »Euer Beitrag wird in den Herzen unseres Königreichs nicht vergessen werden. Enum wird euer höchstes Opfer ehren.« Er hob eine Hand, die Handfläche zum Himmel, als würde er einen himmlischen Eid schwören, seine Augen glänzten mit feierlichem Respekt für die Verurteilten.

Der König trat von der Kante der Bühne zurück und stellte

sich neben Berossus. »Öffnet die Tore!«, rief Jorek, seine Stimme klang herrisch und feierlich.

Sechs Neuntöter hoben die Barrikade an, und die turmhohen eisernen Tore erzitterten und stöhnten, als sie sie öffneten. Als die Tore sich öffneten, bekam Vallen seinen ersten Blick auf die düstere Wildnis der Sterbenden Wildnis. Er starrte, fast ohne zu sehen, aber unfähig wegzuschauen, in das schwarze wilde Gewirr des bösen Waldes, der von der untergehenden Sonne in wilden Details hervorgehoben wurde. Es schien nicht möglich, dass er dort drinnen mit nur einem gestohlenen Amulett und einer Karte überleben könnte.

Als Vallen zusah, schritten zwei Priester und ein Neuntöter mit Fackeln durch das Haupttor, um ihren Weg zu beleuchten.

Mardan packte Vallens Nacken. Er ignorierte den absichtlich verursachten Schmerz und ging auf ein Podium zu, zu dem Mardan ihn steuerte. Der Rest der Opfer stand in einer kurzen Reihe vor ihm. Am Podium stand ein hagerer Priester mit einer schnabelartigen Nase und einem humorlosen Blick. Auf dem Podium lag ein dickes, in schwarzes Leder gebundenes Buch aufgeschlagen.

Einer nach dem anderen traten die Verdammten an das Podium. Jeder Mann gab seinen Namen, um in die Geschichte geschrieben zu werden. Es war eine sinnlose Parade der Verdammten; niemand las je die Namen, die in das Buch geschrieben wurden. Diese Menschen wurden absichtlich vergessen und ignoriert. Vallen wollte bei dieser Charade des Kümmerns mit den Augen rollen. Nachdem jeder Name dokumentiert war, wurde dieser Mann dann durch das Haupttor und in die Sterbende Wildnis geführt.

Vallen wartete, sein Blick unverwandt, während er die traurige Prozession beobachtete. Die hauptsächlich schweigende Menge schien fern, kaum mehr als Schatten gegen das sterbende Sonnenlicht, ihr leises Gebet und Worte des Dankes ein Murmeln gegen die enorme Kakophonie seines rasenden

Herzens. Das Klappern der Rüstungen der Neuntöter, das Murmeln verzweifelter Flüstern und das gelegentliche gedämpfte Schluchzen eines Beobachters verblassten alle zur Bedeutungslosigkeit, als die Welt sich auf das Kratzen einer Feder auf Pergament verengte.

Schließlich blieb nur noch Vallen übrig. Der Priester blickte von dem Folianten auf und gab ihm einen erwartungsvollen Blick.

»Der Nächste«, krächzte der Priester, seine Stimme so trocken und öde wie das Pergament unter seiner Feder. Vallen blickte durch das Tor auf den sich entfernenden Rücken des Opfers vor ihm. Ein Mann, dessen Namen Vallen nie kennen würde. Er hatte einen Moment des Zögerns – das Bild, einen Aufruhr zu verursachen, den König und die Priester wegen ihrer Heuchelei und Korruption anzuschreien, baute einen Wirbel der Versuchung in seinem Bauch auf. Es wäre eine vorübergehende, aber süße Rebellion.

»Komm schon, Gosse-Neuntöter«, verspottete Mardan ihn leise ins Ohr und riss Vallen aus seinem Tagtraum. »Du bist an der Reihe.«

Der Priester hob seine Feder, als sein blutleerer Blick über Vallen glitt. »Name?«

Es gab eine Pause, dann einen herzstillstehenden Moment knirschender Stille. Vallen starrte den Mann an, sein Gesicht frei von Emotionen.

»Rinnstein-Neuntöter«, erklärte er.

Der Name hallte gegen die Steinmauern. Die Feder, mitten in der Luft erstarrt, fiel zurück auf die abgenutzten Seiten und befleckte sie mit einem Klecks erschrockener Tinte. Der Priester blickte zu Vallen, Verwirrung furchte seine Stirn.

»Nein, deinen Namen. Ich brauche deinen Namen.«

»Rinnstein-Neuntöter«, wiederholte Vallen. »Das ist der Name, den ich in deinem Buch haben will. Es ist schließlich meine letzte Bitte.«

Der Priester bekam einen verwirrten, leicht schuldigen Blick, bevor er leicht mit den Schultern zuckte und den gewünschten Namen auf die Seite schrieb.

Sich vom Priester abwendend, starrte Vallen durch die geöffneten Tore. Ein eisiger Wind strömte durch die Öffnung, trug in seinem Atem die Furcht und den Tod der Sterbenden Wildnis. Der Marsch zu seinem eigenen Opfer war im Begriff zu beginnen. Er hatte den langen Weg zum Hügel schon einmal zurückgelegt – als Neuntöter, nicht als Opfer.

Vallen konnte die Drogen noch immer in seinen Adern fließen spüren, die seine Gedanken trübten und seine Reflexe dämpften. Den Kiefer zusammenpressend, festigte er seinen Entschluss und zwang sich, seine Umgebung zu überblicken und einen Plan zu formulieren. Jeder seiner Muskeln spannte sich in einen Zustand der Bereitschaft, seine Sinne geschärft, Adrenalin pumpend. Das in seinem Hemd versteckte Paket fühlte sich wie ein Leuchtfeuer an, das ihn vorwärts rief. Die Sterbende Wildnis lockte, und Vallen war keineswegs abgeschreckt; er war bereit.

KAPITEL 2

Obwohl die Sonne längst verschwunden war, erleuchteten die beiden aufgehenden Monde über ihnen und die lange Reihe von Fackeln ihren Weg. Die Flammen ließen groteske Schatten tanzen und sich um die Prozession winden.

Die Sterbende Wildnis kroch näher heran, griff von den Rändern des Pfades mit Ästen wie skelettartigen Fingern aus und krallte hungrige Löcher in die Nacht. Jeder Windstoß ließ die Bäume erzittern, die knorrigen Äste raschelten in der stillen Dunkelheit wie trockenes, flüsterndes Laub.

Vallen setzte einen Fuß vor den anderen, Erschöpfung kämpfte gegen seinen Zweck an, der stetige Rhythmus jedes Schrittes wurde vom kalten Wind verschluckt. Der verschwommene Nebel der Drogen hatte begonnen sich zu lichten.

Die Realität sickerte langsam zurück, gnadenlos und ungehemmt. Er wurde sich nun der fernen Rufe von Nachtvögeln bewusst, des stechenden Geruchs feuchter Erde und des periodischen Zischens der Fackeln, die gegen Windstöße kämpften. Der Geschmack von Angst und Verzweiflung war bitter auf seinen trockenen, rissigen Lippen.

Seine Arme hingen schlaff an seinen Seiten herab, und seine Füße fühlten sich an, als wären Gewichte an sie gehängt worden, jeder Schritt drückte ihn tiefer in die Tiefen seiner Erschöpfung. Sogar Mardan hatte seine Aufregung und sein Vergnügen über Vallens Notlage irgendwo während des langen Marsches durch die Nacht verloren. Die erste Hälfte der Reise war von seinen einfältigen Spötteleien durchsetzt gewesen, aber der Neuntöter war endlich verstummt, sehr zu Vallens Erleichterung.

Er konnte kaum sagen, wie lange sie marschierten, da die Zeit stumpf schien, dünn gestreckt und in grausamen Schleifen verdreht. Die Sterbende Wildnis schien ihn von beiden Seiten der Straße anzugrinsen, jedes Rascheln des Unterholzes eine versprochene Bedrohung der Hyvas. Seine Hand wollte bei jedem eingebildeten Biest nach dem Amulett unter seinen Kleidern greifen, aber er hielt sich still. Das Päckchen, das an seiner Taille ruhte, war ein kleiner Hoffnungsschimmer gegen die drohende Furcht.

Vallen erwog, in die Wildnis zu fliehen, aber er würde seine Karte in der Dunkelheit nicht konsultieren können und stellte sich vor, dass er sich schnell verirren würde. Außerdem, mit zwei Neuntötern an seinen Seiten und den Drogen, die immer noch in seinen Adern verweilten, schätzte Vallen seine Chancen auf eine Flucht nicht als gut ein. Er musste seine Zeit abwarten. Er hatte nicht die Absicht, die Gelegenheit zu verschwenden, die Nyssas Klugheit und Tapferkeit geboten hatte. Sein Geist wirbelte, und seine Haut kribbelte; er war wach, aufmerksam und wachsam, als er zum Herzen der Sterbenden Wildnis geführt wurde, um seinem verdrehten Schicksal zu begegnen.

Als sie eine Kurve navigierten, erweiterte sich der Pfad und enthüllte den ominösen Opferhügel, der vor ihnen aufragte. Gebadet im üblen Schein umkreisender Fackeln, erhob sich der Hügel am Horizont wie eine monströse Zikkurat. Seine terrassierten, unebenen Hänge stiegen in die Leere des Nachthimmels

auf, gekrönt von fünf verlassenen Säulen, die seinen Gipfel flankierten. Jeder Pfosten war ein Zeugnis des finsteren Bundes, den
Erishum mit Enum und seinen Hyvas geschlossen hatte. Unter
dem ätherischen Schein der Zwillingsmonde sandte der Anblick
einen kalten, sich zusammenziehenden Griff, der Vallens Herz
umklammerte. Er weigerte sich zu glauben, dass Enum wirklich
billigte und verlangte, dass sein Volk geopfert und lebendig
gefressen wurde.

Ein panisches, trauerndes Heulen stieg aus der Kehle eines
der anderen Opfer auf, obwohl Vallen nicht sagen konnte,
welches es war. Die Drogen, die der Priester versprochen hatte,
sie zu betäuben, waren offensichtlich verschwunden – Beweis für
weiteren Verrat durch die Enumerii. Ein weiterer Tribut stimmte
ein, die Klagen wurden zu einer erschütternden Symphonie der
Hoffnungslosigkeit und Wut. Ihre Schreie hallten durch die grausamen, unbarmherzigen Arme der Sterbenden Wildnis. Einer der
Männer vorne begann zu schlagen und zu kämpfen, als die
Neuntöter, die ihn hielten, versuchten, ihn die in die Seite des
Hügels gehauenen Stufen hinaufzumarschieren. Die Kämpfe des
Mannes waren so groß, dass einer der Priester zurückkommen
musste, um den Neuntötern zu helfen, ihn die Stufen hinauf zu
tragen und zu ziehen.

Die Schreie der Männer stiegen in die stille Nacht auf und
durchbrachen den Mantel der Stille, der die Prozession bis zu
diesem Moment verhüllt hatte. Einige der Wachen zuckten bei
den jämmerlichen Schreien zusammen, ihre grimmen Gesichter
verloren momentan etwas von ihrer trainierten Fassung, als sie
ihre Blicke senkten. Nur Berossus blieb unbewegt, ein steinerner
Wächter inmitten des Meeres leidender Menschlichkeit.

Vallen blinzelte und starrte auf die Szene vor ihm, prägte sich
jedes Detail in sein Gedächtnis ein. Er würde die Ungerechtigkeit
niemals vergessen. Der kränkliche Schein der Fackeln an der
Spitze des Hügels zuckte, als der Wind mit ihren Flammen

spielte und Flecken ewig tanzender Schatten warf, die nur das abscheuliche Spektakel vor ihnen betonten. Sein Herz schlug schwer, und wahre Furcht ergriff ihn zum ersten Mal vollständig. Er war so beschäftigt gewesen zu planen und zu plotten, dass er sich keinen Raum für Angst gegeben hatte. Aber der Gedanke, an eine der dicken Steinsäulen gefesselt zu sterben, war zu schrecklich, um darüber nachzudenken. Ein weiteres der Opfer begann zu schreien und zu kämpfen und fügte seine Stimme dem steigenden Lärm hinzu. Der dissonante Chor aus Schluchzen und die flackernden Fackeln um den Opferhügel ließen Vallens Inneres vor surrealem Entsetzen winden.

Der Priester, der geduldig am Fuß des Hügels gewartet hatte, bedeutete ihnen, mit dem Aufstieg zu beginnen. Vallen richtete seine Schultern auf und machte den ersten Schritt, seine Würde rebellierte gegen die Idee, Widerstand zu leisten und die Stufen hinaufgeschleift zu werden.

Als er die letzte Stufe erklommen hatte, lag die ganze Sterbende Wildnis unter ihm ausgebreitet, dunkel und undurchdringlich aussehend, rollte bis zum Horizont. Bevor er die Aussicht wirklich erfassen konnte, stieß Mardan ihn grob zur einzigen leeren Säule und brummelte unter seinem Atem, dass er alles hinter sich bringen und dem eisigen Wetter entkommen wollte.

Die Spitze des Opferhügels war eine grob behauene Mesa, kahl von jeglicher Vegetation, nur mit festgestampfter Erde bedeckt. Die fünf hoch aufragenden Säulen aus altem Stein saßen in gemessener Entfernung voneinander am Rand des kreisförmigen Rands des Hügels.

Eine plötzliche Erinnerung überspülte Vallen. Es war das einzige Mal, dass er als Wache während eines Opfers zugeteilt worden war. Er erinnerte sich an die Warnung des Hauptmanns vor der Prozession, strenge Augen bohrten sich in jeden von ihnen. »Seid bereit«, hatte der alte Mann geknurrt. »Mindestens eines dieser Opfer wird versuchen zu fliehen.«

Diese Prophezeiung hatte sich als erschreckend genau erwiesen. Trotz der Vielzahl von Priestern und gut bewaffneten Wachen hatte ein Mann rücksichtslos versucht, sich aus dem Griff seiner Wache zu kämpfen, als es Zeit geworden war, ihn an seine Säule zu binden – seine erschreckten Schreie waren scharf in Vallens Gedächtnis eingeprägt. Aber sie waren bereit gewesen. Wie eine gut geölte Maschine waren ein paar Neuntöter in Aktion gesprungen. Der Mann wurde schnell und effizient gefangen; sein kühnes Gerangel wurde rücksichtslos kurz abgeschnitten.

Die Mauer harter Männer, die den Hügel umringten, ihre Gesichter mit geübter Gleichgültigkeit gezeichnet, ihre glänzenden Waffen versprachen ein schnelles Ende für jeden Fluchtversuch, hielt Vallen ab. Seine Augen flackerten von der greifenden Dunkelheit der Wildnis weg, um die stählerne Entschlossenheit seiner Entführer zu beurteilen.

Als Mardan ihn an den anderen Opfern vorbeimarschierte, beobachtete Vallen, wie die Hände der Männer gewaltsam über ihre Köpfe erhoben und mit dicken Seilen umschlungen wurden, ihre Gesichter getroffen, als jeder aufgebunden wurde. Die anderen Männer schlugen und kämpften nun, da ihre Sinne zurückgekehrt waren. Wie Vögel, die in einer Falle gefangen waren, begannen seine Mitleidenden zu winden, ihre Füße scharrten nach Halt auf dem unbarmherzigen Stein, als die Realität ihres Endes näher rückte.

Mardan stieß ihn grob zur letzten unbesetzten Steinsäule. Vallen holte tief und beruhigend Luft, als der brutale Neuntöter seine gefesselten Hände über seinen Kopf hob. Mardan zerrte an den Seilen und zog Vallen straff, bis er auf die Ballen seiner Füße stieg und prekär am Rand des Gleichgewichts taumelte. Ein grausames Grinsen verzerrte Mardans Züge.

Vallen verbarg eine schmerzhafte Grimasse, als seine Glieder sich unbeholfen über ihm streckten. Er konnte bereits die Belastung in seinen Beinen und Schultern spüren. Ein schwacher

Faden von Panik und Angst verweilte wie ein Phantom in der Grube seines Magens. Blitze des monströsen Hyva füllten seine Gedanken, das Versprechen ihres wilden Erscheinens nun eine entsetzliche, unmittelbare Realität.

Den Knoten der Angst hinunterschluckend, der seinen Mut zu erdrosseln drohte, zwang sich Vallen zu konzentrieren.

Er stellte sich vor, dass er ein Neuntöter ohne Flügel war – an die Säule gefesselt, zum Schweigen gebracht und eingesperrt. Aber Neuntöter waren intelligente, bösartige kleine Kreaturen.

Eine irrationale Flut von Wut stürmte durch Vallen. So sehr er wusste, dass es nutzlos wäre, Mardan für seine grobe Behandlung zu tadeln, wünschte sich ein Teil von ihm, gegen den kleinlichen Tyrann auszuschlagen. Aber er hielt seine Zunge; er war derjenige, der an einen Opferpfosten gefesselt war, nicht Mardan. Er konnte es sich nicht leisten, Kraft in einer nutzlosen Darstellung von Groll zu verschwenden.

Schwer atmend um den Knoten der Angst in seiner Kehle, drehte sich Vallen leicht und testete seine Fesseln. Die monumentale Aufgabe zu entkommen schien entmutigender zu werden, als er erkannte, wie gut Mardan ihn gefesselt hatte. Aber Niederlage war keine Option.

Mardan trat nahe heran, sein Atem sauer und abgestanden in Vallens Gesicht. »War es das wert? Dein Leben für eine deiner dummen, erbärmlichen Rinnstein-Ratten aufzugeben? Ich hoffe, du spürst jeden Moment deines Todes.«

Vallen grinste, aber antwortete nicht. Das schien Mardan nur weiter zu erzürnen. Ohne Warnung schlug der wütende Neuntöter Vallen und traf dieselbe bereits pochende Stelle an seinem Kiefer. Adamir zog Mardan weg. »Was machst du? Schlag ihn nicht.«

»Er hat angefangen«, erwiderte Mardan und zog ungläubige Blicke sowohl von Adamir als auch von Vallen auf sich.

»Es ist nicht ehrenhaft«, murmelte Adamir.

Vallen spottete: »Was weiß Mardan schon von Ehre? Wir

haben jahrelang neben ihm gearbeitet. Wir wissen beide, wer er wirklich ist.«

Mardan stürmte wieder auf Vallen zu mit erhobener Faust, aber Adamir schaffte es, seine Arme um ihn zu werfen und ihn mit einem gemurmelten Fluch zurückzuzerren. »Hör auf! Er ködert dich, Mardan.«

Mardan starrte, seine Wangen erröteten vor scharlachroter Wut. Er schleuderte einen Speicheklumpen zu Vallens Füßen. »Genieß deinen Abend«, höhnte er.

Mit festem Griff zerrte Adamir Mardan zu den Stufen. Mardan widerstand einen Moment, bevor er den anderen Neuntöter ihn wegziehen ließ. Er ging langsam, seine Augen bohrten Löcher in Vallen, der ihm einen flachen, unbekümmerten Blick gab.

Vallen wandte seinen Blick zur Sterbenden Wildnis. Die beiden Monde waren hoch über ihnen aufgestiegen, einer groß und silbern, der andere kleiner und gelb. Ihr bleiches Licht wusch über das Land und verschmolz mit dem kränklichen grauen Nebel, der aus den Poren der Sterbenden Wildnis zu weinen schien und die dunkle Landschaft in etwas unheimlich Schönes, aber tiefgreifend Verstörendes verwandelte. Die verdrehten Ranken korrupter Äste griffen himmelwärts, silhouettiert wie knöcherne Finger, die aus ihren irdischen Gräbern krallten. Jedes groteske Glied starrte vor knorrigen Ästen und sich windenden Ranken. Das zitternde Unterholz sah gezackt und bösartig aus, wie die gebrochenen Zähne eines alten Monsters, dessen Hunger längst durch eine heimtückische Fäulnis ersetzt worden war.

Vallen starrte unerschrocken in den verdrehten Wald und suchte nach Zeichen der Hyvas. Es dämmerte ihm, dass ganz Erishum Zeichen des Verfalls zeigte – sogar Männer, die er Brüder genannt hatte, waren in etwas Unerkennbares verwandelt worden.

Im Zentrum des Kreises der Säulen stehend, wartete der

Große Enumerox Berossus schweigend und beobachtete. Nachdem sie das letzte Opfer an seine Steinsäule gefesselt hatten, schritt der Hohepriester langsam um den Kreis herum und versicherte sich, dass jeder Mann gesichert war. Das Schwarz seiner von den Hüften herabhängenden Roben verschmolz mit der Dunkelheit, sodass sein weißer, beinloser Torso beinahe über dem Boden zu schweben schien.

Berossus hielt vor Vallen inne, prüfte sorgfältig seine Fesseln, und als Vallen dem fiebrigen, gelblichen Blick des Hohepriesters begegnete, brodelte eine Welle des Hasses in ihm auf, eiterte in der Grube seines Magens und verstopfte seine Kehle.

Ohne ein weiteres Wort wandte sich Berossus um und rief allen zu, dass es Zeit sei, nach Hause zurückzukehren. Einer der Neuntöter löschte die Fackeln eine nach der anderen aus und ließ die Tribute allein vom Schein der Monde erleuchten.

Als die Neuntöter und Priester begannen, die Stufen hinabzusteigen, konnte Vallen ihre Stimmen hören, fröhlich und unbekümmert. Er stellte sich vor, dass Adamir nicht unter den fröhlichen war, aber er war sicher, dass er Mardans lautes, ausgelassenes Lachen in der Luft widerhallen hören konnte.

In Abwesenheit einer frommen, bewundernden Menge war Berossus' spirituelle Feierlichkeit schnell erloschen, ersetzt durch eine Bröckeligkeit, die scharf zu der nachdenklichen frommen Haltung kontrastierte, die der Hohepriester typischerweise zeigte. Keine langen ausgedehnten Gebete wurden den Opfern gegeben, keine Worte der Weisheit oder des Trostes – nur kalte Gleichgültigkeit. Berossus ohne die Rüstung seiner Verstellung zu sehen, seine fromme Routine durch eine Eile zu fliehen zerbrochen zu beobachten, fühlte sich für Vallen an, als würde er das wahre Gesicht des Priesters sehen, entlarvt und aller seiner scheinheiligen Charade entkleidet.

Binnen Augenblicken fanden sich die fünf Opfer allein und kalt wieder und warteten auf der Spitze des Hügels auf die

Ankunft der Hyvas. Sie konnten gerade noch die ferne Linie der Priester und Neuntöter ausmachen, ihre Silhouetten hervorgehoben gegen den sich zurückziehenden Schein der Fackeln, die eine nach der anderen gelöscht wurden und nichts als Dunkelheit hinterließen.

KAPITEL 3

*B*asierend auf der Position der beiden Monde wusste Vallen, dass mehrere Stunden vergangen waren, seit sie auf dem Hügel zurückgelassen worden waren. Im gespenstischen Licht verlor die Zeit ihre Bedeutung, und erschöpftes Delirium hatte begonnen sich einzustellen und die Realität zu verzerren, bis Vallen nicht sicher war, was real und was seine Einbildung war.

Die beißende Kälte der Nacht hatte sich ihren Weg durch seine unzureichende Kleidung gebahnt, saugte die Wärme aus seinem Blut und durchdrang ihn mit einer fast lähmenden Kälte. Die Masken und die Prahlerei der verurteilten Männer waren schnell gefallen, und sanfte Wimmern und Schreie hatten die Luft erfüllt, bis sogar diese endlich verstummten.

Während er kämpfte, um seinen schwindenden Fokus aufrechtzuerhalten, rieb Vallen die groben Seile gegen die rauen Steine der Säule. Er hatte entdeckt, dass einer der Steine eine scharfe Kante hatte und hoffte, dass er sie nutzen konnte, um seine Fesseln durchzukauen. Er war fast dankbar, dass seine Hände taub waren, da seine Handgelenke nun roh und blutig waren.

Stunden des an den Händen Aufgehängtseins ließen Vallens Kopf vor Erschöpfung und steigendem Delirium schwimmen, sein Geist wirbelte und war unfokussiert. Sein einziger Gedanke war, weiter zu versuchen das Seil durchzuschneiden.

Ihm gegenüber war das zerlumpte Gesicht des Mannes, den er einst verhaftet hatte, mürrisch mit anklagenden Augen und feuchten Spuren wütender, verzweifelter Tränen, die auf seinen Wangen trockneten. Er starrte Vallen mit einer intensiven, bitteren Wut an, die der eisigen Luft um sie herum ebenbürtig war. Und Vallen konnte keinen Fehler in der Wut des Mannes finden; er wusste, dass er sie verdiente.

Die ohrenbetäubende Stille der Wildnis umhüllte die Opfer, als würde sie ihre Erwartung verspotten. Jedes Scharren gegen ihre Fesseln, jeder angespannte Atemzug, der in der Dunkelheit widerhallte, trug ihre vereinte Furcht und Ungewissheit zum wartenden Wald. Vallen spannte seine Sinne an und lauschte auf das erste Rascheln von Blättern oder das klickende Trällern, das die Ankunft der Hyvas signalisierte. Er konnte fast nichts über das Pochen seines eigenen Herzens und seine flachen Atemzüge hören. Minute um Minute wurde jeder Laut – sogar das Flüstern des Windes – verstärkt, geneckt und in ominöse Warnungen vor den kommenden Schrecken verzerrt.

Und doch, nichts. Die Nacht war so still und kalt wie der Tod, als hätte die einst wimmelnde Sterbende Wildnis den Atem angehalten.

Vallen ließ seine Augen wandern, angezogen wie eine Motte zu dem warmen Leuchtfeuer, das Erishum war. Er hatte das Königreich stundenlang beobachtet, während er das Seil gegen den Felsen rieb. Er hatte gestarrt, als die Reihe von Fackeln, die den Pfad nach Hause erleuchteten, sich verkürzte und eine nach der anderen verschwand, als die Priester nach Hause zurückkehrten. Jedoch konnte er Erishum immer noch am fernen Horizont sehen.

Das Königreich glühte wie ein Schwarm Glühwürmchen, die

unter einer Glaskuppel gefangen waren, seine Lichter funkelten mit einem sanften Rhythmus, leuchteten am Horizont wie eine Boje in der Dunkelheit. Vallen konnte sich das Fest vorstellen, das innerhalb der Grenzwände stattfand – Menschen tanzten, tranken und füllten die Nacht mit Lachen und guter Laune – absichtlich so tuend, als wäre nichts falsch. Das Licht war ein Zeugnis für die Grausamkeit, die sich in Erishum versteckte, strahlend in seiner Einsamkeit und Monstrosität. Der Anblick, sowohl schön als auch herzzerreißend, nährte seine Entschlossenheit zu entkommen.

Überwältigt von Erschöpfung hatte Vallen nicht einmal bemerkt, dass seine Augen sich geschlossen hatten, bis ein markerschütternder Lärm ihn aufweckte. Zuerst konnte er nicht sagen, was er hörte, aber Panik ergriff seine Kehle in einem unbarmherzigen Griff. Der Laut hallte durch die Stille, ein Schrei so roh und hässlich wie ein gehäuteter Hund. Unwillkürlich flog Vallens Blick zur Quelle des Lärms, dem Mann ihm gegenüber.

Der Mann stieß einen erschütternden Schrei aus, der Laut so durch seinen Schmerz entstellt, dass er nicht menschlich schien. Diesem Schrei folgte das entsetzliche Geräusch von knackenden und knirschenden Knochen. Vallen fand sich dabei, dem Mann zuzurufen und nach Hilfe zu rufen, von der er wusste, dass sie nicht kommen würde. Die Stimmen der anderen Opfer gesellten sich zu seiner, einige schrien vor Angst, einige beteten zu Enum, und einige weinten gebrochen.

Vallens Herz hämmerte in seiner Brust. Er wusste, dass das Amulett, das Nyssa ihm gegeben hatte, ihn vor dem Hyva schützen würde, aber es minderte seine Angst nicht. Und der Gedanke daran, die anderen Opfer in Stücke gerissen zu sehen, während er hilflos zusah, ließ seinen Magen rebellieren. Er kniff durch die Dunkelheit zu dem Mann, der unter dem Licht der Zwillingsmonde silhouettiert war. Seine Beine tretend, schüttelte und zappelte der Mann an seinen gefesselten Armen wie ein

Fisch am Haken, aber Vallen konnte das Hyva nicht sehen, das ihn angriff.

Vallen konnte sich das unsichtbare Monster beim Fressen vorstellen: wie sein verlängertes Maul knirschend und knackend durch Knochen drang, um zum Mark zu gelangen, und mit rasiermesserscharfen Krallen und Reißzähnen das Fleisch des Mannes zerriss. Sein Magen drehte sich bei dem Gedanken und drohte zu rebellieren.

Vallen strengte seine Augen an und hoffte, dass das Schicksal des Mannes nicht so grausam war, wie er es sich vorgestellt hatte, betete, dass es alles andere war als ein Mann, der lebendig gefressen wurde. Gewohnt daran, die Hyvas während Patrouillen auf den Grenzwällen zu sehen, hatte er die Kreaturen in den Tiefen der Sterbenden Wildnis viele Male gesehen. Er hatte bemerkt, dass sie immer ein trällerndes, klickendes Rufen von sich gaben, bevor sie auf ihre Beute sprangen.

Vallen hatte erwartet, dass der Warnruf eines Hyva sich ankündigen würde, bevor es angriff. Es machte die Situation irgendwie viel schrecklicher, wenn sie nicht wussten, dass die Hyvas da waren, bis sie sprangen. Vielleicht wurde der Mann von einer anderen, unbekannten Kreatur angegriffen, da der Warnschrei nie gekommen war.

Ein sanfter Strahl blassen Mondlichts schlüpfte durch den dichten Vorhang der Wolken und warf einen ätherischen Schimmer auf den kämpfenden Mann.

Die Szene, die es enthüllte, ließ Vallens Blut kälter werden als jede Kälte der Nachtluft. Nichts war in der Nähe des Mannes – kein Raubtier nagte an seinem Fleisch. Er war ganz allein, trat mit den Füßen und wand sich gegen die Säule, an die er gefesselt war. Er kämpfte gegen nichts.

Vallens Atem stockte in seiner Kehle, als er zusah, wie das einst vertraute Gesicht seines Mitopfers begann, sich in etwas Schreckliches zu verwandeln: halb Mensch, halb Monster – keine Spur von Menschlichkeit verharrte in seinem sich umfor-

menden Antlitz. Die Haut des Mannes verdunkelte sich zu blau-
schwarzen Flecken, als wäre er von tiefen Blutergüssen bedeckt
oder mit verfaulter Tinte bespritzt. Seine Beine zogen sich mit
einem widerlichen Ruck zusammen, die Muskeln verdrehten
sich und ballten sich unter seiner Haut, wodurch sein Körper
heftig zuckte. Ein entsetzliches Knacken von brechenden
Knochen ließ Vallen erbleichen und schaudern, als instinktiver
Abscheu ihn ergriff. Vallen schluckte Galle hinunter, als das Bein
des Mannes sich verformte, das Kniegelenk bog sich rückwärts
und ließ das Glied wie einen Zweig brechen. Die Schreie des
Mannes nahmen eine deutliche trällernde Note an, die Vallen bis
ins Mark erschütterte.

Vallen wich vor dem Anblick zurück und kletterte und
scharrte seinen Rücken gegen die Steinsäule hinter ihm. Er
konnte nicht wegschauen und hoffte, es sei ein grausamer Trick
des Lichts. Aber die Realität entfaltete sich gnadenlos weiter vor
seinen Augen. Die verdrehte Silhouette des Mannes war im flüs-
sigen silbernen Schein der Monde gebadet, jede entsetzliche
Verwandlung in scharfem Relief geätzt.

Plötzlich bog sich der Rücken des Mannes heftig, ein knur-
rendes Heulen riss durch die Luft und löschte jede verbleibende
Hoffnung auf sein Überleben aus. Jede schrille Note davon hallte
wider, hallte mit einer ursprünglichen Kraft nach, die zu einem
tiefen, verborgenen Teil von Vallens niedereren tierischen
Instinkten rief. Vallen wich instinktiv zurück.

Ein plötzliches Heulen von der Säule neben Vallens zog seine
Aufmerksamkeit von dem entstellten Mann ihm gegenüber weg.
Mit pochendem Herzen in seiner Brust wandte er sich dem
Wehklagen zu und traf auf das erschrockene Gesicht des Opfers,
das neben ihm gefesselt war. Der Mann war nahe genug, dass
Vallen den Schweiß auf seiner Stirn glänzen sehen konnte, seine
weit aufgerissenen Augen voller roher Angst, die Vallens eigene
widerspiegelte. Die verzweifelten, gutturalen Schreie des Mannes
schwankten zwischen kratzig menschlich und erschreckend

bestialisch klingend. Es geschah wieder; der Mann krallte an seinen Seilen, warf seinen Körper verzweifelt in wilden Krämpfen gegen den kalten, unnachgiebigen Stein, der ihn hielt, als würde er versuchen, Schrecken zu entgehen, die nur er wahrnehmen konnte.

Einer nach dem anderen begannen alle anderen Männer zu schreien und zu schlagen, nur Vallen blieb unberührt, steckte fest dabei, die Männer sich in unvorstellbarem Schmerz winden zu sehen.

Ein gutturales Knurren zog Vallens Aufmerksamkeit zurück zu dem Mann ihm gegenüber. Wo der Mann zuvor gewesen war, stand nun ein Hyva. Eine Kreatur, die selbst in den mutigsten Herzen Angst hervorrief, ein Monster aus Kinderalpträumen, starrte ihn vom anderen Ende des Opferhügels an.

Gefangen zwischen dem Schwindel des Entsetzens und Schocks hob Vallen seine Augen zu dem Monster, das nun vor ihm aufragte, das Mondlicht glänzte von den blau-schwarzen Schuppen der Kreatur ab. Es riss die letzten Seilfetzen ab, die noch an seinen oberen beiden Beinen hingen. Seine dicke, schlangenartige Form richtete sich auf, streckte seinen langen, gewundenen Körper und erhob sich auf seine Hinterbeine. Es überragte die Opfersäule. Zurück auf alle seine vielen Beine fallend, wand die Kreatur ihre Masse um die Säule, an die sie gefesselt gewesen war. Seine indigo-schwarzen Schuppen schimmerten mit einer borstigen Linie von Stacheln, die entlang seines Rückens bis zur Spitze seines langen, peitschenartigen Schwanzes verliefen. Der Kopf der Kreatur hätte aus dem Körper der furchteinflößendsten Schlange gepflückt werden können, mit einer Krone scharfer, gebogener Stacheln, die ihren Schädel umringten, die größten nach hinten über ihren Kopf gefegt, bogen sich nach unten, um ein reptilienartiges Gesicht voller dolchartiger Reißzähne zu rahmen.

Die Kreatur starrte Vallen an und blinzelte langsam mit ihren goldenen Augen. Sechs monströse Beine, dick wie uralte Baumstämme, trugen sein kolossales Gewicht, jedes endete in drei-klauigen Füßen, seine Krallen wie Sicheln – bösartig gebogen, versprachen Schmerz und Tod.

Von Schrecken gelähmt war Vallen im goldenen Blick des Hyva gefangen. Er war unfähig wegzuschauen, auch als die Kakophonie menschlicher Qual und tierischen Trällerns um den Kreis herum einen Höhepunkt erreichte. Der hungrige Blick in den Augen des Hyva ließ Vallen unfähig sich zu bewegen, ängstlich, dass er das Monster zum Angriff provozieren würde.

Ein klickendes Geräusch begann die Luft zu füllen – klick klick klick. Vallen erkannte es sofort – die kehlige Warnung eines Hyva, bereit zum Angriff. Die wachsende Kadenz und Geschwindigkeit der ominösen Klicks kündigte Vallens Tod an.

Sein Blick war auf das Monster geheftet, als sein Kehlsack sich grotesk ausdehnte und zu einer Größe anschwoll, die jede normale Kreatur als qualvoll empfinden würde. Er pulsierte rhythmisch, hielt den Takt mit den Klicks, und bei jedem Pumpen des felsbrockengroßen Sacks erhöhte sich das Klicken in der Frequenz.

Eine zähflüssige Spannung erfüllte die Luft, elektrisch und roh. Das Hyva spannte seine Muskeln und sammelte Kraft in seiner monströsen Form für das, was unweigerlich eine explosive Entladung ursprünglicher Gewalt sein würde. Es schlug die letzte erschütternde Note seines Jagdliedes an – ein trällerndes Brüllen.

Vallen wollte die Augen schließen und wünschte, er könnte sich vor dem schützen, was gleich geschehen würde. Jedoch war er von dem zum Leben erwachten Alptraum hypnotisiert. Er sah seinen Tod in den Augen des Hyva reflektiert.

Bevor Vallen auch nur einen Atemzug sammeln konnte, um zu schreien, sprang die Kreatur, angetrieben von monströsen Muskeln, ihr Schwanz undulierte hinter ihr her. Ihre rasiermes-serscharfen Krallen waren hoch erhoben, ausgestreckt und bereit, sein Fleisch zu zerreißen. Das Zusehen der auf ihn zielenden Krallen befreite endlich Vallens Stimmbänder.

Er schrie, spannte sich gegen seine Fesseln, die groben Seile bissen in seine Haut, als sein Herz einen verzweifelten Rhythmus pochte. Vallen spannte jeden Muskel seiner Arme, als er nutzlos mit den Beinen ausschlug und hoffte zurückzukämpfen.

Gerade als die Krallen des Monsters im Stoff seiner Tunika fingen, verzerrte sich seine Klaue, mitten im Schlag, zurück in eine menschliche Hand. Das Hyva kreischte vor Wut und Schmerz und fiel von Vallen weg. Sein Körper schauderte, wand sich und kreischte in einem Chor der Qual, als es sich über seine Hand beugte.

»Was in Enums Namen...« keuchte Vallen.

Das Hyva kreischte einen gutturalen, ursprünglichen Schrei direkt in Vallens Gesicht, als würde es ihn für seine Notlage verantwortlich machen. Sein monströser Körper bog sich vor Qual zurück, die menschliche Hand verzerrte und verdrehte sich heftig. Vor Vallens entsetzten Augen begann der missgebildete Anhang zu härten und sich zu schärfen und wurde wieder zu einer schwarz beschuppten Klaue.

Das Hyva, mit seinem wütenden goldenen Blick auf Vallen gerichtet, machte einen Schritt in seine Richtung, bevor es abrupt zurückzuckte. Ein gutturales Heulen brach aus der Kehle der Monstrosität hervor, das über die weiten Ausdehnungen der Sterbenden Wildnis hallte.

Als es sich abwandte, sprang ein anderes Hyva auf den Rücken der Kreatur und riss in ihr Fleisch. Die beiden Monster rollten, krallten und kreischten einander an. Vallen zog sich an seinen angespannten Armen hoch, um zu vermeiden, dass seine Beine von den kämpfenden Monstern zerquetscht wurden.

Der Schwanz eines der kämpfenden Hyva peitschte über Kopf. Mit einer unkontrollierten, wilden Kraft krachte der stachelige Schwanz in die Steinsäule, die Vallen gefangen hielt.

Der Aufprall sandte Erschütterungen durch die Säule und erschütterte ihre Grundfesten.

Vallen stieß ein gutturales Brüllen aus, als Qual über seine Seite sengte. Der Schwanz des Hyva hatte ihn, obwohl unbeabsichtigt, wie eine unnachgiebige, kolossale Keule getroffen. Die Steinsäule, bereits verwittert und uralt, war unfähig, dem monströsen Aufprall standzuhalten. Sie zitterte und taumelte, dann mit einem knochenerschütternden Knacken spaltete sie sich von ihrer Basis. Die gestapelten Steine der Säule fielen weg und zerstreuten sich die Seite des Opferhügels hinunter.

Plötzlich fand sich Vallen im freien Fall wieder. Der Opferhügel, der sich über die umgebende Gegend wie ein kolossales Monument erhob, fiel auf allen Seiten vom Gipfel ab, wo das Opferritual stattfand.

Als Vallen über den Rand stürzte, stieg die Welt in Chaos ab. Verwirrende Blitze des Himmels folgten schmerzhaften Aufprällen gegen den Boden, während Felsen um ihn herum regneten. Verdrehte Unkräuter und dorniges Gras schabten über seinen Rücken und hingen sich an seine Kleidung. Er griff blind nach allem, was seinen Abstieg verlangsamen könnte, aber alles was er greifen konnte, waren Handvoll bröckelnder Erde. Ein beißender Wind rauschte an ihm vorbei, stach in seine Augen und drohte ihm die Luft aus den Lungen zu reißen. Er stahl seine Grunzer und Schreie und warf sie weg. Schließlich rollte Vallen zu einem Stopp in einem zusammengeknüllten Haufen am Fuß des Hügels.

Hart hustend kämpfte er darum, wieder zu Atem zu kommen und keuchte in der dünnen, kalten Luft. Er kämpfte aufzustehen, das Unbehagen in seiner Brust zwang ihn wieder nach unten. Er war zu einem Halt am Fuß des Hügels gerollt und war ungeschickt zwischen dem Unterholz gelandet. Sein Körper war eine Sammlung von Blutergüssen und Kratzern. Er kämpfte gegen die Müdigkeit an, die drohte ihn unter sich zu ziehen, angetrieben von der Dringlichkeit herauszukommen, vom Hügel wegzukrab-

beln, zu überleben. Er lag im Schatten des ominösen Opfermo-
numents, die Brust hob sich bei jedem schmerzenden Atemzug,
seine Welt reduziert auf einen Dunst von Schmerz und das
unaufhörliche Bedürfnis zu atmen. Jeder seiner Instinkte schrie
ihn an zu entkommen, aber zuerst brauchte er Luft. Er erinnerte
sich daran, dass Schmerz bedeutete, dass er noch lebte. Und es
war sicherlich vorzuziehen im Vergleich zu der Säule, der er
gerade entkommen war.

Während Vallen dort erschöpft lag, starrte er den größeren
der beiden Monde an. Er ignorierte die monströsen Hyvas und
erlaubte sich einen Moment der Ruhe, lag einfach da und starrte
zu dem Himmelskörper auf. Er sprach ein Dankesgebet zu
Enum. Für den Moment war er am Leben, sein Herz pochte
einen schmerzhaften aber gewissen Rhythmus in seiner Brust.
Seine stillen Worte wurden vom Wind weggetragen.

Jeden letzten Funken seiner schwindenden Kraft sammelnd,
knirschte Vallen mit den Zähnen, als er sich auf einen Ellbogen
stützte und die Welle der Übelkeit zurückbiss, die ihn zu überwältigen drohte. Jeder Zoll seines Körpers pochte vor Schock
und Schmerz. Einen struppigen Busch als Krücke nutzend, zerrte
er sich aufrecht und nutzte einen rauen Ast des Busches, um sich
zu stützen, als er auf zitternden Beinen stand. Er stand schwan-
kend zwischen Schatten und kämpfte gegen Schwindel und den
Drang umzukippen. Über ihm hallte eine Symphonie von Wut
und Gewalt von den immer noch kämpfenden Hyvas wider, ihre
Brüllrufe erschütterten die Luft.

Vallen untersuchte sich sorgfältig und machte eine
Bestandsaufnahme seines Körpers. Sensation begann langsam
zu Vallens betäubten Händen zurückzukehren und wuchs
schnell zu einem qualvollen Brennen an. Es war eine bizarre
Kombination aus Schmerz und Erleichterung. Seine Finger
kribbelten, eine langsam anschwellende Welle stechenden
Schmerzes, die sich von den Fingerspitzen zu den Handflächen
ausbreitete. Seine Handgelenke pochten, roh und aufgescheuert

von den groben Seilen, die ihn am Opferpfahl gefesselt gehalten hatten. Der Schmerz war beständig, nagte sengend an seinem Fleisch. Seine Schultern schmerzten von der Belastung, Muskeln und Sehnen gestreckt bis zum Brechen von den Stunden des Gefesseltseins. Er knirschte mit den Zähnen gegen das Unbehagen, ballte und öffnete langsam seine steifen Finger und begrüßte die qualvolle Rückkehr seiner Kraft mit jedem feurigen Puls der Sensation.

Als der Schmerz in seinen Händen zu schwinden begann, spürte Vallen eine Feuerlinie, die seine rechte Schulter hinunterlief. Er erforschte die Verletzung mit vorsichtig tastenden Fingern und entdeckte dort eine lange, aber dankenswerterweise oberflächliche Schnittwunde. Ein scharfer Stich durchbohrte ihn, als seine Fingerspitzen die Wunde berührten, und er zischte durch die Zähne vor Schmerz. Seine einzige andere besorgniserregende Verletzung war seine linke Hüfte. Obwohl dort keine sichtbare Wunde zu sein schien, drohte sie jedes Mal, wenn er sein volles Gewicht auf das Bein setzte, unter ihm nachzugeben. Als er vom Opferhügel geschleudert worden war, erinnerte er sich daran, zuerst schwer auf diese Hüfte gefallen zu sein. Hoffentlich war es nur tiefe Blutergüsse und nichts Schlimmeres.

Sich langsam bewegend, griff Vallen vorsichtig mit einer Hand in seine zerrissene und befleckte Tunika und fühlte nach dem Gegenstand, den Nyssa dort hineingelassen hatte. Jeder Schmerzschub war eine harte Erinnerung an seine Situation, aber er beharrte, seine Fingerspitzen berührten das grobe Päckchen, das gegen seinen Gürtel geschmiegt war. Mit qualvoller Langsamkeit zog er das kleine Bündel heraus. Das Tuch entfaltend, enthüllte er ein kleines rosa Amulett, sein zarter Farbton kontrastierte scharf mit seinen vernarbten, schmutzigen Händen.

Mit einem zitternden Atem schlüpfte Vallen das zierliche Amulett über seinen Kopf, die kühle Kette glitt gegen seine Haut. Er sorgte dafür, den glänzenden rosa Stein außerhalb seines Hemdes zu lassen, wo ihn alle umherstreifenden Hyvas sofort sehen würden. Es ließ sich gegen sein Brustbein nieder, ein stiller Wächter gegen die Bestien der Sterbenden Wildnis.

Immer noch im Stoffpäckchen eingenistet war ein gefaltetes Stück Pergament, die Ränder rau und sich kräuselnd. Die ausfransenden Fäden seiner Konzentration zusammenziehend, entfaltete Vallen vorsichtig das Papier. Es war eine Karte, genau wie Nyssa gesagt hatte.

Gegen die schwache, silberne Leuchtkraft ankniffend, die durch die Wolken über ihm sickerte, strebte Vallen danach, die zu schwachen Linien der Karte zu lesen. Aber es war zu dunkel, um richtig zu lesen. Er konnte leicht die vertrauten Biegungen und Kurven des Flusses Assur sehen, aber selbst mit dem Neigen der Karte hierhin und dorthin konnte er nicht genug vom Bild ausmachen, um ihm nützlich zu sein, bis die Sonne aufging.

Der Opferhügel stach in starker Silhouette gegen die Nacht hervor und blockierte das Königreich vor Sicht. Vallen glaubte, dass Erishum auf der fernen Seite des Hügels von wo er stand situiert war. Falls er recht hatte, bedeutete das, dass der Fluss Assur irgendwo links von ihm war, aber er konnte nicht beginnen zu raten, wie weit. Vallen begann seinen langsamen Weg um die Basis der Zikkurat herum. Jedes Rascheln und Flüstern des Windes ließ sein Herz pochen, auch als seine Hände juckten und sich eine Klinge wünschten. Den Fuß der Steinstufen erreichend, die ihn vor bloßen Stunden zum Gipfel des Hügels geführt hatten, schwenkte Vallen und blickte die Länge des nun verdunkelten Pfades hinunter, der zurück nach Erishum führte. Gerade über die Wipfel der Bäume konnte er ein paar funkelnde goldene Lichter in der Ferne ausmachen. Das mussten die Fackeln sein, die die massive Grenzwand säumten.

Vallen hielt am Fuß des Hügels inne, von Zweifel und Unentschlossenheit verzehrt. Sein Puls summte in seinen Ohren. Ein wahnsinniger Krieg zwischen Angst und Entschlossenheit rollte durch seinen Geist, sehr ähnlich wie das Hyva über ihm auf der Spitze des Hügels kämpfte. Sollte er sich in die Dunkelheit wagen und unbekannte Gefahren navigieren, um den Fluss Assur zu finden und seinem Pfad aus der Sterbenden Wildnis zu folgen, oder dort bleiben, wo er war, und auf den Aufgang der Sonne warten, die seinen Weg erhellen würde? Mit dem Aufgang der Sonne riskierte er die Möglichkeit, dass einer der Enumerii früh zum Opferhügel hinauswagte. Er wusste, dass nach jedem Opfer die Priester herauskommen würden, um den Hügel von den verharrenden befleckten Seelen der Tribute zu »heiligen« und zu »reinigen«. Nun fragte er sich, was ihr wahrer Zweck war – wahrscheinlich nur sicherzustellen, dass sich alle verwandelten, wie sie sollten.

Ein plötzlicher Schauer von Kieselsteinen klapperte die Seite des Opferhügels hinunter, jeder winzige huschende Fels klang eine Warnung, die durch Vallens gespannte Nerven hallte. Er wirbelte herum, sein Blick schoss bei dem Geräusch nach oben, sein Herz pochte mit intensivierender Furcht.

Eines der furchteinflößenden Hyva schlich vom Gipfel herunter, sein geschmeidiger Körper bewegte sich mit tödlicher, kalkulierter Anmut. Für einen rohen, atemlosen Moment sperrten sich seine raubtierhaften Augen auf Vallen. Er versteifte sich und erwartete einen unmittelbaren Angriff. Es schien ihn zu betrachten, ein Grummeln in seiner Kehle verbreitete eine eisige Furcht durch Vallens Adern. Dann, den Anhänger an seinem Hals erblickend, entblößte es seine Zähne in einem Zischen und schwenkte weg. Mit einem anmutigen Sprung verschwand es in der verworrenen Wildnis der Sterbenden Wildnis und ließ Vallen in betäubter Stille mit dem Geschmack der Angst dick in seinem Mund zurück.

Als das letzte Schnappen seines Schwanzes verschwand, wusch eine Welle der Erleichterung über Vallen. Er dankte dem Wunder, das Nyssa ihm gewährt hatte, dem Amulett, das gerade seinen Wert bewiesen hatte. Er war gerettet, doch sein Geist raste. Vallen fragte sich, welches der Opfer das Hyva einst gewesen war. Er hatte keine Menschlichkeit mehr in der Bestie gespürt, nur rohen tierischen Hunger und Hass. Das Hyva war einst ein Mensch gewesen – ein Bürger von Erishum.

Vallen hatte keine Zeit gehabt, das Erlebte wirklich zu verarbeiten, aber nun in der stillen Kälte der Nacht verstand er mit erschütternder Klarheit – die Verurteilten wurden nicht den Hyva verfüttert, sie waren dazu bestimmt, zu ihnen zu werden. König Jorek besänftigte Enum und seine gefürchteten Bestien nicht, indem er sie mit seinen Bürgern fütterte. Seine Opfer waren zu einem weit finstereren Schicksal behandelt; er versorgte sie mit neuen Mitgliedern. Es war irgendwie schlimmer als gefressen zu werden: die eigene Menschlichkeit gewaltsam und schmerzhaft aus dem Körper gerissen zu bekommen, ohne Zustimmung oder Wissen. Jeder dieser Männer letzte Momente als Menschen waren mit blendender Angst, immensem Schmerz und Verwirrung erfüllt gewesen.

Vallen hob das Amulett von seiner Brust und starrte es an; unter dem blassen Mondlicht hatte der Stein seinen rosa Farbton verloren, ausgewaschen zu einem hellen Grau. Ein sanfter Atem entwich seinen Lippen, zitternd mit der erschreckenden Offenbarung, die sich in seinem Geist kräuselte. Es gab eine tiefgreifende, unbeschreibliche Traurigkeit in dem Wissen, dass der Anhänger mehr tat, als einfach die Hyvas abzulenken. Die unbarmherzige Wahrheit hallte in seinem Herzen: er war das einzige Opfer, das sich nicht in ein Monster verwandelte. Er schluckte schwer gegen die nagende Angst.

Auf das Amulett hinunterblickend, das Nyssa ihm irgendwie wundersamerweise beschafft hatte, wurde Vallen von einer weiteren starken Erkenntnis getroffen. Er konnte Nyssa nicht zurücklassen, nicht in Erishum, nicht unter König Joreks Herrschaft mit der verdrehten Realität der Bestimmungen der Tribute. Der Gedanke daran, dass sie jemals auf dem Opferhügel enden würde – gefesselt, allein und verängstigt, während ihr Körper sich zu einem schrecklichen Hyva verwandelte und wand – war unerträglich. Die bloße Vorstellung knotete seine Eingeweide zusammen und umschlang sein Herz mit eisigen Ranken. Nein, entschied er dann, stehend am Abgrund der mörderischen Wildnis. Nyssas mögliches Schicksal hallte ominös in der Stille. Er musste Erishum und der Sterbenden Wildnis entkommen, aber nicht ohne seine liebste Freundin.

Er blickte vom rosa Stein auf, ließ ihn zurück auf seine Brust fallen und starrte die wenigen Fackellichter an, die wie Nadelstiche in der Ferne flackerten.

Vallens Eingeweide verknüllten sich vor Abscheu. Er hatte genug von der Korruption des Königreichs gesehen, sogar bevor er ein Neuntöter wurde. Er verstand immer mit dem Instinkt einer Straßenratte, dass seine Welt auf Geheimnissen gebaut war, die die Luft sauerten, und Lügen, die durch die Korridore der Macht wie giftige Schlangen schlängelten. Aber niemals hatte er sich vorgestellt, dass moralischer Verfall so tief und dunkel in ihrer Gesellschaft verwurzelt war. Es war nicht nur eine Schicht Dreck auf einem ansonsten makellosen Diamanten, sondern eine Fäulnis, die zum Kern sickerte und das Herz von Erishum schwärzte. Der König, die Priester, die Neuntöter und möglicherweise mehr – alle waren in dieser Ungerechtigkeit mitschuldig. Die Tribute waren keine Opferlämmer, um einen furchteinflößenden Gott zu besänftigen, sie waren unwilliges Futter.

Vallen rang mit den Offenbarungen der Nacht. Sein Geist wirbelte in einem Sturm der Verwirrung und widerlichen Furcht. Er war unfähig, irgendeinen denkbaren Zweck hinter König Joreks grauenhaften Entscheidungen zu erkennen – warum unschuldige Seelen dazu verdammen, monströse Abscheulichkeiten zu werden, ein Fluch schlimmer als der Tod selbst? Was könnte das erreichen? Das Einzige, woran Vallen denken konnte, war etwas, was Nyssa gesagt hatte – dass es immer noch Königreiche außerhalb der Grenzen der Sterbenden Wildnis gab. Waren diese anderen Menschen immer noch eine

Bedrohung für Erishum? Ist das, wie König Jorek solche abscheu-
lichen Taten rechtfertigte?

Ein klickendes Trällern stieg in die Luft und zog Vallen aus
seinen schweifenden Gedanken. Seine Unruhe und Verwirrung
abschüttelnd, kam Vallen zu einer Entscheidung. Er ging zurück
für Nyssa. Er hatte keinen Plan oder Vorräte, aber er war ein
Rinnstein-Neuntöter – er würde es herausfinden.

Dann, trotz des Pochens seines Beins, schritt Vallen schnell
zurück in Richtung Erishum und folgte entlang des Randes des
Pfades.

KAPITEL 4

allen erreichte die Grenzwand noch vor der Morgendämmerung. Er konnte kaum glauben, dass er es geschafft hatte. Beim Durchzwängen durch das Gitter am südlichen Fallgatter hatte er die Wunde an seiner Schulter wieder aufgerissen, aber er war durchgekommen.

Der Himmel begann gerade sich zu erhellen, als Vallen endlich an einer teilweise eingestürzten Wand vorbeiglitt, die geschickt den Eingang zu Nyssas Zuhause verbarg. Dies war sein Platz gewesen, bevor er ihn Nyssa vor Jahren gezeigt hatte.

Seine einst glänzenden und gepflegten Stiefel, jetzt verschrammt und verschmutzt, verursachten ein leises Geräusch, als er das Haus betrat. Müder als je zuvor in seinem Leben hielt er direkt im Eingang zu ihrem Zimmer an. Er wusste, dass Nyssa in der Bäckerei sein würde, also konnte er sich den Tag nehmen, um zu ruhen, bevor er sie aufsuchte – es würde ohnehin niemand nach ihm suchen.

Er bückte sich tief, bereit, unter einem gefallenen Balken hindurchzuschlüpfen, der den Weg in den Hauptraum versperrte, als er ein leises Geräusch hörte. Vallen erstarrte, hielt den Atem an und lauschte aufmerksam. Es konnte nicht Nyssa sein; sie sollte sicher in ihrem Schlafsaal verstaut sein. Vielleicht hatte eine andere Rinnstein-Neuntöterin oder sogar ein echtes Nagetier bereits in ihrer Abwesenheit Wohnsitz genommen.

Er wollte nicht riskieren, von jemandem außer Nyssa gesehen zu werden, also hielt er still, obwohl die gehockte Position Qual für sein linkes Bein war. Vallen bewegte sich und versuchte, etwas Druck von seinem verletzten Bein zu nehmen, aber er verzog das Gesicht, als die Bewegung eine Diele knarren ließ. Ein leises Keuchen kam aus dem Inneren des Raumes, fast zu leise zu hören. Ein vertrautes weibliches Keuchen.

Vallen fühlte sich sicherer und richtete sich auf und machte einen einzigen Schritt in den Raum. Er konnte ein Lager in der Mitte des Raumes sehen mit einer kleinen Gestalt, die in eine zerlumpte Decke gehüllt von ihm wegblickte. Selbst unter der Decke versteckt wusste Vallen, dass es Nyssa war. Er würde sie überall erkennen.

»Nyssa«, rief Vallen leise, wollte sie nicht aus dem Schlaf schrecken.

Abrupt setzte sie sich auf, und ihre Stimme flüsterte zurück: »Vallen?«

Er konnte an dem ungläubigen Ton ihrer Stimme erkennen, dass sie niemals erwartet hatte, ihn wiederzusehen.

Nach einem Moment kroch Nyssa aus ihrer Decke und näherte sich Vallen, wie man sich einem scheuen Hund nähern würde. Bevor er irgendwelche Beruhigungen aussprechen konnte, warf sich Nyssa in seine Arme.

Vallen ignorierte das Brennen in seiner Schulter und drückte sie in einer festen Umarmung. Er biss die Zähne zusammen, um das dumpfe Pochen zu ertragen, das im Takt seines Herzens pulsierte, glücklich, den Schmerz zu ertragen, wenn es bedeutete, Nyssa in seinen Armen zu haben. Seine Augen flackerten durch den vertrauten Raum und nahmen die bizarre Ansammlung von Gegenständen wahr, die jede Oberfläche übersäten. Es gab sogar

Haufen seltsamer Gegenstände, die in jeder Ecke gestapelt waren. Was in aller Welt?

Obwohl sein Körper von Erschöpfung geplagt war und seine Muskeln nach Ruhe verlangten, fand sich Vallen von etwas weit Zwingenderen als der Pause des Schlafs belebt. Er war von etwas erfüllt, das Hoffnung glich; Hoffnung für sich selbst und für Nyssa. Sie war hier bei ihm, und zusammen würden sie einen Weg finden, Erishum für immer zu entkommen.

Plötzlich stieß sich Nyssa aus seinen Armen und starrte ihn an. Der Blick des Glücks wurde von Schock und Verwirrung, dann von Entsetzen ersetzt.

»Warte. Warum bist du hier? Du solltest gerade deinen Weg durch die Sterbende Wildnis bahnen. Hierher zurückzukommen ist...« Sie erstickte an einem Atemzug. »Es ist ein Todesurteil, Vallen!«

Er begann Nyssa zu beruhigen, aber sie fuhr fort, bevor er sprechen konnte.

»Du kannst dein Gesicht nicht zeigen. Jemand, irgendjemand, könnte dich erkennen, und dann...« Nyssa schüttelte den Kopf, ihre dunklen Locken zitterten um ihre Schultern.

Sie streckte die Hand zögernd aus, ihre Finger berührten nur den Stoff seines Ärmels, als müsse sie sicherstellen, dass er real war.

»Ich weiß, dass du stark bist, Vallen. Ich weiß, wie mutig du bist«, sagte sie, Tränen füllten ihre Augen. »Aber das... das ist zu rücksichtslos. Warum bist du nicht gerannt, wie ich dir gesagt habe?«

Vallen starrte auf Nyssa hinunter und nahm ihr süßes Gesicht in sich auf. Der ängstliche Schimmer in ihren Augen sengte in ihn hinein und brach ihm das Herz. Ohne nachzudenken streckte er die Hand aus und umhüllte ihre Hände in seinen eigenen. Ihre Finger waren eiskalt und winzig in seinem Griff. Die Ereignisse der Nacht zuvor waren noch so roh, dass er sich wie ein Boot fühlte, das in einem Sturm treiben gelassen, herumgeworfen und geschlagen wurde.

»Nyssa... Alles, was uns erzählt wurde; alles, was uns gelehrt wurde...« Er begann langsam, seine tiefe Stimme ein Grollen in dem stillen Raum. »Es ist eine Lüge. Alles davon.«

Nyssa starrte ihn an, ein Hauch von Unglauben schärfte ihren düsteren Blick. »Vallen, was sagst du? Was meinst du?«, flüsterte sie, ihre Daumen rieben gegen den zerfetzten Stoff seines Ärmels.

Vallen blickte hinunter, holte tief Luft, bevor er ihre ängstlichen Augen mit einem festen Blick traf. »Auf dem Opferhügel«, begann er, seine Stimme heiser vor Müdigkeit und dem Schreien der Nacht zuvor, »war ich an eine Säule gefesselt ohne Hoffnung auf Entkommen. Ich war nichts weiter als Köder für die Hyvas.«

Nyssa klammerte sich um ihr Leben an Vallens Hand. »Aber deshalb habe ich dir das Amulett besorgt«, würgte sie hervor, ihre Stimme nicht mehr als ein Flüstern.

»Das hast du. Und du hast mich vor einem schrecklichen Schicksal gerettet, aber nicht dem, was uns erzählt wurde«, sagte Vallen und drückte ihre Hand leicht. »Nachdem die Enumerii gegangen waren, vergingen Stunden, und die Stille war schrecklich. Wir waren alle festgefahren und warteten auf unseren Tod. Ich war noch nie so verängstigt. Ich versuchte, meine Fesseln durchzuschneiden, indem ich meine Handgelenke gegen die Felsen rieb. Dann begann der Mann mir gegenüber zu schlagen und zu schreien. Ich dachte, ich würde dabei sein mitzuerleben, wie er lebendig gefressen wird...«

Nyssa schluckte dick, ihr Griff an seinem Arm fast schmerzhaft. Vallen hob eine Hand, um sie zu beruhigen. »Aber der Mann wurde nicht von einem Hyva gefressen; er verwandelte sich in eines.«

Nyssas Augen weiteten sich, ihre Lippen öffneten sich leicht vor Schock. »Was... was meinst du?«

Vallen holte tief Luft. »Ich beobachtete, wie sich dieser Mann veränderte. Sein Körper wand und verzerrte sich vor Schmerz, seine Schreie hallten wider, sein Fleisch... veränderte und verwandelte sich. Und als die Verwandlung vollständig war... stand ein Hyva dort, wo er nur Momente zuvor gewesen war. Und dann taten die restlichen Opfer dasselbe – verwandelten sich in Hyvas«, erklärte er, seine Stimme kaum ein Flüstern.

Nyssa erbleichte.»Aber... das kann nicht sein. Die Opfer... sie sind bestimmt... sie sind bestimmt dazu...«

»Mahlzeiten für die Hyvas zu sein?«, sagte Vallen und beendete ihren Satz mit einem bitteren Lachen. »Das ist es, was uns erzählt wurde, was wir geglaubt haben. Scheint, die Wahrheit ist weit schlimmer. Sie füttern die Hyvas nicht, Nyssa; sie erschaffen sie.«

Nyssas tränenerfüllte Augen spiegelten das Entsetzen der Offenbarung wider. »Aber das bedeutet, dass alle Hyvas da draußen früher waren... und du warst...«

Vallen nickte und fühlte das Gewicht dessen, was hätte sein können, schwer auf seinen Schultern lasten. »Ich war dazu bestimmt, ein Monster zu sein, Nyssa, kein Opfer. König Jorek muss davon wissen. Wie könnte er nicht? Ich vermute, dass Berossus es auch weiß, aber ich habe keinen Beweis für beides. Ich denke, das bedeutet auch, dass König Jerwan all das absichtlich begonnen hat. Denk darüber nach – jeder behauptet, dass als Jerwan die Sterbende Wildnis erschuf, die alle anderen Königreiche auslöschte, aber du sagtest, sie existieren noch. Also warum hat Jerwan die Hyvas in der Sterbenden Wildnis erschaffen? Um die anderen Königreiche fernzuhalten? Aber ich denke auch, dass er die Sterbende Wildnis erschuf, um uns hier zu halten, gefangen. Die Hyvas sind nicht so sehr unsere Beschützer als unsere Gefängniswärter. Wie viele unserer eigenen Leute wurden in die Sterbende Wildnis geschickt, nicht als Beute... sondern als Futter?«

Seine Stimme brach, und er zog seine Hände weg und fuhr sich frustriert und wütend durch die Haare. Als Nyssa wieder nach ihm griff, blickte er sie mit Trostlosigkeit an. »Ich war dazu bestimmt, ein Monster zu sein, Nyssa, kein Opfer. Der Zweck des Rituals ist nicht, die Bestien zu besänftigen; es ist, sie zu fabrizieren. König Jorek herrscht nicht nur über die Menschen von Erishum. Er herrscht auch über die Horde der Sterbenden Wildnis. Ich weigere mich zu glauben, dass dies Enums Wille ist. Wenn es das wäre, warum uns belügen?«

Nyssa schwieg. Vallen konnte die Räder ihres Geistes sich drehen sehen, als sie daran arbeitete, seine Worte zu verarbeiten. »Wenn sie die Menschen von Erishum sind, Vallen«, murmelte sie, ihre Stimme ein atemiges Schaudern, »warum zu solch entsetzlichen Längen gehen? War es wirklich nur, um Puzur und Hassuna fernzuhalten? Ich habe Schwierigkeiten zu glauben, dass alle anderen Königreiche 'böse' waren. Es muss mehr dahinter stecken. Kuratorin Athura begann zu sagen, warum sie dachte, dass König Jerwan zu solch grauenhaften Maßnahmen greifen würde, aber Berossus kam und verhaftete sie, bevor sie fertig werden konnte.«

»Warte. Was meinst du damit, dass Kuratorin Athura verhaftet wurde?«, fragte Vallen, eine scharfe Kante in seinem Ton. Dass der Hohepriester ein Mitglied der königlichen Familie verhaftete, war mehr als kühn; es fühlte sich unglaublich an. Wenn Prinz Dastur nicht gestorben wäre, wäre Athura Königin geworden. Sie war mehr als nur ein Mitglied der königlichen Familie, sie war eine Hüterin der Geschichte und des Wissens, eine Gelehrte. Vielleicht war das es. Athura setzte sich immer für Bildung ein, für das Teilen von Wissen sogar mit den ärmsten Bürgern – ein gefährliches Ideal für einen König, der von der Unwissenheit der Menschen gedieh.

Nyssa schluckte, ihre Augen hielten einen heimgesuchten Blick. »In der Nacht, als ich dich im Gefängnis besuchte...«, begann sie. »Ich ging danach zur Kuratorin. Ein paar Tage zuvor hatte ich ein seltsames Gerät im Schlamm gefunden. Es war ein Musikinstrument namens Signalhorn. Als Berossus das Signalhorn sah, nahm er es. Nachdem er gegangen war, bat Athura mich, mehr Gegenstände zu finden. Sie sagte, es sei vital, dass ich zurückbringe, was immer ich finden könnte. Als ich zum Fluss zurückkehrte, sah ich eine große Bestie im Gestrüpp außerhalb der Grenzwand verfangen. Ich schlich mich heraus und ergriff einige Taschen, die an das tote Tier geschnallt waren. Was ich fand, waren Reisetaschen voller Briefe. Sie sagte, es sei der Beweis, den sie brauchte, dass Puzur und Hassuna noch existierten. Sie bat mich, auf eine Suche zu diesen anderen Königreichen zu gehen und um Hilfe zu bitten. Ich sagte nein. Sie war so wütend und enttäuscht von mir, aber sie bezahlte mich für die Taschen. So konnte ich mir meine Gebühr leisten, um Bäckerin zu werden. Du hast mich in jener Nacht gesehen, nachdem ich die Kuratorin verlassen hatte – deshalb wurdest du verhaftet.«

Nyssa starrte zu ihren Füßen hinunter, beschämt.

»Hör zu, Nyssa, dass ich verhaftet wurde, war nicht deine Schuld«, sagte Vallen, seine Stimme ernst und intensiv. »Ich wählte, dich gehen zu lassen und würde dasselbe hundert Mal wieder tun. Und du hast nichts falsch gemacht, als du Athura abgewählt hast. Ihre Bitte war rücksichtslos und viel zu riskant, sogar für eine gerechte Sache. Und sie hätte es besser wissen sollen, als dich in das hineinzuziehen. Auch... wenn du darüber nachdenkst, wenn du gegangen wärst, als sie gefragt hatte, wärst du nicht da gewesen, um mich zu retten.« Das schien Nyssa wieder aufzumuntern, also fragte Vallen: »Was geschah als Nächstes?«

»Als ich hörte, dass du verhaftet worden warst, ging ich nach dem Besuch bei dir im Gefängnis zum Museum. Ich log die Kuratorin an und sagte ihr, ich würde ihre Suche aufnehmen. Sie gab mir das Amulett und die Karte, um mich durch die Sterbende Wildnis zu bringen. Sobald ich sie hatte, war ich gerade dabei zu gehen, als wir ein Geräusch hörten. Und—« Nyssa schluckte.

»Und was geschah dann?«, fragte Vallen und gab ihr ein ermutigendes Nicken.

»Nun, Athura ließ mich mich verstecken. Dann, plötzlich, wurden die Türen zum Museum aufgeworfen«, fuhr sie fort und umklammerte ihre Hände nervös. »Berossus stürmte herein mit einigen anderen Priestern und Neuntötern. Er sagte, er verhaftete sie, weil er Zeugen gefunden hatte, die die weibliche Schlammlerche gesehen hatten, die in die Sterbende Wildnis hinausgegangen war und mit ihr 'verkehrte'. Und er sagte, dass alle Gegenstände, die sie in ihren Gemächern versteckt hatte, genug seien, um sie wegen Verrats zu verhaften.«

Vallen blickte umher und nahm die Hügel gealterter Pergamente, staubiger Bücher und seltsam aussehender Artefakte wahr, die Nyssas bescheidene Behausung überfüllten. Seine Brauen furchten sich vor Verwirrung, als er fragte: »Und was ist all das, Nyssa?«

Sie zuckte leicht zusammen, als wäre sie überrascht erwischt worden, dann richtete sie sich auf und straffte ihre Schultern. »Es ist Athuras Sammlung. Zumindest was ich davon retten konnte.«

»Retten?«, echote Vallen, seine Hand streckte sich aus, um einen Finger entlang des Rückens eines besonders abgenutzten Buches zu ziehen. »Was meinst du?«

Nyssa holte zitternd Luft, ihr Blick verankerte sich auf Vallen. Ihre hellen Augen verrieten den Sturm von Emotionen, der unter ihrer ruhigen Außenseite brodelte.

Nyssas Stimme war verblasst, bis sie kaum hörbar war. »Nachdem die Kuratorin weggeführt worden war, kündigte Berossus an, sie würden heute zurückkommen, um all ihre Sachen zu zerstören. Also, nachdem sie gegangen waren, brachte ich so viel wie möglich hierher, um es zu verstecken. Ich weiß nicht warum, aber ich konnte nicht zulassen, dass sie alles demolieren.

»Berossus«, sie spie seinen Namen aus und schockierte Vallen. Er hatte sie nie mit solchem Gift in ihrer normalerweise süßen Stimme gehört. »Er plante, die Sammlung der Kuratorin unter dem Vorwand zu konfiszieren und zu zerstören, verräterische 'unreine' Gegenstände zu säubern. Aber jetzt wissen wir seinen wahren Plan – Athura für immer zum Schweigen zu bringen, jeden Beweis loszuwerden, der Jerwan oder Jorek verurteilen könnte.«

Vallens Augen weiteten sich, als er das schiere Volumen der Sammlung um ihn herum überflog, seine Stimme von Ehrfurcht gefärbt: »Nyssa, das... wie hast du es geschafft, so viel zu retten?«

Mit einem müden aber stolzen Lächeln gab sie zu: »Ich verbrachte fast die ganze Nacht damit, alles zu tragen, jedes Stück vom Museum hierher.«

Vallen starrte sie nur einen Moment an, Bewunderung kämpfte mit Sorge. Schließlich nickte er. »Nyssa, ich bin beeindruckt, wirklich. Aber ich kann nicht umhin mich zu fragen, ob es wirklich das Risiko für dein Leben wert war. Wenn du beim Retten all dieser Relikte erwischt worden wärst, kann ich mir nur vorstellen, was mit dir passiert wäre.«

Nyssa zuckte unbekümmert mit den Schultern und blickte mit glücklichen Augen zu den taumelnden Haufen durcheinandergewürfelter Gegenstände. »Wir beide gingen Risiken ein. Ich rettete die Sachen der Kuratorin, und du kamst zurück.« Sie hörte auf zu sprechen und bekam einen besorgten Blick auf ihr Gesicht. »Apropos, was wirst du jetzt tun? Du hast mich vor der wahren Natur der Hyvas gewarnt, aber was passiert als Nächstes? Du kannst nicht in Erishum bleiben, und ich bin unsicher, ob es etwas bringen wird, allen die Wahrheit über die Opfer zu erzählen.«

»Nyssa«, begann Vallen langsam, ein Kloß in seiner Kehle, »ich möchte, dass du mit mir gehst. Komm zu einem der anderen Königreiche. Wir könnten die Mission der Kuratorin vollenden. Oder wir könnten einfach gehen; ein neues Leben zusammen beginnen.«

Sie blickte weg, überrascht von der plötzlichen Bitte, sah beunruhigt und verstört aus. Ihr Blick glitt langsam über ihre gestohlenen Schätze. »Mit dir kommen?«, wiederholte sie schließlich.

»Ja, wir könnten von neuem beginnen, weit weg von diesem korrupten Ort.«

Sie blickte ihn an, verwirrt und verstört. Vallen konnte nicht verstehen, warum sie zögerte.

»Vallen«, atmete sie aus, streng aber zitternd, »alles was ich je wollte war, Bäckerin zu sein. Ich habe endlich alles, wonach ich mich je gesehnt habe – wofür ich so hart gearbeitet habe. Und du willst, dass ich all das für eine unbekannte Zukunft aufgebe?«

Vallen zögerte, sein intensiver Blick schwankte. Er beobachtete Nyssa; ihre Entschlossenheit lag nackt vor ihm in dem dämmrigen Raum.

»Ich möchte, dass du mit mir kommst, Nyssa«, sagte er, das Flehen in seiner Stimme deutlich. »Wir könnten diesen Ort verlassen.«

Seine Worte hingen schwer im Raum. Nyssa starrte ihn einen Moment länger an, bevor sie ihre eigenen Ängste äußerte. »Vallen, was ist, wenn diese anderen Königreiche nicht so sind, wie wir uns vorstellen? Was ist, wenn sie gefährlich sind? Was ist, wenn sie so böse sind, wie König Jorek sagt?«

Würden sie einer Gefahr entkommen, nur um in eine andere zu stürzen? Vallen wusste nicht, wie er Nyssa überzeugen sollte, das Sichere und Vertraute zu verlassen. Er war immer so gefasst, aber jetzt fühlte er sich fragmentiert und verloren. Zu viele schreckliche Dinge waren so schnell passiert, dass er nicht wusste, wie er seine zerrissenen Emotionen sammeln und das Argument zusammensetzen sollte, das Nyssa überzeugen würde. »Es ist das Risiko wert. Hier zu bleiben, innerhalb der Grenzwände gefangen, während die Bevölkerung immer weiter wächst und die Vorräte zur Neige gehen. Es ist ein langsamer Tod, Nyssa. Es wird schlimmer werden. Und denk an diesen Frühling, wenn sie wieder fünf Leute zum Opfern herausmarschieren. Bist du damit einverstanden zuzusehen, wie das passiert, ihre wahren Schicksale kennend?«

Nyssas Augen blitzten vor Wut und verbargen Verlegenheit und Angst. Vallen erkannte seinen Fehler; sie zu beschämen würde seiner Sache nicht helfen, sie nur wegstoßen.

»Nyssa«, sagte er sanft, seine Stimme kaum über einem Flüstern, seine Hände zitternd, »sie durchkämmen Erishum, jeden Winkel und jede Ritze: die Neuntöter, die Priester, wahrscheinlich sogar die örtlichen Schläger. Berossus hat sie alle auf die Jagd nach einer weiblichen Schlammlerche geschickt. Es wird noch schlimmer werden, wenn die Priester entdecken, dass jemand Sachen aus dem Haus der Kuratorin gestohlen hat.«

»Nun dann, es ist eine gute Sache, dass ich keine Schlammlerche mehr bin«, antwortete Nyssa trotzig, ihre Stimme stetig aber sanft, spiegelte Vallens wider.

Es gab einen Moment der Stille, schwer und ominös zwischen ihnen hängend. Vallen erkannte dann, dass er Nyssa nicht weiter drängen konnte. Sie musste aus eigenem Willen mit ihm kommen. Er weigerte sich, sie zu schikanieren, sich ihm anzuschließen. Dieser Weg führte zu Groll und Bitterkeit.

Vallen blickte auf Nyssa; ein Verständnis verweilte dort, roh, unausgesprochen und zärtlich. »Ich verstehe, Nyssa. Es ist in Ordnung. Ich werde dich nicht zwingen. Du verdienst ein wundervolles Leben zu haben. Ich weiß, wie hart du gearbeitet hast, und ich bin stolz auf dich.«

Er trat näher und nahm ihre Hände wieder in seine. »Aber versprich mir das. Denk darüber nach, mit mir zu kommen – denk ernsthaft darüber nach. Bitte weise es nicht ab, weil es gefährlich scheint oder deine geplante Zukunft stört. Die Zukunft folgt niemals dem Pfad, den wir glauben. Denk an den Preis, den wir hier in Erishum zahlen. Welche Wahl du auch triffst, ich werde sie respektieren.«

Ihre Augen, sich mit ungeweinten Tränen füllend, trafen seine. Sie biss auf ihre Lippe und nickte, als sie über seine Worte nachdachte. Spannung löste sich von ihren Schultern, eine sichtbare Veränderung, die ihre Erleichterung, ihre Dankbarkeit offenbarte. Sie murmelte: »Ich muss heute früh in der Bäckerei sein. Ich musste gestern freinehmen. Ich hätte schon längst Teig kneten sollen.«

Vallen nickte. »Und ich muss mich auf meine Reise vorbereiten. Ins Unbekannte zu gehen, ins Herz der Sterbenden Wildnis.«

Nyssa begann zu nicken, aber dann zuckte sie zusammen. Sie ließ Vallens Hände los und schritt zu einer teilweise bröckelnden Wand hinüber und wühlte einen Moment in einem Loch herum, bevor sie eine schwere Tasche herauszog. Sie wandte sich zurück zu Vallen und hielt den Sack heraus. »Hier«, sagte sie, ihre Stimme sanft aber erfreut, »nimm das. Kuratorin Athura packte das für mich, als sie dachte, ich würde auf ihre Suche nach Puzur gehen. Sie schrieb einige Briefe an die verschiedenen Königreiche und packte Reiserationen. Es... es könnte dir helfen.« Sie zögerte, dann drückte sie die Tasche fest in seine Hände.

Sie standen da, in der Zeit aufgehängt, jeder sah aus, als hätten sie etwas, was sie sagen wollten. Dann, mit einem Seufzer, griff Nyssa nach ihrem alten Umhang.

»Nimm das auch.« Nyssa hielt ihn heraus, das abgenutzte Material ein Zeugnis für die zahllosen Tage, die sie überlebend innerhalb der Wände von Erishum verbracht hatte.

»Nyssa, das ist dein Umhang...«

»Sei nicht albern, Vallen.« Nyssa schnitt ihn ab und faltete seine Finger über den zerfetzten Stoff. »Es ist nicht viel, aber es könnte helfen, deine Identität zu verbergen. Wie wirst du irgendwelche Vorräte bekommen? Du hast kein Geld, und ich habe gestern all meine Münzen aufgebraucht.«

»Ich bin mir noch nicht sicher. Ich kann nicht riskieren, zu den Kasernen zurückzugehen. Und selbst wenn ich es täte, garantiere ich, dass bereits alles genommen und unter den Neuntötern umverteilt wurde. Ich bin auf der Straße aufgewachsen, also könnte ich wahrscheinlich einfach stehlen, was ich brauche.«

Nyssa blickte zu den taumelnden Haufen von Artefakten mit einem nachdenklichen Blick. »Wir könnten ein paar Gegenstände auswählen, die nicht wichtig sind, und sie verkaufen. Ich bin sicher, die Kuratorin hätte nichts dagegen, da es ihrer Suche helfen wird.«

Vallen gab den Haufen einen bedenklichen Blick, bevor er mit dem Kopf nickte.

»Wir können das tun, falls ich unfähig bin zu sammeln, was ich brauche. Triff mich hier nach deinem Arbeitstag in der Bäckerei wieder, auch wenn du entscheidest, in Erishum zu bleiben. Ich möchte mich richtig verabschieden.«

Sie nickte und gab ihm ein kleines Lächeln – eine bittersüße Sache voller Erinnerungen an geteiltes Lachen, geflickte Kratzer, Stunden beim Durchkämmen des Schlamms und unausgesprochene Träume.

Bevor sie das Haus verließen, half Nyssa Vallen, die Wunde an seiner Schulter zu behandeln. Dankenswerterweise sah es so aus, als würde sie gut heilen.

Auf die Straße hinausschlüpfend, schlenderten sie lässig die hauptsächlich leeren Kopfsteinpflasterstraßen entlang. Vallen war in ihren geliehenen Umhang gehüllt und verbarg sorgfältig sein Gesicht.

KAPITEL 5

$\mathcal{N}$yssa und Vallen fanden sich an einem Knotenpunkt wieder, wo sich ihre Wege trennen würden, einer führte zu unbekannten Risiken und der andere zu vertrautem Komfort. Auf einer Seite war der geschäftige Markt, bereits voller Leben mit Hausierern, Feilschern und Dieben. Der andere führte zur Bäckerei, wo Nyssa unter den wachsamen Augen von Frau Kayseri schuften würde.

Als sie sich darauf vorbereiteten, getrennte Wege zu gehen und versprachen, sich bald wiederzusehen, wurden ihre Murmeln durch ein Ansteigen von Stimmen und eine Welle in der Menge unterbrochen, die ankündigte, dass etwas Interessantes sich näherte. Nyssa und Vallen huschten zurück und sorgten dafür, unbemerkt zu bleiben.

Einen Blick auf die blutroten Tuniken einiger Neuntöter erhaschend, die in den Marktplatz marschierten, verstand Vallen Nyssas Panik. Falls irgendeiner seiner ehemaligen »Freunde« ihn erblickte, würde er ins Gefängnis geworfen und unter Verhör gestellt werden, bevor er auch nur einen Protest formen könnte.

Die drei Neuntöter hatten jemanden in ihrer Obhut. Vallen war dabei, sich von dem Spektakel abzuwenden, als Nyssas scharfer, beunruhigter Atemzug ihn dazu brachte, einen besseren Blick zu versuchen. In der Mitte der Neuntöter erkannte Vallen Tarric, einen alten Freund und ebenfalls Schlammlerche, als er vorbeimarschiert wurde. In der Umklammerung der imposanten Neuntöter gefangen, sah Tarric verängstigt aus; seine gesenkten Schultern und eingesunkenen Augen waren wie die eines einge- schüchterten Tieres, das seinem unvermeidlichen Verhängnis gegenübersteht. Ein Enumerii-Priester, geschmückt in den dunklen Roben seines Ordens, folgte in ihrem Kielwasser, seine skelettartige Gestalt warf einen finsteren Schatten, der weit größer schien als sein magerer Rahmen.

Vallens Herz brach für Tarric, weil er besser als fast jeder andere wusste, was ihn in der Obhut der Priester und Neuntöter erwartete. Nyssa machte ein Geräusch wie ein verwundetes Tier. Sie wandte sich schnell an eine ältere Frau, die ihre morgendli- chen Pflichten unterbrochen hatte, um die Prozession anzugaf- fen. Ihr Haar war so grau wie Winterfrost, und ihre Schultern waren vom Alter gebeugt, aber ihre Augen waren so scharf und klar wie ein Frühlingsmorgen.

»Was passiert hier?«, fragte Nyssa sie, ihre Stimme atemlos und ihre Augen weit vor Sorge.

Die Frau machte das Zeichen für Enums Schutz, ihr faltiges Gesicht von Sorge gezeichnet. »Die Neuntöter... sie treiben alle Schlammlerchen zusammen«, antwortete sie, ihre Worte sandten einen Schauer über Vallens Rückgrat. »Sie haben die Tätigkeit der Schlammlerchen für illegal erklärt. Enum weiß, was sie diesen armen Straßenkindern antun werden. Ich kann mir nicht vorstellen, warum sie sich plötzlich um Kinder sorgen, die im Schlamm wühlen.«

Nyssa tauschte einen angespannten Blick mit Vallen aus. Berossus musste bereits den Zustand der geleerten Gemächer der Kuratorin gefunden und es mit der Person verbunden haben, die als Schlammlerche arbeitete und mit der Athura zusammen- gearbeitet hatte.

Bevor die letzten Echos des Marschrhythmus der Neuntöter im Lärm des Marktplatzes verblassten, ergriff Vallen Nyssa an der Schulter und zog sie schnell in eine schmale Gasse außer Sicht. Sie schlüpften an einem alten Mann vorbei, der in einem Türeingang schlief, tiefer in das Labyrinth von Erishums Unterwelt, bis der Lärm vom zentralen Marktplatz nur noch ein Flüstern war.

Er hielt in einer schattigen Nische an, wo die Morgensonne kaum eindrang, tupfte die Kopfsteinpflaster mit Flecken von Licht und Schatten und wandte sich zu Nyssa. Sein Gesicht war ernst, tiefe Falten furchten seine Stirn vor Sorge. Er hielt ihre Schultern fest und sorgte dafür, dass sie seinem Blick begegnete.

»Nyssa, die Neuntöter werden dich finden, auch wenn du keine Schlammlerche mehr bist. Es ist nur noch eine Frage der Zeit«, sagte er, seine Stimme ein heiseres Flüstern. »Wenn sie Tarric in ihrer Obhut haben...« Er hasste es, das zu sagen; er wollte nicht, dass sie weniger von ihm hielt. »Tarric... er weiß von dir. Und wenn man ihnen genug Zeit gibt, werden sie ihn zum Reden bringen.«

Nyssa öffnete den Mund zum Protest, aber Vallen brachte sie mit einem feierlichen Blick zum Schweigen.

»Die Neuntöter und Priester, sie haben Wege, Nyssa«, fuhr er fort und versuchte zu verhindern, dass die Erinnerungen aufstiegen und ihn überschwemmten. »Wenn sie mit ihm durch sind, wird er ihnen seine dunkelsten Geheimnisse erzählen. Er wird ihnen alles erzählen, was sie wissen wollen.«

In der unheimlichen Stille, die folgte, nur unterbrochen vom fernen Läuten der Morgenglocke des Königreichs, fielen Nyssas Schultern in einer Geste der Niederlage, als die harte Realität ihr dämmerte. Vallens Herz verkrampfte sich bei dem Anblick; dies war die Bestätigung, dass seine Warnung durch ihren hartnäckigen Glauben an eine bessere Welt gesickert war.

»E-es tut mir leid, Nyssa«, murmelte er. Seine raue Hand, die immer noch leicht auf ihrer Schulter ruhte, verstärkte sich – es war eine Entschuldigung und ein Versuch des Trostes. Er sah hilflos zu, wie das Licht in ihren Augen, das normalerweise vor Träumen und Hoffnungen funkelte, erlosch. Er fühlte sich, als hätte er persönlich hineingegriffen und die Flamme ausgeknipst.

Überwältigt brach Nyssas Fassade, und Tränen stürzten über ihre Wangen. Sanfte Schluchzer entfuhren ihren Lippen, als sie ein qualvolles Mantra wiederholte, Worte, die sich wie Ketten um Vallens Herz legten. »Ich kann nicht bleiben...«, flüsterte sie, ihre Stimme gebrochen und zerbrechlich. »Ich kann nicht hier bleiben...«

Er hielt ihren kleinen Rahmen so fest wie möglich und ertrug ein herzzerreißendes Wimmern. Sie erinnerte ihn an ein Vögelchen in der Falle.

»Gibt es etwas, was wir für Tarric tun können?«, fragte Nyssa schließlich, als ihre Tränen zu schwinden begannen. Vallen erschauderte bei der Hoffnung, die durch ihre Worte zog.

Er holte tief Luft und schluckte den Kloß in seiner Kehle hinunter. »Tarric ist jetzt außerhalb unserer Reichweite, Nyssa. Er ist wahrscheinlich tief in der Weihestätte, umgeben von Dutzenden von Neuntötern und Priestern.« Seine Stimme war von Bedauern durchdrungen. Diese Worte landeten schwer und ließen Nyssa erschaudern. Er rang mit seiner Schuld und fühlte sich, als hätte er ihren Freund im Stich gelassen. »Es gibt nichts, was wir für Tarric tun könnten, was nicht uns beide gefährden würde.«

»Aber... was sollen wir tun?«, flehte Nyssa und versuchte Trost, Antworten, irgendetwas zu finden.

»Wir bereiten uns vor«, sagte Vallen düster. »Wir müssen ein paar Vorräte vom Marktplatz sammeln. Dann ziehen wir uns in dein Zuhause zurück. Und dort werden wir unseren nächsten Zug planen.«

Der bittere Geschmack der Verzweiflung verweilte noch, aber es gab einen neuen Funken in Nyssas Augen. Es war genau dieser hartnäckige Geist, der ihn vor Jahren zu ihr in den schlammbeladenen Straßen ihrer Kindheit hingezogen hatte; es war ein Funke, der sich weigerte zu sterben, egal wie überwältigend die Dunkelheit war. Vallen streckte die Hand aus und wischte ihre Tränen mit einem rauen Daumen weg. Er legte ein unausgesprochenes Gelübde ab, zwischen Nyssa und dem schnell nahenden Sturm zu stehen.

KAPITEL 6

Sich durch die schmalen Gassen von Erishum stehlend, bewegten sich Nyssa und Vallen wie Schatten im Einklang miteinander, genau wie in alten Zeiten. Dankenswerterweise hatte das Pochen in seiner Hüfte sich zu nur einem dumpfen Schmerz reduziert. Mehrere Stunden waren seit ihrer ernsten Diskussion vergangen, in welcher Zeit die beiden sich damit beschäftigt hatten, Vorräte für die bevorstehende Reise zu sammeln. Die Verzweiflung war für einen Moment verdrängt worden, ersetzt durch die Begeisterung ihrer früheren Kameradschaft. Das Stehlen von Kleidung, Brotlaiben, Gläsern mit Nüssen, Beuteln mit getrocknetem Fleisch, einem zusätzlichen Schlauch für Wasser – jede Erwerbung war ein Tanz zwischen ihnen. Nyssas sanft gesprochenes Auftreten war perfekt, um die Aufmerksamkeit ahnungsloser Verkäufer zu locken, während Vallens flinke Finger nahmen, was sie brauchten. Nyssa kehrte ohne Beschwerde zu ihren alten Wegen zurück, obwohl Vallen wusste, dass sie sich immer nach einem Leben ehrlichen Verdiensts gesehnt hatte. Ihre tapfere Gelassenheit angesichts der massiven Veränderung ihrer Umstände ließ Vallens Herz zupfen; ihre Widerstandsfähigkeit und ihr unbezwingbarer

Geist waren ein großer Teil dessen, was sie so besonders machte.

Als sie zwischen halb ruinierten Mietskasernen und stillen Türeingängen webten und den Marktplatz hinter sich ließen, wandte sich ihr Gespräch der noch anstehenden Angelegenheit zu. Vallen brach die Stille, seine Stimme sank tiefer, besorgt. »Wir haben nur das eine Amulett, Nyssa. In der Sterbenden Wildnis... wir können nicht das Risiko eingehen zu hoffen, dass ein Amulett uns beide schützen wird.«

Nyssa, ihre Gesichtszüge im Schatten unter ihrer Kapuze, blickte ihn an, ihre Augen voller Entschlossenheit und Sorge. »Wir können es nicht teilen, oder?«, fragte sie und zeigte auf die Stelle, wo der Anhänger unter Vallens Tunika versteckt war.

Er schüttelte den Kopf, seine Lippen spitzten sich an den Ecken. »Es ist zu riskant. Wir wissen nicht, wie es funktioniert. Wir brauchen noch eines. Ich nehme nicht an, dass die Kuratorin ein anderes hatte?«

Ihre Schritte hallten von den Steinwänden wider, als sie sich beeilten, zu Nyssas Zuhause zurückzukehren. Vallen konnte ihre Sorge in die Kälte um sie herum sickern spüren. Ohne ein Wort nahm er ihre kleine Hand in seine und gab einen beruhigenden Druck.

»Dann müssen wir ein anderes Amulett finden, Val«, sagte sie und verstärkte ihren Griff um seine Finger. »Es spielt keine Rolle wie oder wo. Wir werden einen Weg finden, die Sterbende Wildnis zu überleben und uns davor zu hüten, eine dieser Kreaturen zu werden...« Ihre Stimme verstummte, als das Wort 'Hyva' sich weigerte, über ihre Lippen zu kommen, und einen unausgesprochenen Hauch von Abscheu zwischen ihnen schweben ließ.

Vallen nickte und strich mit seiner freien Hand eine verirrte Haarsträhne von ihrer Stirn. »Dann werden wir auf die eine oder andere Weise eins finden, Nyssa«, murmelte er. »Wir werden das herausfinden – zusammen.«

Einmal drinnen, zündete Nyssa einen winzigen Stummel

einer Kerze an. Im Schein des schwachen flackernden Lichts gebadet, zogen sie die Karte heraus, die Nyssa von der toten Bestie geborgen hatte, von der sie sagte, sie hieße Pferd. Es war seltsam, die ganze Sterbende Wildnis dargestellt zu sehen ohne Zeichen von Erishum in ihrem Zentrum. Ohne es war es schwierig zu raten, wie groß die Sterbende Wildnis war. Vallen stieß einen Atemzug aus.

»Die Reise...« Nyssa zog ihn aus seinen chaotischen, wirbelnden Gedanken. »Wie lange denkst du wird es dauern, Vallen?«

Seine Augen wandten sich von Nyssas besorgtem Blick zur Karte; seine Finger verfolgten den Pfad des Flusses Assur und zögerten dort, wo er die als Hohe Straße bezeichnete Straße zwischen Puzur und Hassuna durchschnitt. Er hielt inne und überlegte ihre Frage.

»Es wird ein langer, harter Marsch«, flüsterte er. Er umfasste ihre Hand fest und fügte hinzu: »Aber nicht lang genug, um uns zu brechen, Nyssa. Wir haben die Rinnen und Gassen von Erishum überlebt. Wir können die Sterbende Wildnis überleben.«

Vallens Blick verfolgte die sanft schlängelnde Route des Flusses, seine Finger glitten über das Pergament und versuchten die Entfernung herauszufinden. Nyssa beobachtete jede seiner Bewegungen; ihre Augenbrauen furchten sich vor Sorge.

»Sagen wir, es wird zwischen ein und zwei Wochen dauern. Das ist meine beste Schätzung. So oder so müssen wir uns an den Fluss halten, damit wir uns nicht verlaufen. Und er wird uns mit Wasser und Nahrung versorgen. Bevor wir aufbrechen, werde ich einige Camping- und Angelausrüstung stehlen.«

Mit Vertrauen in ihren Augen nickte Nyssa langsam, Entschlossenheit ersetzte ihre Angst. Es ließ Vallen beschließen, sich ihres Vertrauens würdig zu erweisen.

Plötzlich sprang Nyssa auf die Füße. Sie hatte eine Aura plötzlicher Aufregung, die stark zu der düsteren Atmosphäre kontrastierte. »Warte, Vallen. Mir ist etwas eingefallen, das uns helfen könnte!« Sie eilte zu einem Haufen der gestohlenen Beute und wühlte schnell durch die Sammlung.

Mit einem triumphierenden Ausruf riss Nyssa ein schlankes, bescheidetes Messer aus dem chaotischen Haufen gestohlener Waren frei. Stolz präsentierte sie es Vallen, seine Oberfläche glänzte, der Griff war kompliziert geschnitzt. »Es war auf dem toten Pferd mit allem anderen«, erklärte sie.

Er fand sich dabei, ihr zurückzugrinsen. »Es ist gut ausbalanciert, scharf und leicht. Könnte sehr nützlich auf unserer Reise sein«, lobte Vallen.

Er begutachtete die Klinge und drehte sie nachdenklich. Nickend fügte er sie in die Tasche hinzu, die Nyssa ihm früher gegeben hatte. Ein Neuntöter kannte den Wert einer gut geschmiedeten Klinge, und er konnte am verzierten Knauf erkennen, dass der Dolch wertvoll war.

Nyssa begann wieder durch den Haufen gestohlener Waren zu gehen, ihre geschickten Finger sichteten schnell durch Gegenstände. Sie schlug vor: »Lass uns sehen, ob es unter dieser Beute noch etwas anderes gibt, das helfen könnte.«

Nickend begann Vallen auch durch einen Haufen zu schauen. Sie waren still während sie suchten, das einzige Geräusch war das leise Klirren von Metall oder das Rascheln von Büchern, die beiseite geschoben wurden.

In seinem Geist manövrierte Vallen durch ein Labyrinth der Sorge, während seine Hände mechanisch durch den chaotischen Haufen von Waren sichteten. Bücher in verschiedenen Zuständen, von makellos bis schimmelnd, saßen neben Haufen kleiner Kisten voller Schmuckstücke. Ein Paar Stücke Schmuck von zweifelhaftem Wert klimperten gegen zinnerne Messgeräte, unordentlich bedeckt mit Dutzenden von Schriftrollen. Sein Herz sank mit jedem verlassenen Schmuckstück, das keinen Wert jenseits seiner kurzen Sentimentalität hatte. Trotz der schieren Ansammlung von Gegenständen würde nicht viel von irgendeiner Hilfe sein. Überleben in der Sterbenden Wildnis verlangte Werkzeuge, warme Kleidung, Waffen und Navigationshilfen; sie hatten keinen Platz für Glücksbringer. Seine Suche nach einem schwer fassbaren zweiten Amulett unter der unordentlichen Sammlung erwies sich als genauso vergeblich. Es war ein beunruhigender und fruchtloser Beginn für eine Reise.

»Das löst unser Problem mit dem Amulett immer noch nicht«, murmelte Nyssa.

Er ging in dem kleinen Raum auf und ab und versuchte seine zerstreuten Gedanken zu sammeln. Pläne wurden formuliert und schnell verworfen.

Frustration stieg in Vallen auf. Er fuhr mit einem rauen Finger über eine Waage und ließ die ausbalancierte Schale hin und her schwingen. »Die einzigen Orte, wo ein Amulett gefunden werden kann, sind der Thronsaal des Königs und die Enumerii-Weihestätte.« Seine Stimme war ein Flüstern, aber Nyssa zuckte trotzdem bei den Worten zusammen.

»Es gibt keinen Weg, wie wir uns in einen dieser Orte schleichen können«, rief sie aus.

»Ich weiß«, gab Vallen zu, seine Fingerspitzen tippten rhythmisch gegen den Rand des Regals. »König Joreks Amulett kommt nicht in Frage. Der Thronsaal ist Tag und Nacht schwer bewacht. Die Weihestätte ist unsere einzige Chance.«

»Wir werden es nicht am Haupteingang vorbeischaffen«, argumentierte Nyssa, ihre Augen voller Furcht bei dem Vorschlag. »Die Weihestätte ist voller Priester und Neuntöter. Außerdem wissen wir nicht einmal, wo sie die Amulette aufbewahren.«

Vallen schenkte ihr ein flüchtiges, grimmiges Lächeln. »Erinnere dich, ich war ein paar Mal in der Weihestätte, Nyssa. Ich glaube zu wissen, wo sie die Amulette aufbewahren könnten. Sie haben einen geheimen unterirdischen Bereich, der streng bewacht ist. Ich bin fast sicher, dass wir sie dort finden werden.

Wenn nicht, können wir Berossus' persönliche Gemächer versuchen.«

Nyssa sah bereit aus, bei dem Gedanken ohnmächtig zu werden, sich in das Zimmer des Großen Enumerox zu schleichen. Nicht dass Vallen ihr das verübeln könnte. Wenn sie erwischt würden, wäre der Tod noch das Geringste, was sie zu befürchten hätten.

Nyssa atmete scharf ein, bevor sie langsam ausatmete. »Es gibt keinen anderen Weg, oder?«, fragte sie.

Sie sah resigniert aus, als Vallen den Kopf schüttelte.

»In Ordnung, die Weihestätte soll es sein«, entschied sie, ein bestätigendes Nicken begleitete ihre Worte.

Bei Nyssas Tapferkeit wich Vallens anfängliche Beklommenheit einer eisernen Entschlossenheit.

Nyssa gab ihm ein schelmisches Grinsen. »Jetzt müssen wir nur noch einen Weg finden, die Weihestätte von all ihren Priestern zu leeren.«

Vallen begann über ihren Scherz zu lachen, hörte aber plötzlich auf und gab Nyssa einen weit aufgerissenen Blick. »Ich habe eine Idee...«

KAPITEL 7

allen stand in den Schatten, die unebenen Pflastersteine der Gasse drückten gegen seine gestiefelten Füße. Er beobachtete, wie sich Nyssa der bröckelnden Fassade eines winzigen Holzhauses zuwandte. Schweißperlen tropften von seinem Rücken, und eine seiner Hände umgriff den Griff des Dolches, der an seiner Taille befestigt war. Die Gasse war dunkel; die Sonne hatte noch nicht begonnen, den Himmel zu erhellen. Seine Finger verstärkten sich um das Messer, als er hilflos zusah, wie Nyssa an die Tür klopfte.

Schließlich, nach einer endlos langen Wartezeit, schnitt das knarrende Geräusch einer sich öffnenden Tür durch die eisige Morgenluft. Eine gebeugte Gestalt erschien in der halb geöffneten Tür. Das runde, zerklüftete Gesicht der Frau war vor Verärgerung zusammengekniffen, als ihre Augen in Nyssa bohrten. Ihre Lippen bewegten sich schnell, und obwohl er die Worte von seinem Standort aus nicht hören konnte, war er zuversichtlich, dass es eine Runde des Schimpfens war.

Von seinem Aussichtspunkt aus beobachtete Vallen, wie die knorrigen Hände der Frau in erhitztem Ärger herumwedelten. Sie schien nach ein paar Minuten aus der Puste zu geraten.

Innehaltend trat Nyssa einen Schritt näher zu der alten Frau, ihre Hände sanft vor ihr gefaltet in einer beruhigenden Geste, ihre Körpersprache flehend und überzeugend. Vallen konnte fast das warme Leuchten ihres Charmes bei der Arbeit seiner Magie sehen. Die Gesichtszüge der alten Frau weichten allmählich auf, ihre Hände fielen zu ihren Seiten, die Härte schwand bei Nyssas Worten.

Merklich weniger wütend zog sich die Frau in das feuchte Innere des Hauses zurück und beendete die Konfrontation. Momente später erschien eine Gestalt in der Türöffnung – ein dünner Junge mit zerzausten rabenschwarzen Haaren und einem Gesicht voller so tiefgreifenden Verlusts, dass es einem das Herz brechen konnte. Selbst aus der Entfernung sah Timi wie eine kleinere Nachbildung seines älteren Bruders Tarric aus.

Nyssa trat vor und hockte sich hin, um die Augen des Kindes zu treffen. Ihre Stimme war zu sanft für Vallen, um sie zu hören, aber er konnte sich gut vorstellen, was sie sagte. Der sanfte, beruhigende, zärtliche Ton war eine Melodie, die er nur zu gut kannte. Von seinem Versteck im Dunkeln aus fühlte Vallen eine Welle der Zuneigung für sie.

Nyssa lehnte sich näher heran und sprach leise mit dem Jungen. Vallen wünschte, er könnte ihr Gesicht sehen. Er beobachtete, wie sie in ihrer geflickten Tasche wühlte, bevor sie sich näher lehnte, um privater mit Timi zu sprechen. Das angespannte Gesicht des Jungen durchsuchte die Umgebung, bevor es sich wieder auf Nyssa konzentrierte und auf seine Unterlippe biss, als wäre er unsicher über ihren Vorschlag.

Nyssa öffnete geschmeidig ihre Hand und enthüllte einen glänzenden Gegenstand – eine Schuppe. Er und Nyssa hatten diesen Gegenstand speziell für Timi ausgewählt, weil er wahrscheinlich den meisten Aufruhr bei den Enumerii verursachen würde.

Timi schien zu zögern, bevor er tief Luft holte und nickte. Er streckte vorsichtig seine Hand aus, um die Schuppe zu nehmen, und handhabte sie mit einer Ehrfurcht, die für sein zartes Alter zu bewusst schien. Nyssa hielt eine zusätzliche Tasche für Timi heraus. Er nahm die Tasche und legte die Schuppe behutsam hinein. Selbst aus der Entfernung konnte Vallen sehen, wie sich seine Traurigkeit in neue Entschlossenheit verwandelte.

Mit einem ermutigenden Klopfen auf die Schulter des Jungen stand Nyssa auf. Der Junge erwiderte es zögernd, bevor er sich auf seinen nackten Fersen umdrehte und in die gepflasterten Straßen davonhuschte und schnell im Dunkeln verschwand.

Vallen musste Nyssas Gespür dafür bewundern, Menschen – Kinder und unwillige Erwachsene gleichermaßen – dazu zu bringen, zu tun, was sie wollte. Nicht mit Hinterlist oder List, sondern nur dem richtigen Maß an fürsorglicher Überredung. Wenn sie Erishum hinter sich ließen, würde Nyssa das wahre Herz des Königreichs mit sich nehmen.

Als sie zu Vallens versteckter Ecke zurückkehrte, tanzten ihre Augen mit vollendeter Zufriedenheit.

»Timi wird uns helfen, Vallen. Er ging, um sich in Position zu bringen«, flüsterte Nyssa. Die Morgenkälte ließ einen Schauer über ihren dünnen Rahmen rieseln. Die schwächer werdenden Monde ließen Nyssas Haut in der Dunkelheit der Gasse silbern und leuchtend aussehen, wie eine ätherische Kreatur, die aus Sternenlicht erschaffen war.

Vallen wandte sich, um ihrem Blick zu begegnen, sein Ausdruck ernst und besorgt. »Versteht er, bis zum Tagesanbruch zu warten?«

Nyssa nickte, ihre Hand fand instinktiv seine. »Ich sorgte dafür, dass Timi die Wichtigkeit seiner Rolle verstand; er wird sich der Weihestätte nicht nähern, bis die Sonne beginnt, den Himmel zu erhellen.«

Ein Seufzer der Erleichterung entglitt Vallens Lippen und milderte die Linien, die über seine abgenutzten Gesichtszüge geätzt waren. »Dann müssen wir uns in Bewegung setzen.«

In der stillen Gasse unter dem wachsamen Blick der schwächer werdenden Monde stehend, gab Nyssa ihm einen verlegenen Blick und einen Druck ihrer Hand. »Ich versprach ihm, dass wir nach Tarric suchen würden«, gestand sie. »Wenn wir in der Weihestätte sind, während er die Enumerii ablenkt, sagte ich ihm, ich würde mein Bestes geben, seinen Bruder zu finden.«

Vallen nickte und gab Nyssa ein Grinsen. »Ich denke, das ist eine großartige Idee. Alles, um mehr Chaos für sie zu verursachen, denke ich.«

Nyssa versuchte sein Grinsen zu erwidern, aber er konnte an der Art erkennen, wie ihr Blick weiter wechselte und die verdunkelte Gasse absuchte, dass sie sich sorgte. Er drückte sanft ihre dünnen Finger in seinen und bot Versicherung.

»Eine Stunde. Alles beginnt in einer Stunde«, murmelte sie, ihre Stimme kaum hörbar über den schwachen Echos der schlummernden Stadt jenseits ihrer Nische. Sie studierte sein Gesicht und las die ängstlichen Linien, die seine Stirn furchten. »Wir können das, Vallen. Lass uns schnell zu Herrn Egmonds Haus gehen.«

Sie hatten mehrere Stunden am Vortag damit verbracht, ihr Schema auszuarbeiten, während die Sonne hoch am Himmel gestanden hatte. Sobald der Plan finalisiert war, hatte Erschöpfung sie beide eingeholt. Versteckt in der Heiligkeit von Nyssas Zuhause spielte die Melodie von Lachen und Straßengeplapper außerhalb ihres Zufluchtsortes ein Wiegenlied für ihre abgenutzten Körper und geleitete sie in die Arme eines dringend benötigten Schlafs.

Sie waren in den frühen Stunden der Nacht aufgewacht und hatten begonnen, ihren Plan unter der schwer fassbaren Deckung der dunklen Himmel umzusetzen. Mit Schatten als Begleiter waren sie durch die gewundenen Gassen und Straßen des Königreichs gewandert und hatten Kuratorin Athuras begehrte Artefakte im Schattenviertel, entlang des Flussufers und in einem leeren Karren mitten auf dem Marktplatz verteilt.

Als sie Hand in Hand gingen, konnte Vallen ein nervöses Zittern spüren, das Nyssas ganzen Körper erschütterte.

»Nyssa«, sagte Vallen nach einem Moment der Stille, sein Ton dick vor Entschlossenheit. »Wir haben alles in unserer Macht Stehende getan. Jetzt können wir nur noch auf unseren Plan vertrauen.«

Vallen führte den Weg durch die gewundenen Kopfsteinpflasterstraßen, die zum Stadtzentrum führten. Während sie gingen, verwandelten sich die Häuser von zerbrochenen Hütten zu opulenten Herrenhäusern, je näher sie dem Herzen von Erishum schritten. Nyssa blieb in den dunkelsten Flecken der Nacht gehüllt, ihre vorsichtigen, schnellen Bewegungen erinnerten Vallen an einen kleinen Vogel. Die Häuser in der Nähe des Palastes kontrastierten stark mit denen im Schattenviertel. Hohe Strukturen aus glänzendem grauem Stein, komplizierte Schnitzereien und weitläufige Fenster zeigten den Reichtum und Wohlstand, der darin enthalten war.

Als sie sich der Straßenecke näherten, die sie zu ihrem Ziel führte, zupfte Nyssa an Vallens Arm und brachte sie zum Stehen.

Vallen blickte zwischen Nyssa und ihrem Ziel hin und her, einem Haus, das von blühenden Büschen umgeben war, die auch in der Dunkelheit der Nacht in ihrer Schönheit strahlten. Nyssa biss auf ihre Unterlippe, ihre Stirn vor Nachdenklichkeit gefurcht. »Vallen...« Ihre Stimme erhob sich kaum über das Flüstern einer Maus. »Bist du sicher, dass wir Herrn Egmond vertrauen können, uns nicht an den König zu verraten?«

Vallen wandte sich ihr zu, sein Blick ruhig und versichernd. »Nyssa, Herr Egmond war ein Dorn in König Joreks Seite, solange ich mich erinnern kann. Wenn jemand diese Nachricht nehmen und sie gut nutzen kann, dann ist er es.« Das schien Nyssas Aufruhr zu beruhigen, und sie stupste ihn an, weiter zum enormen Haus zu gehen.

»Ich hörte Herrn Egmond jemandem erzählen, dass die Ernte dieses Jahr schlecht war und es vielleicht nicht genug Nahrung geben wird, um über den Winter zu kommen«, flüsterte Nyssa, als sie die Stufen zur Haustür hinaufgingen. »Ich hoffe, er beschwerte sich nur wie üblich und es ist nicht so ernst, wie er es klingen ließ.«

Sie gingen zu einer Tür, die weit majestätischer war als die meisten ihrer Nachbarn. Sie war aus poliertem Holz gefertigt, geschmückt mit einem silbernen Emblem, das er als das Wappen der Familie Hurrian erkannte. Vallen straffte seine Schultern und holte tief Luft, bevor er seine Hand hob und an die massive Tür klopfte.

Er war überrascht, als Herr Egmond anstatt eines Dieners antwortete. Egmonds fahle Augen, von Misstrauen umrandet, verengten sich beim Anblick von Vallen, der dort stand. Der ehemalige Neuntöter stand gerade und duckte sich nicht unter dem prüfenden Blick des Adligen.

»Warum klopfst du zu dieser Tageszeit an meine Tür? Ich werde keine Almosen ausgeben«, begann Egmond, sein Ton beißend, vor Ärger und Misstrauen strotzend.

Vallen griff in seine Tasche und brachte einen der Briefe hervor, die Nyssa in der Satteltasche des toten Pferdes gefunden hatte. Das Licht, das aus Egmonds Haus kam, enthüllte das offizielle Wachssiegel, gepresst mit einem unbekannten Emblem. Ein Hauch von Überraschung kräuselte sich auf Egmonds Lippen, als Vallen den darauf eingeschriebenen Namen enthüllte: König Beithar von Hassuna.

»Das ist ein Brief vom Herrscher von Puzur an den König von Hassuna«, sagte Vallen, seine Stimme stetig. »Dieser Brief wurde von einer Schlammlerche geborgen und Kuratorin Athura gegeben, von der du sicher gehört hast, dass sie verhaftet wurde. Wir glauben, es war wegen dieses Briefes. Es ist der Beweis, dass die Königreiche Puzur und Hassuna jenseits der Sterbenden Wildnis noch existieren.«

Egmonds Augen flackerten zwischen dem Brief und Vallen hin und her, bevor er ihn aus seinen Händen riss. Sein Misstrauen war nicht vollständig gewichen, aber es wurde durch Neugier ersetzt.

»Ein Brief ist nichts. Das könnte leicht gefälscht sein«, antwortete Egmond, aber der Blick auf seinem Gesicht ließ Vallen wissen, dass er hoffte, es wäre nicht wahr.

»Es gibt ein ruiniertes Gebäude«, begann Vallen, als er zurücktrat und ein triumphierendes Grinsen herunterbiss. »Ein kleines, heruntergekommenes in der Nähe des südlichen Fallgatters des Flusses. Das fünfte Gebäude links von Herrn Kassites Schmiede.«

Egmond schwieg und lauschte mit gefurchten Augen, sog die Worte auf, die Vallen ausgoss, seine Neugier geweckt.

»Du findest dieses Gebäude, und du findest Kuratorin Athuras geheime Sammlung. Vieles davon wurde gerettet, bevor der Große Enumerox es bekommen konnte«, fuhr Vallen fort, Vertrauen strömte durch ihn, als Egmonds Überraschung sich in lebhaftes Interesse verwandelte.

Egmond fixierte Vallen mit einem intensiven, prüfenden Blick. »Und was schlägst du vor, dass ich mit dieser Information mache?«

»Mach damit, was du willst«, sagte Vallen. »Jedoch würde ich raten zu warten, bis die Unruhen sich beruhigen.«

»Unruhen?«, fragte Egmond. Das Wort hing schwer in der Stille, die folgte, und Vallen beobachtete, wie sich Egmonds Augen leicht weiteten, ein offensichtliches Zeichen, dass er ihn überrascht hatte.

Vallen lehnte sich näher heran, mit einem breiten Grinsen, das sein ganzes Gesicht erhellte. »Warte nur ab und du wirst schon sehen.«

KAPITEL 8

er Himmel veränderte sich langsam von tintenähnlichem Grau zu träumerischen Streifen aus Rosa und Lavendel. Vallen bestaunte die Schönheit und fühlte sich, als wäre es ein Herold für Erfolg. Der stille Marktplatz von Erishum, der bald von Menschen summen und wimmeln würde, begann gerade sich aus seinem Schlummer zu rühren. Die Verkäufer gähnten und streckten ihre müden Knochen, als sie aus ihren Häusern schlurften. Vallen lauschte dem klimpernden Geräusch von Ladenschlüsseln, die in rostigen Schlössern gedreht wurden, und Markisen, die entrollt wurden. Feuer begannen entzündet zu werden, und das angenehme Aroma von Fleisch, das über offener Flamme brutzelte, begann die Luft zu erfüllen.

Vallen beobachtete all die Aktivität von unter seiner geliehenen Kapuze. Er lehnte sich lässig gegen einen bedeckten Karren, der im Zentrum des Platzes geparkt war, ein perfekter Aussichtspunkt mit Blick auf das Herz des Marktes. Für alle anderen musste er wie ein langsam bewegender Händler erschienen sein, der es nicht eilig hatte, seine Waren auszustellen.

Aber unter der scheinbaren Ruhe brodelte ein Sturm der Besorgnis und Erwartung in ihm, als er nach den ersten Zeichen suchte, dass ihr Plan umgesetzt worden war.

Er sandte ein Gebet an Enum, über Nyssa zu wachen. Wenn alles nach Plan verlief, würde sie gerade jetzt das Schattenviertel aufwühlen, bis sie den Fluss wie einen gestörten Bienenstock umschwärmten.

Das Leben um den Marktplatz erwachte langsam zum Leben; Standinhaber mit ihren müden aber hoffnungsvollen Augen begannen ihre Waren auszulegen. Das Murmeln von Stimmen sprudelte, als Menschen begannen einzutröpfeln, um ihre täglichen Einkäufe zu machen. Der Marktplatz war von sporadischem Lachen und lebhaftem Geplapper unterbrochen und hüllte den Platz in eine wärmende Decke der Lebendigkeit. Vallens Blick huschte weiter durch das Gedränge und Getümmel; jedes Flattern einer Bewegung, jedes verirrte Wort hielt potenzielle Zeichen der sich entfaltenden Pläne.

Jeder Schlag hallte als die Schläge der Zeit langsam tickten; das subtile Fortschreiten von vor Tagesanbruch zu Tagesanbruch wurde bald im Marktplatz um ihn herum gespiegelt. Als die Stadt Erishum zu dem erwachte, was sie für einen regulären Tag hielt, stand Vallen unblinkend und unerschütterlich und wartete auf das Zeichen, dass Timi den ersten Schritt in ihrem Plan umgesetzt hatte.

Vallens Herz machte einen Satz, als zwei Männer in charakteristischen roten Neuntöter-Uniformen durch die Mitte des Marktplatzes hasteten. Alle Aktivität kam zum Stillstand, als jedes Auge ihren Fortschritt beobachtete. Kaum einen Herzschlag später kamen zwei atemlose, blasse Gestalten in den schwarzen Gewändern der Enumerii-Priesterschaft in Sicht. Wie Vögel, die aus ihren Nestern aufgescheucht wurden, hasteten sie über den Marktplatz zum Fluss, ihre Roben flatterten wild und folgten in der Spur der Neuntöter. Das bestätigte, dass Timi zur

Weihestätte gegangen war wie angewiesen und den Priestern die Schuppe gegeben hatte, indem er ihnen erzählte, dass mehr seltsame Gegenstände entlang des Ufers des Flusses Assur verstreut seien.

Vallens wachsamer Blick verfolgte sie, ein hartes Schlucken zwang sich seine trockene Kehle hinunter. Eine frische Morgenbrise wehte über sein Gesicht, als er seinen Blick zum Himmel wandte und zu schätzen suchte, wie lange es bis zum Läuten der Morgenglocke dauern würde. Seine Ohren offen haltend für jedes Zeichen fernen Chaos, begann Vallen die Minuten zu zählen.

Innerhalb einer Viertelstunde erklang ein Chor gepanzerter Schritte aus den Seitenstraßen, gefolgt von etwas Geschrei, was Vallen wissen ließ, dass Nyssa erfolgreich Unruhen im Schattenviertel aufgewühlt hatte. Hoffentlich war sie bereits auf dem Weg zu ihrem Treffpunkt. Ihre Aufgabe war es gewesen, so vielen Bürgern des Schattenviertels wie möglich zu erzählen, dass es teuren Schatz im Schlamm des Flusses gab. Sie hatte geplant, auf der mittleren Brücke zu stehen und vor Freude zu schreien, auf die Schätze zeigend, die überall im Fluss darunter verstreut waren. Das entstehende Chaos würde sicher viele Neuntöter und Priester herbeirufen, alle gedrängt, Frieden wiederherzustellen und die 'unreinen' Gegenstände aus so vielen Händen wie möglich herauszuhalten. Vallen grinste bei dem Gedanken.

Mit den letzten Neuntötern und Priestern, die vorbeieilten, stand der Markt in verwirrtem Stillstand. Jeder Anwesende schien instinktiv zu spüren, dass etwas im Gange war. Die Menge stand still und wachsam und wartete darauf, dass der andere Schuh fiel. Vallen bot ein blendendes Lächeln unter seiner Kapuze. Mit einem Schnappen seines Handgelenks peitschte er die vorgespannte Schnürung vom Karren und gab ihm einen massiven Stoß. Der unbedeckte Karren neigte sich, zögerte kurz, qualvoll, und stürzte dann um.

Eine Lawine von Kuriositäten stürzte frei – ein guter Teil von Kuratorin Athuras geheimer Sammlung phantasievoller Geräte, alter Bücher und ein paar schimmernder Münzen. Alles zerstreute sich in einem unordentlichen Durcheinander, rollte, hüpfte und rutschte über die Kopfsteine, unterbrochen vom kollektiven Keuchen der Menge.

Es gab eine momentane Pause, als würde die Luft den Atem anhalten, bevor ein plötzlicher Lärm sie erfüllte. Dutzende von Käufern und Verkäufern stürzten sich auf den Haufen Waren. Der erste Faustkampf brach aus, bevor Vallen auch nur einen vollen Atemzug nehmen konnte.

Als Vallen lässig aus dem Marktplatz spazierte, konnte er die Anfänge eines Aufstands hinter sich ausbrechen hören. Es tat ihm leid, die Sachen der Kuratorin so wegzuwerfen, aber er und Nyssa waren sich einig, dass es notwendig war. Außerdem hatten sie die wichtigsten Gegenstände für Egmond aufbewahrt.

Die Kopfsteine hallten gegen Vallens abgetragene Lederstiefel, als er sich durch die gewundenen und schmalen Gassen von Erishum beeilte. Seine Brust pochte im Rhythmus mit den schnellen Schritten, die er machte, und wich der Menge aus, die sich in verschiedene Richtungen ergoss. Durch jede Wendung und jeden Blick auf Sonnenlicht, das durch die hohen Gebäude stach, konnte er Menschen rennen sehen, einige normale Bürger, einige Priester und einige Neuntöter. Inmitten des wirbelnden Chaos erfüllte Vallen eine eigenartige Freude, die an vergangene Tage erinnerte, die er gelegentlich vermisste, aber Erleichterung darin fand, hinter sich zu lassen.

Als er sich dem königlichen Hof näherte, wurde die Pracht seiner Umgebung offensichtlich. Der Lärm aus der Stadt wurde fern, ersetzt durch das frische Zwitschern von Vögeln und die raschelnden Geräusche des Windes, der durch die tadellos gepflegten königlichen Gärten wehte.

Vallen fand Nyssa an ihrem vereinbarten Treffpunkt, gelehnt gegen den kühlen Stein der Gassenwand in der Nähe des Eingangs zu einem berühmten Schneiderinnengeschäft. Sie war teilweise hinter einer großen Auslage versteckt, die Stoffrollen enthielt – ein perfekter Aussichtspunkt, von dem sie sowohl den gewölbten Eingang der Weihestätte als auch die einschüchternde Fassade des königlichen Palastes beobachten konnte.

Als sie Vallen sich nähern sah, gab sie ihm ein erfreutes, eifriges Lächeln. Ihre Wangen waren rosa, und ihr Grinsen strahlend. Ihre triumphierende Freude fühlte sich ansteckend an und zog seine Lippen zu einem Lächeln als Antwort. »Es lief gut?«, fragte Vallen, als er sich ihr näherte.

Sie nickte eifrig. »Die Leute kämpften mit den Priestern, als ich den Fluss verließ. Du hättest es sehen sollen. Wie lief dein Teil?«

»Der Marktplatz ist im Chaos. Hoffentlich wird es genug sein, sie alle herauszuziehen.«

Gerade als sie sich niederließen zu warten, sprinteten zwei Priester an ihnen vorbei in den Eingang der Weihestätte. Kaum ein paar Minuten später machte Nyssa ein erfreutes Geräusch.

Ein halbes Dutzend in Roben gekleideter Gestalten tauchte hastig auf, bewegte sich mit einem Gefühl des Alarms, das Nyssas Grinsen weiter werden ließ, und machte sich auf den Weg zum Marktplatz. Dann, wie eine dunkle Wolke, tauchte Berossus auf und schritt aus den Schatten des Inneren der Weihestätte hervor. Sein Gesicht war normalerweise ruhig und gab nie viel preis, aber diesmal sah er aus, als hätte er einen Gewittersturm verschluckt, die Konturen seiner gelbumrandeten Augen waren mit Wut und Schock beladen.

Ohne ein Wort zu den davoneilenden Priestern zu äußern, loderte Berossus zum Schloss am Haupttor vorbei, ohne auch nur anzuhalten, um mit den Wachen zu überprüfen, und verschwand in den großen Eingang. Schwere Schritte hallten in der Luft, bevor Vallen und Nyssa fertig waren, Blicke zu tauschen. Sie wandten sich um und sahen einen Trupp von

Neuntötern, ihre Rüstung klirrte, als sie in dieselbe Richtung wie die Priester vorbeisausten.

Vallen und Nyssa ließen die hallenden Schritte der Neuntöter verblassen, ihre klimpernde Rüstung wurde zu einem fernen Flüstern in der kühlen Morgenluft. Jede Sekunde fühlte sich wie eine Ewigkeit an, aber sie warteten. Falls jemand Vallen erkannte, war ihr Plan vorbei. Die Neuntöter würden die ersten sein, die sein Gesicht kannten. Nyssa drückte ihren Rücken gegen die kalte Steinwand, ihr Blick fest auf die Königsstraße gerichtet und ihr Griff an ihrer Tasche verstärkte sich. »Warte«, flüsterte Vallen und legte eine beruhigende Hand auf Nyssas Arm, als der letzte Neuntöter um eine Ecke bog und aus der Sicht verschwand.

Schließlich traten sie aus ihrem Versteck hervor. Vallen verzog das Gesicht und überprüfte ihre Umgebung sorgfältig, als ihre Schritte hallten, während sie sich stetig entlang der Königsstraße bewegten. Sie überquerten den königlichen Hof und zielten direkt auf die Enumerii-Weihestätte.

Als sie entlangstapften, lehnte sich Vallen näher zu Nyssa, seine Stimme knapp über einem Flüstern. »Falls irgendwelche Priester am Eingang der Weihestätte bleiben, gib ihnen die Tasche«, er deutete auf ihre abgenutzte Tasche. Darin war eine verzierte Reliquie, die aus der Beute der Kuratorin gerissen war, ihre metallische Oberfläche ätzte komplizierte Geschichten gegen ihre Handfläche. »Sag ihnen, du hast es bei Herrn Kassites Schmiede gefunden. Er ist streitsüchtig genug, um sie zu bekämpfen, falls sie es wagen zu versuchen, sein Eigentum zu durchsuchen.«

Die Enumerii-Weihestätte war sowohl imposant als auch rätselhaft in ihrer strengen Strenge. Über ihrem Eingang erstreckte sich ein kolossaler Torbogen. Aus massiven Blöcken unnachgiebigen grauen Steins gehauen, stach das monolithische Gebäude stark gegen den prunkigen verzierten Palast vom anderen Ende des Hofes ab. Seine festen Wände waren bar jeder Verzierung gestreift, als würden sie jede Verbindung mit

Reichtum oder Schönheit ablehnen. Es sollte die Hingabe der Priester an Reinheit und Bescheidenheit repräsentieren. Die einzigen erlaubten Dekorationen am Gebäude waren zwei geschnitzte Steinfiguren, die die Tür flankierten. Jede Statue sollte Enum repräsentieren, der stoisch über die Türöffnung wachte, ein Wächter des heiligen Bodens drinnen.

Die Abwesenheit von Priestern, die am Haupteingang Wache standen, überraschte Vallen, so unerwartet wie die Stille, die den Platz erfüllte. Er dachte, sie würden wenigstens eine Wache zurücklassen, aber da war niemand. Er tauschte einen Blick mit Nyssa, ihre Augen spiegelten seinen Unglauben wider. Er hatte nie ganz geglaubt, dass der Plan so gut funktionieren würde. Tief atmend traten sie über die Schwelle der Weihestätte.

Das Innere der Weihestätte war ein Gegensatz zu ihrem strengen Äußeren, ein Heiligtum voller glänzender Schönheit. Wandleuchter säumten die Wände, gefüllt mit teuren konischen Kerzen, die ein sanftes, warmes Leuchten boten und tanzende Lichter auf die Steinwände warfen. Das große Foyer war mit komplizierten Wandmalereien geschmückt, die Geschichten aus dem Enanhk, ihrem heiligen Buch, und Geschichten vergangener Wunder zeigten, die von den Enumerii vollbracht wurden. Ein verzierter Wandteppich zeigte eine detaillierte Darstellung eines Hyva, das sich zwischen einem Wald aus Dunkelgrün wand. Die Luft war schwer vom Duft brennenden Weihrauchs, und es war warm innerhalb des Gebäudes.

»Erinnere dich«, flüsterte Vallen, »geh mit Absicht, als gehörtest du hierher, Nyssa. Nur für den Fall, dass noch jemand hier ist. Falls ein Problem auftaucht, werde ich mich darum kümmern. Du konzentrierst dich nur darauf, dich sicher zu halten.«

Nyssa nickte mit Beklommenheit. In ehrfurchtsvoller Stille sog sie den Anblick des hoch aufragenden, erhabenen Foyers der Weihestätte auf, ihre weit aufgerissenen Augen spiegelten die

Flackern des Fackellichts wider, als sie das strenge Antlitz von Enum verfolgten, das in die hohe Steindecke gemalt war.

Als sie ihren Blick zu Vallen zurückwandte, nickte er zum hinteren Teil des Gebäudes. Ihr winkend, ihm zu folgen, legte er seinen Finger gegen seine Lippe als Erinnerung, still zu bleiben. Vallen beobachtete, wie Nyssa ihren Mut sammelte und nickte, in seinen Fußstapfen folgend. Nur einen Schritt hinter Vallens beschleunigendem Tempo haltend, beobachtete er, wie sie seine selbstbewusste Haltung nachahmte: Schultern zurückgezogen, Augen geradeaus gerichtet.

Sie schritten entschlossen über die große, hallende Weite der Haupthalle der Weihestätte und steuerten auf eine stille Ecke zu, die eine versteckte Treppe verbarg. Vallen führte den Weg und schlüpfte lautlos in das Treppenhaus mit Nyssa auf seinen Fersen. Als sie in die Düsternis hinabstiegen, wurde die Luft kühler, eine Feuchtigkeit stieg von unten auf und kroch an ihre Sinne heran. In der Düsternis fand Nyssas Hand ihren Weg zu Vallens Umhang, ihre Finger klammerten sich an den Stoff.

Vallen warf ihr ein schwaches ermutigendes Lächeln zu, das sie erwiderte, aber es hielt eine Note der Besorgnis. Er führte sie in die absteigende Düsternis, jeder Schritt hallte ominös durch die gedämpfte Stille.

»Die Amulette«, erinnerte er sie leise, seine geflüsterten Worte wurden von der Düsternis verschluckt. »Sie bewahren sie in einem Lagerraum unten auf. Praktischerweise nah bei den Kerkern der Weihestätte. Falls Tarric noch in der Weihestätte ist, werden wir ihn dort finden.«

Die Treppe wand sich spiralförmig hinunter und verschwand um eine Wendung in den Steinwänden, der Weg voraus in verhüllender Dunkelheit versteckt. Als die letzte Stufe unter ihren Füßen den Steinboden traf, hob Vallen eine Hand und signalisierte Nyssa zurückzubleiben. Seine Brauen furchten sich vor Konzentration, als er sich langsam dorthin bewegte, wo die Treppe in die Untergrundebene mündete. Eine schwere Stille hing um sie; das einzige Geräusch waren ihre stillen Atemzüge. Aus ihrem Versteck herausblickend, schaute Vallen vorsichtig den Korridor entlang, seine scharfen Augen prüften jeden Zoll des Gebiets. Er hielt den Atem an und lauschte nach Zeichen von Leben. Die Halle war still wie eine Gruft, ohne Hinweis auf die Wachen, die normalerweise dort stationiert waren. Zufrieden mit seiner Einschätzung signalisierte Vallen Nyssa und winkte ihr, zu kommen und sich ihm anzuschließen.

Sie den Flur durch mehrere Biegungen und Wendungen führend, brachte Vallen sie zur letzten Wendung, die sie zu ihrem Ziel bringen würde. Sie erreichten das Ende eines Korridors, wo eine dicke Holztür stand, verstärkt mit Eisenstreben. Vallen trat vor, seine Hand strich über die raue Textur der Tür. »Das«, sagte er, seine Stimme sank zu einem Murmeln, »ist wo sie die Amulette aufbewahren, wenn die Priester sie nicht benutzen.«

Nyssa studierte die Tür, ihre Fingerspitzen berührten den kühlen Eisengriff vorsichtig. »Sie ist verschlossen«, flüsterte sie und blickte Vallen mit einem schwachen, besorgten Blick an.

Er bot ihr ein Grinsen. »Ja. Dankenswerterweise war mein altes Leben nicht so leicht weggeworfen.«

Vallen griff in die Innentasche seines Umhangs und zog eine ausgefranste, abgenutzte Lederrolle heraus. Als er sie entrollte, glänzte eine Anordnung von Metallwerkzeugen im schwachen Kerzenlicht.

»Ich war noch nie so froh, dass ich mein altes Diebeswerkzeug nicht verkauft habe«, sagte Vallen, seine Finger strichen liebevoll über die Werkzeuge.

Die Nacht zuvor hatte sie in die Nähe von Vallens altem, verlassenem Versteck geführt, als sie Kuratorin Athuras Schatz im Schattenviertel verteilt hatten. Er war glücklich gewesen, dass das versteckte Lager seiner alten Ausrüstung nie entdeckt worden war. Es hätte ihn aus den Neuntötern hinausgeworfen, hätten sie die Gegenstände in seinem Besitz gefunden. Anstatt sie zu verkaufen, hatte er sie versteckt, nur für den Fall.

Nyssa beobachtete schweigend, wie Vallen am Schloss arbeitete. Seine Hände bewegten sich mit geschickter Präzision, das Muskelgedächtnis aus seinem alten Leben tauchte wieder auf und führte ihn durch die geübten Bewegungen. Die alte Tür gab bald nach, ihr Schloss löste sich mit einem sanften Klicken.

Als sich die Tür öffnete und den Raum dahinter enthüllte, tauschten sie einen Blick stillen Triumphs aus.

KAPITEL 9

$\mathcal{J}$m Raum stand ein einzelnes vertrautes Podium stolz inmitten der Stille. Der Rest des Raumes war von düsteren Schatten verschlungen, das schwache Fackellicht aus dem Flur enthüllte kaum die unordentlichen Ansammlungen von Priestergewändern, Stapel von Enanhks, deren Rücken mit goldenen Buchstaben glänzten, und anderen Vorräten.

Nyssa und Vallen wagten kaum zu atmen und suchten dringend den Raum nach Amuletten ab. Auf der Oberfläche des imposanten Podiums stand eine vertraute Kiste. Vallen erinnerte sich an diese Kiste vom Tag des Opfers, wo sie mit Amuletten gefüllt gewesen war, die an die Neuntöter und Priester verteilt worden waren, die ihn in die Sterbende Wildnis begleitet hatten. Neben der Kiste ruhte ein gewaltiger Foliant mit dem Namen Rinnstein-Neuntöter, der irgendwo darin eingeschrieben war. Es war der letzte Name in einer jahrhundertelangen Liste von Opfern. Vallen wollte das Buch in Stücke reißen, aber er beherrschte sich.

Sie näherten sich vorsichtig dem Podium. Ihre leisen Schritte brachten ein seltsames, surreales Echo in den stillen Raum. Als sie zur Kiste kamen, blieb Vallen stehen und starrte auf das Bild einer Hyva, das auf ihrem Deckel verziert war. Er streckte seine vernarbte Hand aus, seine schwieligen Finger fuhren über den Deckel.

Mit einem kleinen Atemzug hob er den Deckel. Eine Anordnung von mindestens einem Dutzend Amuletten begrüßte sie – jedes an einem Lederriemen befestigt, schwach glänzend in der gedämpften Beleuchtung des Raumes.

Vallen wählte eines aus, seine Fingerspitzen strichen über den rosa Stein, bevor er es an Nyssa weiterreichte. Sein eigenes Amulett, das sie ihm gegeben hatte, blieb um seinen Hals und unter seiner Tunika verborgen.

Nyssa ließ das Amulett über ihren Hals fallen und versteckte es unter ihrer Kleidung. Zusammen überprüften sie den Raum und hinterließen die Szene so makellos, wie sie sie vorgefunden hatten, bis auf ein Amulett weniger. Vallen stellte sicher, dass die Tür hinter ihnen verschlossen war.

»Wir haben nicht viel Zeit«, sagte Vallen. »Die Priester könnten jeden Moment zurückkehren.«

Nyssa nickte und durchsuchte den Flur, als erwarte sie, dass ein Priester aus den Schatten materialisieren würde.

»Wir müssen Tarric schnell finden. Wenn wir es nicht können, müssen wir die Suche aufgeben«, warnte Vallen mit einer Entschuldigung im Gesicht.

Nyssa schluckte schwer, aber nickte. Sie rieb sich die Wangen, als würde sie sich selbst wiederbeleben. »Dann lass es uns tun, Val. Lass uns ihn finden.«

Damit schlüpften sie zurück in die labyrinthartigen Flure. Leichtfüßig bewegten sie sich durch die Unterwelt der Weihestätte, ihr Fortschritt stockte, als sie häufig innehielten, ihre Ohren anstrengten, ihre Herzen in ihren Kehlen steckten.

Vallen hatte in seinen Jahren als Neuntöter nicht viel von der unteren Ebene der Weihestätte gesehen. Er war nur ein paar Mal in den Lagerraum und die Kerker gewesen. Er hatte diesen Teil seiner Arbeit immer gehasst. Er hatte miterlebt, was die Priester mit ihren Gefangenen machten. »Reinigung« war pure Folter, die als geheiligte religiöse Rituale zur Schau gestellt wurde.

Als sie den Korridor betraten, wo die Kerkerzellen die Wände säumten, schluckte Vallen die überwältigende Welle der Verzweiflung und des Bedauerns hinunter, die ihn zu überwältigen drohte. Er sammelte seinen Mut, drückte die Last nieder, die auf seinem Herzen lastete, und führte den Weg zu den feuchten Gefängniszellen, wo die Enumerii die verlassenen Seelen des Königreichs einsperrten.

Der Eingang zum Kerkerflügel ragte vor ihnen auf, durchdrungen von einer Trostlosigkeit, die aus den Steinen selbst zu emanieren schien.

Bei jeder Zelle, an der sie vorbeikamen, blieb Vallen stehen und blickte durch den kleinen Schlitz in jeder Tür. Er blockierte die Sicht in die Zellen – Nyssa musste nicht von dem gezeichnet werden, was sie dort sehen könnte. Glücklicherweise waren die meisten leer. Niemand hielt lange in der zarten Gnade der Enumerii durch. Die Kerkerluft fühlte sich feucht und schwer an; der Geruch von Schimmel, rostigem Metall und menschlichem Leiden drang in ihre Kleidung.

Vallen begann zu glauben, dass Tarric im Hauptgefängnis gehalten werden musste, als sie zu den wenigen verbleibenden Türen kamen. Jedoch fand er Tarric in einer der letzten Zellen. Vallen erkannte die Schlammlerche auf den ersten Blick fast nicht. Er sah geschlagen und geprügelt aus, seine Kleidung schmutzig und zerrissen. Er war auf einer dünnen Pritsche zusammengerollt und schien zu schlafen.

»Tarric«, Vallens heiseres Flüstern durchbrach die Stille. Der Junge rührte sich, sein zerfetzter Atem raspelte gegen die gedämpfte Stille. Die Zeit stand still, als Vallen den Atem anhielt und wartete, dass Tarric antwortete.

Langsam hob Tarric den Kopf. Die schwachen Schimmer des Fackellichts zeichneten die Linien des Leidens auf seinem geprügelten Gesicht nach. Sein Gesicht war eine geschwollene Maske aus Blautönen, Purpur und Rot, die Prellungen grotesk gegen die Blässe seiner Haut abstechend. Seine Augen waren öde und hohl, aber flackerten mit Erkennung. Er blinzelte verwirrt, als er Vallen ansah. Die Verwirrung in seinen Augen vertiefte sich, bevor sie von Schock ersetzt wurde.

»Vallen...? Bist—bist du das?«, Tarrics Stimme war zerfetzt, wie ein Stockbesen, der über Stein schabt. »Ich... ich verstehe nicht... Ich dachte, du wärst geopfert worden. Sie sagten mir, du wärst als einer von Enums Tributen ausgewählt worden.«

Vallens Herz krampfte sich zusammen. Er tauschte einen schnellen Blick mit Nyssa. Er hatte nicht bedacht, dass er seinen Freund mit der Wahrheit über die Opfer belasten müsste. Er wäre versteckt geblieben und hätte Nyssa Tarric helfen lassen, wenn er vorausgedacht hätte. Aber es war jetzt zu spät. Er fühlte sich schuldig, dass er dabei war, die Fassaden wegzureißen und den verräterischen Unterbauch des Königreichs zu entblößen. Obwohl, basierend auf dem Zustand von Tarrics Gesicht, war sich der Junge der Fäulnis im Herzen von Erishum durchaus bewusst.

»Mach dir keine Sorgen, Tarric. Nyssa und ich werden dich hier rausholen.«

Bei der Erwähnung von Nyssas Namen begann Tarric zu weinen.

»Nyssa... Es tut mir so leid. Ich habe ihnen deinen Namen gegeben. Ich... ich war zu schwach«, stammelte Tarric zwischen schluchzenden Tränen hervor.

Nyssa stieß Vallen sanft von der Öffnung weg, um mit Tarric zu sprechen. Als sie Tarrics Gesicht erblickte, entwich ihren Lippen ein Wimmern von Schock und Horror, aber sie erholte sich schnell. »Tarric, es ist keine Entschuldigung nötig. Vallen warnte mich, dass niemand schweigen kann, wenn die Enumerii sie befragen, dass ihre Wege zu brutal und effektiv sind, um zu widerstehen. Es ist in Ordnung, wirklich. Bitte weine nicht.«

Die Augen wild vor Panik, griff Tarric das Gitter, das ihn von

Nyssa trennte. Tränen hatten Spuren in den Schmutz hinterlassen, der auf seinen Wangen verschmiert war. »Es geht nicht nur um die Fragen der Enumerii, Nyssa. D-du bist jetzt in großer Gefahr. Die Enumerii werden hinter dir her sein. Sie werden dich wie Hunde hinter einem Hasen jagen. Du darfst dich nicht von ihnen fangen lassen.«

Nyssas Blick wurde stählern und sicher. »Sie werden mich nicht finden. Wir verlassen Erishum, Tarric.«

»Verlassen? Was meinst du?«

Vallen erzählte Tarric die Wahrheit über die Sterbende Wildnis und die Hyva so schnell wie möglich. Wenn sie das Gebäude in Brand gesetzt hätten, wäre Tarric nicht schockierter gewesen. »Nyssa und ich verlassen Erishum hinter uns. Ich denke, wir gehen vielleicht zum Königreich Puzur. Du solltest mit uns kommen. Wir können gehen und dir ein weiteres Amulett holen.«

Tarric schüttelte den Kopf. »Ich kann nicht mit euch kommen. Ich muss mich um Timi kümmern, und ich werde ihn nicht in der Sterbenden Wildnis riskieren. Die Enumerii haben bereits gesagt, dass sie mich freilassen werden, weil ich ihnen gesagt habe, was ich weiß.«

»Tarric«, begann Vallen, seine Worte gemessen. »Du musst zuhören und genau zuhören. Die Enumerii... sie können nicht über mich und Nyssa wissen. Kein Flüstern, kein Hinweis. Verstehst du?«

Tarric nickte, seine Augen voller inbrünstigen Verständnisses.

»Gut«, fuhr Vallen fort, seine strengen Augen bohrten sich in Tarrics. »Und außerdem können sie nicht wissen, dass du die Wahrheit über die Hyva kennst. Kein Wort, Tarric. Kein einziges Wort. Wenn sie auch nur einen Hinweis bekommen, dass du es weißt, werden sie dich auf die Klinge setzen, bevor sie riskieren, dass diese Information herauskommt.«

Tarric schluckte schwer. Seine Lippen begannen zu zittern, als die Schwere der Situation offensichtlicher wurde.

Schnell streckte Vallen seinen Arm aus und gab der Hand, die Tarric noch um die Fensteröffnungsleiste geklammert hatte, einen beruhigenden Druck. Er umklammerte seine Hand leicht, während er seiner Stimme einen beruhigenden Ton verlieh. »Sieh mal. Soweit es die Enumerii betrifft, glauben sie entweder, ich bin eine Hyva oder in einem Bauch. Sie werden nicht nach mir suchen. Verstehst du? Also haben sie keinen Grund, dich über einen Geist zu befragen.«

Vallens Augen wanderten über Tarrics Gesicht. Nach ein paar Herzschlägen erwiderte Tarric seinen Blick, seine Züge in einer grimmen Maske der Entschlossenheit erstarrt, seine Tränen nun trocken.

»Gut... Gut... Du musst nur unauffällig bleiben.«

»Aber... wir können sie nicht einfach damit davonkommen lassen«, protestierte Tarric.

Vallen stieß einen kleinen, fast amüsierten Atemzug aus. »Wenn du hier rauskommst, besuche Herrn Egmond. Weißt du, wer das ist?« Als Tarric nickte, fuhr Vallen fort: »Er wird dein wahrscheinlichster Verbündeter gegen die Priester und den König sein. Er sollte auch in der Lage sein, dich zu beschützen, wenn es darauf ankommt. Aber... sei vorsichtig. Es gibt sehr wenige, denen du in diesem Königreich wirklich vertrauen kannst. Vergiss das nicht.«

Als Tarric wieder nickte, atmete Vallen aus, sein Körper sank mit einer unausgesprochenen Erleichterung zusammen. Ihr Geheimnis war vorerst sicher. Sobald das Königreich und die Sterbende Wildnis weit hinter ihnen lagen, würde es nicht mehr darauf ankommen, wenn die Wahrheit über die Hyvas verschüttet wurde.

Vallen warf Tarric einen bedauernden Blick zu. »Wir müssen jetzt gehen. Wir können es nicht riskieren, erwischt zu werden.«

Tarric nickte. »Möge Enum euch beschützen«, murmelte er.

Nyssa trat näher an die Öffnung in der Tür, flüsterte ermutigende Worte und einen tränenreichen Abschied zu Tarric. Vallen wusste, dass Nyssa Tarric als wahren Freund betrachtet hatte und ihn vermissen würde.

Schließlich stieß Vallen sie sanft an. »Wir müssen gehen.«

Sie nickte und folgte Vallen mit einem letzten Abschied an Tarric. Kurz bevor sie den Flur verließen, der die Kerker beherbergte, blickte Vallen zurück und sah Tarrics Gesicht an das Fensterschlitzchen in seiner Zellentür gedrückt. Vallen hob eine Hand zum Abschied, die Tarric erwiderte.

KAPITEL 10

Vallen und Nyssa bewegten sich leise durch die alten Gänge und kehrten den Weg zurück, den sie gekommen waren. Vallens Gedanken waren noch bei Tarric. Er fühlte immense Schuld, den Jungen zurückgelassen zu haben, aber verstand, warum er es tun musste. Seine Schluchzer hallten noch in Vallens Ohren nach, eine düstere Erinnerung an das Schicksal, das sie zurückgelassen hatten – nicht nur von Tarric, sondern für ganz Erishum.

Plötzlich erklangen Schritte durch den kalten Steinkorridor. Vallen hielt inne, sein Körper spannte sich an, seine Augen huschten zu Nyssa.

Mit einem Ruck seines Kopfes führte er sie in einen angrenzenden Flur, wo ein massiver Wandteppich mit den verblassten Symbolen von Erishum an einer Wand hing. Als er eine Kante ergriff, um Nyssa dahinter zu führen, bemerkte er, dass der Wandteppich eine gewölbte Nische mit einer großen Holztür dahinter verbarg. Sie versteckten sich beide schnell. Den Atem anhaltend, spähte Vallen vorsichtig zwischen dem verblassten Stoff und der kalten Steinwand hindurch, sein Blick suchte den verlassenen Korridor nach Zeichen sich nähernder Eindringlinge ab.

Nyssas Hand fand seine in der Dunkelheit. Er drehte sich um, um sie anzusehen. Er drückte ihre Hand sanft, sein Griff beruhigend und fest, als er einen Finger über seine Lippen legte und Schweigen signalisierte.

Die Schritte kamen näher und klangen gehetzt. Vallen versteifte sich und drückte sich und Nyssa weiter in die Schatten. Er blickte durch den winzigen Spalt zwischen dem Wandteppich und der unnachgiebigen Steinwand, seine scharfen Augen durchsuchten den schwach beleuchteten Korridor jenseits ihres prekären Verstecks. Zwei geisterhafte Gestalten materialisierten sich, Roben des hohen Enumerii-Ordens rauschten gegen den kalten Steinboden. Sie keuchten in eiligen Schritten dahin, ahnungslos gegenüber den Gestalten, die hinter dem Wandteppich hervorspähten.

»Beeil dich, Reen. Berossus ist bereits wütend, wie er ist. Wenn wir ihn warten lassen, wird er uns an den Zehen aufhängen«, flüsterte einer der Priester, seine Stimme hoch und panisch.

»Ich komme. Ich kann nicht glauben, dass es Kämpfe auf den Straßen gibt. Ich hätte nie gedacht, dass ich den Tag erleben würde«, antwortete der andere Priester, sein Atem keuchte vor Anstrengung, als die beiden Männer den Flur hinuntereilen.

Ihr leises Murmeln verblasste, als die Priester um eine Ecke bogen. Die Geräusche begannen sich zu entfernen, dann verschwanden sie, sehr zu Vallens Erleichterung.

Plötzlich spürte er einen leichten Zug an seinem Ärmel. Nyssa zeigte auf etwas hinter ihnen in dem schmalen Raum, in dem sie sich versteckten. Sein Atem stockte, nicht vor Angst, sondern vor Verwirrung über das, was sie ihm zeigte.

Innerhalb der düsteren Grenzen ihres behelfsmäßigen Verstecks sickerte ein seltsamer ätherischer Schein von unter der

Tür hinter ihnen hervor. Er schimmerte mit einem fast silbrigen, pulsierenden Glanz, der Vallen an Mondlicht erinnerte.

Das Geheimnis ließ Vallens Hand nach dem Türknauf jucken. Aber sein Verstand wusste, dass hier zu verweilen eine Einladung zur Gefahr war. Sein Herz hämmerte einen stürmischen Rhythmus in seiner Brust; sie konnten sich kein weiteres Risiko leisten, nicht wenn sie der Freiheit so nahe waren.

»Was ist das?«, flüsterte Nyssa. »Warst du schon mal da drin?«

Vallen schüttelte den Kopf. »Ich hatte keine Ahnung, dass diese Tür überhaupt hier war. Ich wünschte, wir hätten Zeit zum Nachsehen, aber wir müssen gehen.«

Nyssa nickte, aber rüttelte trotzdem am Türknauf und fand ihn verschlossen. Mit einem verschämten Achselzucken schenkte sie ihm ein Grinsen, das Vallen mit einem Kopfschütteln erwiderte.

Widerstrebend lösten sie sich los. Als sie aus dem Schutz des Wandteppichs hervorkamen, hielten sie an und stellten sicher, dass sie allein waren. Die beiden tauschten einen ernsten Blick aus, bevor sie zurück zum Treppenhaus eilten.

Als sie aus der Weihestätte hervortraten, fanden sie ein Königreich vor, das in zurückbleibendem Chaos versunken war.

Normalerweise in lebhaften Handel und geschäftige Menschenmengen getaucht, war die Stadt dabei, abgeriegelt zu werden. Es gab noch Stellen, wo Bürger mit Neuntötern kämpften, aber der größte Teil des Königreichs hatte die Sicherheit des Heims gesucht. Es machte ihre Wanderung zurück zu Nyssas Heim unglaublich schwierig und gefährlich. Als sie am leeren und stillen Marktplatz vorbeischlichen, starrte Nyssa mit schockierten, schuldigen Augen auf die zertrümmerten Lebensmittel und umgestürzten Stände. Geschäfte waren leer gelassen worden mit Türen, die noch offenstanden. Im Stoffviertel hingen Stoffe wie Seide und Baumwolle noch an ihren Ausstellungsgestellen und flatterten im Wind. Viele Stände waren verwüstet und dem Verfall überlassen worden, ihre umgestürzten Rahmen eine schaurige Erinnerung an die Unruhe, die durch die steinpflasterten Straßen hallte.

Durch die trostlose Stadt stampfend, vermieden Vallen und Nyssa die Gebiete, wo gekämpft wurde, und suchten bewusst verlassene Pfade. Gelegentlich sahen sie eine oder zwei andere Personen vorbeihuschen, Köpfe gesenkt und verängstigt. Sie bewegten sich schnell, ihre abgetragenen und zerfetzten Gewänder flatterten im Wind. Diese armen Seelen flatterten hastig davon wie erschreckte Vögel. Alles war still, bis auf ihre zerfetzten Atemzüge und leise scharrende Schritte.

Neuntöter und Priester durchstreiften die Straßen, ihre Haltung steif und Münder in feindseligen Grimassen. Die Männer zu vermeiden, die das Königreich patrouillierten, war eine fast unmögliche Aufgabe gewesen, da es schien, als hätte jede Straße ein Kontingent von Neuntötern, die sie durchstreiften. Jede vertraute Biegung und Gasse war unpassierbar geworden. Mehrmals mussten Nyssa und Vallen sich verstecken und ihre Schritte zurückverfolgen, um Entdeckung zu vermeiden. Als sie schließlich am Fluss Assur ankamen, der einzigen Barriere, die sie von vorübergehender Sicherheit trennte, mussten sie den Fluss durchwaten, anstatt zu riskieren, eine der Brücken zu nehmen. Das sich langsam bewegende Wasser hatte sich wie ein verräterischer Feind angefühlt, seine eisigen Klauen drohten, sie in seinen Tiefen zu fangen.

Vallens Herz hämmerte, als sie schließlich in Nyssas Heim schlüpften. Nie zuvor war er so froh gewesen, zurück im Schattenviertel zu sein, in den gleichen Gassen seiner Kindheit, wo er verachtet und verspottet worden war. Viele Jahre lang war das Einzige, was ihm im Schattenviertel wichtig gewesen war, Nyssa gewesen.

Schließlich brachen sie zusammen auf der Pritsche zusammen. Versuchend, seinen Atem zu verlangsamen, rollte sich Vallen um, um nach Nyssa zu sehen.

Seine Hand flatterte über sie, seine rauhen Finger strichen

leicht über ihre feuchte Wange. Ihre Augen flackerten auf, erschöpfte Erleichterung strahlte in ihren Tiefen. »Geht es dir gut?«, flüsterte er. Seit sie gesehen hatte, was die Enumerii Tarric angetan hatten, schien sie vermindert und zurückgezogen – nicht dass die Umstände auf den Straßen die Situation nicht viel schlimmer machten.

Sie schaffte ein Nicken, auch als sie versuchte, ein Schaudern zu unterdrücken. »Mir geht es gut«, flüsterte sie zurück und versuchte, ihrer Stimme einen Mut einzuflößen, den sie wahrscheinlich nicht fühlte. »Wann können wir hier weg? Ich will keine weitere Minute in diesem von Enum verdammten Königreich verbringen.«

Was für einen Unterschied ein Tag machte. Gerade an diesem Morgen war sie verzweifelt gewesen, an dem Leben festzuhalten, das sie aufgebaut hatte. Und jetzt, teilweise dank Vallen, war dieses Leben völlig weggewischt worden.

Sein Herz zwickte, und Nyssas gezeichnetes Gesicht erinnerte ihn an die verlorenen Seelen, an denen sie durch die Straßen vorbeigegangen waren. »Ich weiß«, beruhigte er sie, sein Blick erweichte sich. »Es tut mir leid wegen all dem, Nyssa.«

»Wir sollten gehen... sofort«, drängte Nyssa, Hände verdrehten sich ängstlich in den zerfetzten Rändern ihres Umhangs. Ihr ängstliches Gesicht verhärtete sich zu Entschlossenheit. Jedoch übersah Vallen nicht das Zittern in ihrer Stimme, die Befürchtung, die an ihren Worten klebte wie Frost an einem Wintermorgen. Zu sehen, was die Enumerii Tarric angetan hatten, hatte sie erschüttert und die Bedrohungen gegen sie umso präsenter gemacht. Er machte ihr keinen Vorwurf, dass sie rennen wollte; er teilte das Gefühl. Aber es gab andere Gefahren zu bedenken.

»Wir müssen warten«, schlug Vallen vor und blickte zu den Himmelsstücken auf, die er durch Nyssas Dach spähen sehen konnte. »Heute Nacht, unter dem Schutz der Dunkelheit, werden wir uns durch das Flusstor hinausschleichen. Nach allem, was wir heute durchgemacht haben, sind wir es uns schuldig, jede Vorsichtsmaßnahme zu treffen.«

Nyssa nickte, »Wir werden auf die Dunkelheit warten.«

Vallen wandte sich von der Betrachtung des Dachs ab, sein Blick fand wieder ihren. Er streckte eine Hand zu ihr aus, eine stumme Einladung. »Nyssa«, sagte er, seine Stimme ein sanftes Echo in dem kleinen Raum. »Du zitterst.«

Sie blickte auf ihre Hände hinunter. Ein schwacher Ausdruck der Überraschung huschte über ihre Züge. »Ich... ich hatte es nicht bemerkt...«

»Du warst so stark, Nyssa. Viel stärker, als irgendjemand anderes in deinen Schuhen gewesen wäre. Deine Reaktion ist normal. Ich zittere auch, obwohl ich vermute, dass etwas davon von der eisigen Temperatur des Flusses stammte.« Vallen schluckte gegen den Kloß, der in seiner Kehle aufgestiegen war. »Aber selbst die stärksten Krieger brauchen Ruhe.«

»Ich bin kein Krieger, Vallen«, sagte Nyssa. Ihr Lachen war trocken, mehr bitter als humorvoll.

»Vielleicht nicht im traditionellen Sinne«, räumte Vallen ein. »Aber eine Person muss kein Schwert schwingen, um ein Krieger zu sein. Was du durchgemacht hast, ist schlimmer als das, was viele Neuntöter je erlebt haben. Und du hast es mit mehr Ehre und Herz gemacht als irgendeiner von ihnen.«

Nyssa errötete, aber argumentierte nicht.

Vallen drückte ihre Hand sanft und bemerkte, wie ihre Muskeln sich allmählich unter seiner Berührung entspannten. Er schenkte ihr ein kleines, ermutigendes Lächeln und ließ seinen Daumen über den Handrücken streichen. »Gut. Lass uns etwas ausruhen. Ich verspreche, wir werden weg sein, bevor der nächste Sonnenaufgang kommt. Wir werden aus Erishum rauskommen. Einen besseren Ort finden.«

Nyssas Augen füllten sich mit Tränen, und sie nickte, gab seiner Hand einen letzten Druck, bevor sie losließ und sich umdrehte, um sich für den Schlaf bereitzumachen. Sie sah nicht

Vallens verzweifelten Blick, der ihr folgte, noch die stumme Bitte, die er zu Enum hinaufsandte, als er sich darauf vorbereitete, über sie zu wachen, sein Geist voller Sorgen über ihre ungewisse Zukunft.

Vallen trat aus dem Raum heraus, als Nyssa sich in trockene Kleidung umzog, die sie aus ihren Reiserucksäcken zog. Vallen wechselte auch seine Gewänder. Er positionierte sich so, dass er mit dem Rücken gegen die Wand nahe dem einzigen Eingang in den Raum lehnte. Er ließ Nyssa die Pritsche nehmen. Er war darin ausgebildet, lange Strecken ohne Schlaf auskommen zu können, aber mit seinen heilenden Verletzungen wusste er, dass sie beide etwas Ruhe für die Wanderung durch die Sterbende Wildnis brauchten. Es würde jedes bisschen ihrer Kraft erfordern, und er wollte, dass sie beide gut ausgeruht waren, bevor sie begannen. Vallen beobachtete mit halb geschlossenen Augen, wie Nyssa sich in eine alte, zerfetzte Decke rollte. Er war froh, als ihr Atem relativ schnell gleichmäßig wurde. Sie musste nach den vergangenen Tagen völlig erschöpft sein. Und die Dinge würden wahrscheinlich schlimmer für sie werden, bevor sie besser wurden.

Während sie schlief, bemerkte Vallen die unruhige Bewegung von Nyssas Körper, die Art, wie ihr Atem gelegentlich seinen Rhythmus verlor, das leichte Stirnrunzeln. Er wusste, dass sie Kämpfe in ihrem Schlaf kämpfte.

Vallen ging leise zu ihr, kauerte sich hin, um seinen Umhang über Nyssas schlafende Gestalt zu legen, um dabei zu helfen, die Kälte in der Luft abzuwehren. Sein Herz pochte ungleichmäßig, als er sie schlafen sah, ihre Wangen von der beißenden Kälte gerötet. Er wollte Trost bieten; eine lose Haarsträhne hinter ihr Ohr zurückstecken und ihr sagen, dass alles gut werden würde. Aber die Wahrheit war, er war sich nicht sicher. Also blieb er nur an ihrer Seite, seine Anwesenheit ein stummes Versprechen in der wachsenden Dunkelheit.

Zu seinem Platz beim Eingang zurückkehrend, zwang sich

Vallen, die Augen zu schließen und etwas zu schlafen. Das schwere Gewicht der Müdigkeit zog ihn schnell hinunter.

Selbst in seinem Schlaf blieben seine Sinne etwas wach, getönt mit dem gassengepragten Instinkt, der zu einer feinen Spitze in den Reihen der Neuntöter geschliffen worden war. Er hatte die Straßen hinter sich gelassen, aber der Schmutz floss noch immer durch seine Adern, die Essenz des Überlebens tief in ihm verankert.

KAPITEL 11

ie Stadt saß gehüllt in die unheimliche Stille, die nur die Stunden vor der Morgendämmerung heraufbeschwören konnten. Die Skyline von Erishum erhob sich trotzig gegen die Kulisse der dunklen Nacht und wirkte in der Dunkelheit noch strenger. Das einzige Licht kam vom Mond und der gelegentlichen Fackel eines Wachmanns.

Vallen und Nyssa wanderten schweigend zum südlichen Gitter des Flusses Assur, jeder belastet mit einem vollgestopften Reiserucksack und einem Amulett um den Hals. An der Grenzmauer entlang, wo sie auf den Fluss traf, blickte Vallen aufmerksam umher, verfolgte die Straßen der Stadt und suchte nach dem verräterischen Glitzern einer Neuntöter-Rüstung oder der blassen Silhouette eines Enumerii-Priesters. Sein Herz pochte sowohl vor Aufregung als auch vor Furcht, ein Gefühl, das er nicht gekannt hatte, seit er ein Waisenkind war, das durch diese gleichen Straßen wanderte. Zusammen betraten sie das eisige Wasser des Flusses. Es war Flut, aber wenn sie nahe am Rand des Fallgatters blieben, das dem Ufer am nächsten war, sollten sie festen Halt behalten können. Vallen zog scharf die Luft ein, als das Wasser seine Haut berührte.

»Beeil dich, Nyssa«, flüsterte er, seine Stimme kaum über das Geräusch des Flusses steigend. Nyssa nickte und reichte ihm ihren Rucksack, bevor sie sich zu den breiten Balken des Fallgatters wandte.

Mit der Gewandtheit einer Schlammlerche und der Verzweiflung eines entflohenen Gefangenen begann Nyssa durch das breite Gitter zu gleiten. Die unheimlichen Geräusche der Nacht wurden von ihrem leisen Stöhnen der Anstrengung und dem gelegentlichen Kratzen unterbrochen, als sie sich durch die Öffnung zwängte.

Als ihre Füße schließlich das Wasser auf der anderen Seite berührten, grinste Vallen sie stolz an. Sie nickte, um ihre relative Sicherheit zu signalisieren.

Vallen begann, ihre Reiserucksäcke durch das Gitter zu reichen, seine Augen verließen nie die Straßen hinter ihnen, aus denen jederzeit ein Wächter oder Priester auftauchen konnte. Einer nach dem anderen fanden die Rucksäcke ihren Weg in Nyssas wartende Hände.

Mit dieser Aufgabe fertig, schätzte er den kärglichen Raum ein, der im Gitter übrig blieb. Nyssa passte gut hindurch, aber er wusste, es würde ein Kampf für ihn werden. Nervös, aber entschlossen atmete er ein letztes Mal die Luft Erishums ein, bevor er sein mühsames Durchrutschen durch das Gitter begann. Sein Körperbau, für den Kampf trainiert, spannte sich gegen die zusammendrückenden Grenzen des Holzgitters.

Sein Atem begann zu stocken, und seine Muskeln schrien, als er sich Zoll für qualvollen Zoll hindurchzwängte. Vallen knirschte mit den Zähnen und rief seine Willenskraft zusammen, um die Panik zu ignorieren, die an den Rändern seines Gewissens kratzte. Halb in und halb aus Erishum stecken zu bleiben war ein zu schrecklicher Gedanke, um ihn zu durchdenken.

Und dann, mit einem letzten, mächtigen Ruck, stürzte er hinaus.

Er landete schwer im Wasser, wobei seine Knie und Hände

tief in den schlammigen Boden des Flusses sanken und seine Finger Klumpen von nassem Morast umklammerten. Nach Luft ringend blickte er zurück zur befestigten Mauer von Erishum. Hier draußen in der Sterbenden Wildnis wusste er, dass die Realitäten, die auf sie warteten, nicht weniger entmutigend waren. Doch angesichts der Wahrheit innerhalb von Erishums Mauern gab es keine andere Wahl, als voranzuschreiten.

Mit Erleichterung stand Vallen auf, schwenkte den Schlamm von seinen Händen und nahm seinen Rucksack von Nyssa entgegen. Das Gewicht davon gab ihm ein seltsames Gefühl des Trostes – es war vertraut, greifbar und real in einer Welt, die außer Kontrolle zu geraten schien. Das eisige Wasser des Flusses durchdrang ihre Winterkleidung, als wäre sie aus Papier. Sie mussten sich bewegen, festen Boden erreichen, bevor das eisige Wasser ihre Kraft weglaugte, nach und nach, bis zur völligen Taubheit.

»Lass uns gehen«, murmelte er, und ohne weitere Worte starteten sie zum Ufer des Flusses. Das Ufer war ein dichtes Gewirr aus Bäumen und Ranken, das wie ein undurchdringlicher Vorhang die Wildnis dahinter verbarg. Ihr Fortschritt war langsam, behindert durch den stumpfen Zug der Flussströmung und die beißende Kälte, die langsam in ihre Knochen kroch.

Das Wasser leckte gegen die Wurzeln und moosbewachsenen Felsen der Böschung. Nyssa bewegte sich trotz ihrer klappernden Zähne geschickt und führte den Weg. Eine Lücke im dichten Unterholz findend, winkte sie Vallen, ihr zum Ufer zu folgen.

Jeder Schritt durch das Wasser war ein Kampf gegen die unaufhörliche Kälte und Müdigkeit, die an ihnen klebte. Trotz ihrer anhaltenden Erschöpfung drängten sie weiter, kletterten über und um das Gewirr, das sie vom festen Boden fernhielt. Vallen stieß einen Laut des Schmerzes und der Verärgerung aus, als ein gebogener Dorn fast so lang wie sein kleiner Finger seinen Ärmel verfing und einen langen, brennenden Kratzer seinen Arm hinunterzog. Sein einziges Glück war, dass es den rechten Arm traf, der bis dahin unverletzt gewesen war.

Als sie schließlich aus dem Fluss auftauchten, das Wasser tropfte in kleinen Bächen von ihrer durchnässten Kleidung, standen sie beide keuchend in der Dunkelheit am Fuß der imposanten Wildnis. Vallen blickte zu Nyssa, deren Gestalt von den massiven Bäumen überragt wurde. Sie nickte zurück. Er zog sein Amulett unter seiner Tunika hervor und legte es auf sein Hemd. Nyssa folgte schnell seinem Beispiel. Es schien am sichersten, dafür zu sorgen, dass jede vorbeikommende Hyva den rosa Stein sofort sehen konnte.

Sie schulterten ihre Rucksäcke und traten zusammen in die gezahnten Kiefer der Sterbenden Wildnis. Die Blätter raschelten ominös über ihnen und erinnerten Vallen an das Flüstern einer zornigen Hexe.

Zusammenarbeitend navigierten Nyssa und Vallen die verworrene Wildnis mit einer langsamen, vorsichtigen Beharrlichkeit. Verknotete Baumwurzeln wanden sich aus der Erde wie monströse Schlangen, ihre glatten, moosbehafteten Oberflächen drohten, sie zu Fall zu bringen, während skelettartige Äste sich über ihnen in einer makabren Zurschaustellung verdrehten. Sie halfen einander über jedes Hindernis, Nyssa lieh ihre subtile Kraft, als Vallen sie über die gewaltigsten Wurzeln hob. Im Gegenzug navigierte sie durch das Gewirr und fand einen Pfad durch das dichte Unterholz.

Mit einem Grunzen zog Vallen seinen Dolch heraus, um durch die hinderlichen Büsche und das dichte Gestrüpp zu schneiden und einen Pfad durch das Dickicht zu bahnen. Ihr Fortschritt war langsam aber stetig, bis der Boden unter ihren schlammgetränkten Stiefeln fest zu werden begann. Sie nahmen sich beide einen Moment, um zu Atem zu kommen und etwas Wasser zu trinken. Vallen blickte zurück nach Erishum und bemerkte eine einzelne Fackel, die sich auf der Grenzmauer bewegte und einen Wächter auf Patrouille signalisierte.

»Wir müssen sicherstellen, dass wir nicht weit vom Fluss abkommen«, Vallen zeigte zum Wasser hin, wo der Fluss sich wie schwarze Tinte von der Landschaft abhob. »Wir sollten uns weiter bewegen, bis wir sicher sind, dass wir außer Sicht von der Grenzmauer sind.«

Nyssa nickte und sah aus wie eine elende halb ertrunkene Katze.

»Wir können nicht weit so weitermachen«, Vallen winkte mit einer Hand zu ihrer nassen Kleidung. »Wir werden einen Platz finden, um ein Lager aufzuschlagen, dann können wir ein Feuer machen.« Bei der Erwähnung von Feuer leuchteten Nyssas Augen auf. Wieder einmal fand er sich dabei, ihre Entschlossenheit zu bewundern. Die sanftmütige Nyssa. Er hatte immer gewusst, dass in ihr ein heller, trotziger Funke verborgen war, geschützt und genährt von ihrem sanftmütigen Äußeren.

»Ein Feuer«, echote sie. »Und trockene Kleidung. Wir werden uns den Tod holen, wenn wir nicht bald aus unserer nassen Kleidung heraus sind.«

Vallen nickte und knirschte mit den Zähnen, um ihr Klappern zu unterdrücken. Es klang für ihn wie das Paradies auf Erden. Er blickte auf seine Kleidung hinunter, schlammbraun gefärbt und an seiner Haut klebend wie ein Blutegel, und runzelte die Stirn.

»Und Ruhe«, fügte sie hinzu, ihre Stimme so leicht, dass sie fast vom Wind weggetragen wurde. Nyssa sah Vallen von der Seite an, Sorge flackerte in ihren Augen. »Für uns beide.«

»Ruhe«, seufzte er und wünschte sich nichts mehr, als in die sanfte, verführerische Umarmung der Bewusstlosigkeit zu fallen. Es fühlte sich an, als wären sie vierzehn Tage unterwegs gewesen, obwohl nicht einmal eine Stunde vergangen war.

Sie traten beide schweigend weiter. Der trostlose Wald summte mit einem konstanten Unterstrom von Geräuschen: das Flüstern des Windes, der durch knochige Bäume mäanderte, das unheimliche Klack-Klack von verknoteten Ästen, die aneinander streiften, und das schrille ferne Echo einer Hyva. Jedes Mal, wenn eines der Monster in der Ferne kreischte, würde Nyssa ihre Hand gegen ihr Amulett streichen, als wollte sie sich versichern, dass es noch um ihren Hals war.

Mondlichtstrahlen erreichten sie durch die Äste über ihnen. Die rosa Steine schienen im Licht zu strahlen.

Vallen hielt eine Hand an seinem Dolch, während sie gingen. Außer den Hyva und der Kälte wusste er nicht, welche Art von Gefahr in der dunklen Umarmung der Sterbenden Wildnis lag. Eine Stunde blutete in die nächste wie Tinte auf Pergament. Die Aufgabe, das dichte Unterholz der Sterbenden Wildnis zu navigieren, war eine gnadenlose Prüfung; jeder durchnässte Schritt sank in das moosige Unterholz, jeder verfangende Ast und dornige Ranke erwies sich als verräterischer als die Fallen jedes menschlichen Jägers. Vallen drängte vorwärts und behielt Nyssa wachsam im Auge, die ihm zwar unerschütterlich, aber sichtlich müde folgte.

Nach einer Weile wich die endlose verzogene Vegetation einem felsigen Terrain, das mehr Klettern und Manövrieren um mit Schiefer beschichtete Felshaufen erforderte. Ihre Stiefel, noch feucht vom Fluss, rutschten immer wieder auf dem losen Geröll aus, ihr Pfad verengte sich verräterisch zwischen zwei strengen Erhebungen von Felsvorsprüngen.

Als sich der Pfad schließlich weitete, entdeckte Vallen eine Felswand, die aus der Erde ragte wie ein Behemoth. Ein praktischer Überhang war von Äonen von Wind und Wetter ausgehöhlt worden und bot einen improvisierten Schutz vor der beißenden Kälte. Als er Nyssa zum Stehen brachte und auf die Nische zeigte, betrachtete sie ihr neugefundenes Heiligtum mit Erleichterung und Dankbarkeit.

Mit gefrorenen, tauben Händen sammelten sie getrocknete Äste aus der Umgebung, ihre Körper protestierten gegen die zusätzliche Anstrengung. Durch seinen Rucksack kramend griff Vallen seinen Feuerstein und kniete nieder, um das Feuer zu entfachen. Der Funkenregen verwandelte schwache Zweige in eine tröstende Flamme, ihr Schein wärmte ihre Gesichter und warf tanzende Schatten auf die Felswand.

Nyssa setzte sich mit einem erschöpften Seufzer, lehnte sich gegen die Felswand, ihre Haltung sackte zusammen. Ihre tiefbraunen Augen reflektierten die flackernden Flammen und ließen sie mit bernsteinfarbenem Licht tanzen. Nachdem er sichergestellt hatte, dass das Feuer nicht erlöschen würde, zog sich Vallen in respektvolle Entfernung zurück und beschäftigte sich damit, mehr Brennholz zu sammeln. Es gewährte Nyssa auch Privatsphäre, um sich aus ihrer nassen Kleidung umzuziehen. Als sie fertig war, kehrte Vallen zum Feuer zurück und tauschte seine durchnässten Gewänder gegen trockenere aus.

Vallen legte seine nasse Kleidung auf einen nahegelegenen flachen Felsen, nah genug am Feuer zum Trocknen, aber weit genug entfernt, um keine Glut zu fangen. Er setzte sich neben Nyssa, ihre Körper saugten die Wärme von ihrer behelfsmäßigen Feuerstelle auf. Sie saßen in harmonischem Schweigen, die Kälte wurde langsam aus ihren Knochen vertrieben, ihre geteilte Notlage schmiedete ein unausgesprochenes Band zwischen ihnen unter dem gleichgültigen Blick der Sterbenden Wildnis.

Entscheidend, den Umkreis ein letztes Mal vor dem Schlafengehen zu überprüfen, ging Vallen die Ränder ihres Lagerplatzes ab und stellte sicher, dass nichts Gefährliches in der Nähe war. Nyssa entfaltete eine alte Decke über den Boden nahe dem Feuer, ihre einzige Barriere gegen den unnachgiebigen, kalten Boden der Sterbenden Wildnis. Er ging zu ihr hinüber und legte seinen Umhang über ihren Körper. »Es wird gegen die Kälte helfen. Ich werde zum Flussufer gehen, um einige Schilfrohre oder Ranken zu sammeln, um an einer Fischfalle zu arbeiten.«

Sie warf ihm einen dankbaren Blick zu und kuschelte sich unter das Material. Sie starrte zu Vallen mit leuchtenden Augen auf: »Ich werde einen Platz für dich freihalten, wenn du zurückkommst.« Sie klopfte auf den Boden vor sich und bot an, die Schlafstätte zu teilen. Vallen schenkte ihr ein dankbares Lächeln und fand sich unfähig zu sprechen. Er zog sich in das dichte Unterholz zurück, das den Rand des Flusses säumte. Das Feuer bot begrenzte Beleuchtung, gab ihm aber genug Licht, um eine Auswahl geeigneter Schilfrohre, Ranken und einige dünne, gerade Stöcke für seine behelfsmäßige Fischfalle zu identifizieren und zu sammeln.

Als er zurückkehrte, war die feuerbemalte Silhouette von Nyssa zusammengerollt und schlief unter seinem Umhang. Ihr langsames, gleichmäßiges Atmen erfüllte Vallen mit einer seltenen Ruhe. Das Mondlicht verfing sich in ihrem Haar und umrahmte ihr schlafendes Gesicht mit einem ätherischen Heiligenschein. Ein Lächeln huschte über Vallens Lippen, als er sich diese kurze, stille Atempause erlaubte und sie friedlich schlafen sah.

KAPITEL 12

$\mathcal{A}$ ls Vallen erwachte, war er in die Wärme seines Umhangs gehüllt. Das stetige Rauschen der Sterbenden Wildnis wurde von der Morgendämmerung erhellt.

Für einen Moment war er von seiner Umgebung verwirrt, bevor er sich an alles erinnerte. Als er am Abend zuvor schlafen gegangen war, hatte er sich hinter Nyssa gelegt, damit sie näher am Feuer lag und er zwischen ihr und der Sterbenden Wildnis. Nun war der Platz, wo Nyssa geschlafen hatte, leer. Er war nur mit kalter Luft gefüllt, was Angst in seinem Magen entfaltete. Er setzte sich abrupt auf. Eine schnelle Begutachtung ihres behelfsmäßigen Lagers bestätigte, was er befürchtete: Nyssa war nirgends zu sehen.

»Nyssa?« Seine Stimme war nur ein gedämpftes Flüstern in der weiten Landschaft, während sein Herz in seiner Brust hämmerte. Die Angst vertiefte sich und kratzte in seinem Inneren. Er versuchte es erneut, diesmal lauter, und bemühte sich, die Panik nicht in seinem Ruf widerhallen zu lassen. »Nyssa!«

Ihre süße Stimme rief ihm von irgendwo nahe dem Flussufer zurück. »Vallen, ich bin am Fluss!«

Einen tiefen Atemzug der Erleichterung einatmend, bewegte

sich Vallen in Richtung von Nyssas Stimme. Äste beiseite schiebend und über Dornengestrüpp steigend, fand er seinen Weg zum Fluss.

Barfuß, mit zu den Knien hochgerollten Hosenbeinen, stand Nyssa inmitten des kräuselnden Wassers. Das Morgensonnenlicht verfing sich in ihrem dunklen Haar, noch verworren vom Schlaf. In ihren Händen war ein langer Stock, scharf zugespitzt mit drei Zinken am Ende. Sie starrte konzentriert auf das seichte Wasser zu ihren Füßen, ihre Stirn in Konzentration gerunzelt.

Und dann, mit einer schnellen, geschmeidigen Bewegung, stieß sie den Stock in den schlammigen Flussboden. Nyssa hob den Speer aus dem Wasser und präsentierte Vallen einen Aal, der verzweifelt auf den Zinken zappelte.

»Frühstück!«, rief Nyssa aus und hielt ihre noch zappelnde Beute hoch. Ein strahlendes Lächeln breitete sich über ihr Gesicht aus. Da war ein Schlammstreifen auf ihrer Wange, ihre Augen lebendig vor Freude und Triumph.

Vallen fühlte eine Wärme durch ihn fließen. Er war immens dankbar, sie an seiner Seite auf dieser Reise zu haben.

»Ausgezeichneter Fang! Da du ihn gefangen hast, übernehme ich das Ausnehmen und Kochen, einverstanden?«, bot Vallen an.

Nyssa drehte sich vom Flussufer um, ihre Wangen rosa vor dem Kompliment, und gab ihm ein eifriges Nicken. Sie übergab ihren handgemachten Speer mit dem noch zappelnden Aal daran.

»Hast du die Fischfalle überprüft?«, fragte er, seine Augen verließen nie den Aal. Er hatte die Falle am Abend zuvor fertiggestellt und sie an einer Stelle unter einem Baum aufgestellt, von der er dachte, sie könnte Ergebnisse bringen.

Sie nickte, dann gab sie ihm ein leichtes Achselzucken. »Sie war leer.«

Nyssa folgte Vallen, als er zurück zum Lager ging. Während er den Aal ausweidete, sammelte sie mehr Brennstoff.

Nyssa häufte trockene, knisternde Blätter auf die Reste ihres Feuers. Dann fütterte sie vorsichtig zarte Zweige in die aufsteigenden Flammen und lockte sie zurück ins Leben. Sie kauerte sich nahe zusammen, Hände ausgestreckt, absorbierte ihre Wärme in ihre Haut. Sie hatte sich nicht beklagt, aber Vallen konnte sich gut vorstellen, wie kalt das Wasser des Flusses sie gelassen hatte.

Als die Sonne die letzten Reste der Dämmerung verjagte, beobachtete Vallen, wie der erste Blick auf die Sterbende Wildnis aus den verweilenden Schatten auftauchte. Die weite Wildnis, ein Wandteppich aus verknoteten, skelettartigen Bäumen und unnachgiebigem Unterholz, schien sich unter dem gedämpften Licht zu winden. Ein kalter Wind raschelte durch ausgetrocknete Blätter und ließ sie klappern und knarren.

Die Sterbende Wildnis erstreckte sich um sie herum in düsteren grauen und schwarzen Farbtönen, eine Ausdehnung der Wildnis, die im blassen Morgenlicht fast ätherisch aussah, ihre gezackten Gipfel und verknoteten Bäume in einem düsteren Schein gebadet, der auf die ungezähmte Schönheit und Gefahren hinwies, die darin lauerten. Flecken von ehemals lebendiger Vegetation hatten sich in kränklich eiternde Hügel verwandelt, blattlose Äste streckten sich wie dünne Finger aus, die nach der kärglichen Wärme der Sonne kratzten.

Der Anblick ließ unerklärliche Schauer Vallens Wirbelsäule hinunterlaufen. Es war leicht zu verstehen, warum Geschichten über diesen verlassenen Ort die Menschen von Erishum mit Furcht erfüllten, auch ohne den zusätzlichen Horror der Hyvas.

Die schwachen Ranken der Morgendämmerung hatten kaum die unheimliche Düsternis ihres behelfsmäßigen Lagerplatzes erhellt, als Nyssa mit einem Blick von helläugigem Interesse begann, das Gebiet um ihr Lager zu erkunden. Vallen behielt sie vom fernen Rand nahe ihrem Feuer im Auge. Sein Blick verfolgte sie mit einer Leichtigkeit, die in seiner Brust flatterte, während er zusah. Ihre Wärme und gute Laune waren ein starker Kontrast gegen die todesstille Kulisse der Sterbenden Wildnis.

Ihre Hand streifte gegen die verknotete Rinde eines Baumes,

der einst üppig und grün gewesen war, aber nun nur eine weitere geschwärzte Hülle war. Trotz seines leblosen Aussehens pflückte sie vorsichtig ein Blatt, ein Keuchen stieg aus ihrer Kehle auf, als das Blatt ein befriedigendes raschelndes Knistern von sich gab.

Da war ein Schimmer in ihren großen, braunen Augen, ähnlich dem ersten Licht, das am Morgenhimmel erwacht. Selbst inmitten der finsteren und trostlosen Wälder fand Nyssa etwas zum Staunen, etwas zum Schätzen.

Vallen konnte das sich kräuselnde Grinsen nicht verhindern, das sein Gesicht zu erhellen begann und seine verhärteten Züge wärmte. Es war eine seltene und kostbare Sache – diese Leichtigkeit gegen die überwältigende Dunkelheit ihrer Umstände.

Was für ein anderer Morgen es ohne Nyssas Überschwang gewesen wäre. Sie war sein Leuchtfeuer.

Trotz des verfallenen Waldes um sie herum fühlte Vallen fast ein Gefühl der Zufriedenheit, als er den Aal auf einen Stock fädelte und ihn über das Feuer setzte. Kameradschaftlich mit Nyssa zusammenzuarbeiten erinnerte ihn an die einfacheren Tage ihrer Kindheit, als sie als Schlammlerchen entlang des Flusses Assur gearbeitet hatten.

Inmitten all der Gefahr und Ungewissheit war es alles, was Vallen sich je gewünscht hatte, einen ruhigen, unbeschwerten Morgen mit Nyssa zu teilen.

Sobald der Aal fertig war – knusprig gegart und mit einem rauchigen Geschmack durchzogen – reichten Vallen und Nyssa den Stock hin und her und tauschten Bissen. Vallen hatte nie den Geschmack für Aal entwickelt, aber er war nie einer, der die Nase über Essen rümpfte. Er aß seine Hälfte der Mahlzeit ohne Beschwerde und ignorierte den öligen, fischigen Geschmack. Nyssa, stets sparsam, knabberte an ihrem Anteil und ließ das Essen andauern. Als die Mahlzeit endete, mit nur Knochen als Beweis ihres Frühstücks, löschten die beiden das Feuer und stellten sicher, keine Glut noch brennend zu lassen.

Aufstehend und seinen Rücken streckend, sammelte Vallen

ihre spärlichen Besitztümer, packte ihre nun sonnengetrocknete Kleidung und Bettwäsche ein. Die Sonne warf lange, sich streckende Schatten, als sie ihren täglichen Aufstieg begann und den Himmel mit Pastellfarben malte. Mit der Luft, die sich um sie herum zu erwärmen begann, brachen sie auf und bahnten sich einen Pfad durch die Sterbende Wildnis.

Als Nyssa und Vallen vorsichtig durch das Unterholz schritten, wurde jeder ihrer Schritte mit kalkulierter Sorgfalt gemacht. Jeder Schritt schien verräterisch, ob es rutschige verwesende Blätter unter den Füßen waren oder eine Wurzel, die aus dem Boden ragte, um sie zu stolpern zu lassen, oder felsiger Schiefer, der unter ihren Stiefeln wegrutschte.

Unheimliche, verkrüppelte Bäume mit geschwärzter Rinde ragten bedrohlich über das Paar empor und warfen eigenartige Schatten, die sich mit ihrer Bewegung drehten und tanzten. Das Blätterdach über ihnen erlaubte nur flüchtige Blicke auf den Himmel, dessen fleckige Blautöne und verblassender Purpur von den verflochtenen Ästen verdeckt wurden. Eine unnatürliche Schwere hing in der Luft, erstickend wie eine Decke, die über eine Flamme gelegt wurde.

Nyssas Augen huschten hin und her über ihren Pfad, als erwarte sie kontinuierlich einen Angriff. Vallen wusste, wie tief ihre Furcht vor den Hyvas reichte. Glücklicherweise schienen die Bestien weit weg zu bleiben. Sie hörten gelegentlich einen fernen Schrei, aber sie kamen nie nahe.

Trotzdem blieb Vallen in der Nähe, bereit, sie zu verteidigen, falls nötig. Seine Augen durchsuchten auch ständig ihre Umgebung.

Vallen wachte über Nyssa wie ein Habicht. Er würde sich nie vergeben, wenn sie auf dieser Reise verletzt würde. Sie hatte nie die Sicherheit von Erishum verlassen wollen, und es war seine Schuld, dass sie ihr Leben zurücklassen musste. Das Mindeste, was er tun konnte, war, sie zu beschützen.

Jede Unze seines Trainings als Neuntöter und seine Überlebensinstinkte nutzend, die durch eine Kindheit in den Slums geschärft worden waren, stellte Vallen seine Sinne auf die Sterbende Wildnis ein. Er war wachsam für die schwächsten Signale, vom sanften Rascheln der Blätter bis zu fernen Vogelrufen, sogar zum Ebb und Flow der sie umgebenden Landschaft.

Als die Sonne ihren Zenit erreichte, legten Vallen und Nyssa eine kurze Mittagspause ein, bevor sie sich etwas tiefer in den Wald wagten, der Boden unter ihren schlammgetränkten Stiefeln knirschte und knackte, als sie ihre Reise fortsetzten. Das Flussufer war für eine Weile unpassierbar geworden und zwang sie tiefer in die Sterbende Wildnis. Obwohl sie noch das sanfte Gurgeln des Flusses hören konnten, konnten sie ihn nicht mehr sehen. Es fühlte sich an, als hätte der Wald sie verschluckt und sie waren tief im Herzen der Sterbenden Wildnis, unbequem umgeben von verdrehten Bäumen und ihren greifenden, fast grotesken Ästen. Sonnenlicht kämpfte darum, durch das verzogene Blätterdach zu gelangen und machte den Waldboden zu einem Mosaik aus Licht und Schatten. Als Vallen tief einatmete, war die Luft hart und kalt, als wäre sie nach der nährenden Wärme des Sonnenlichts ausgehungert.

Ein überraschender Fleck lebendigen Grüns hielt Vallen und Nyssa in ihren Spuren an. Trotzig aus dem Gewirr eines geschwärzten Dornengestrüpps hervorragend, wob sich eine einzelne lebendige smaragdgrüne Ranke durch den Verfall, frisch und grünend, gedeihend in starkem Kontrast zu dem verdrehten düsteren Wald, der sie umgab. Die einzelne Ranke wirkte spektakulär deplatziert, wie ein strahlender Edelstein, der auffällig inmitten einer Palette aus Asche und Schlamm gelegt wurde, eine Anomalie so stark, dass Vallen zuerst dachte, es sei ein Trick seines Verstandes. Der Anblick ließ Vallen innehalten. Der kühne Streifen Grün durchbrach für einen Moment die düstere Blässe der Sterbenden Wildnis. Sein Glanz war ein Leuchtfeuer, das sie beide vorsichtig näher zog.

Vallen stieß Nyssa sanft hinter sich und zog seinen Dolch.

Nachdem er die Pflanze eine Minute lang beobachtet hatte, streckte er die Klinge vorsichtig zur Ranke aus und stieß sie zuerst sanft an. Die Ranke reagierte, wie jede Pflanze es täte – schwankte leicht bei der Berührung und zeigte kein Zeichen plötzlicher oder seltsamer Bewegung. Ermutigt davon drückte Vallen die scharfe Klinge in das Fleisch der Ranke und schnitt einen schmalen Schnitt darüber. Wieder reagierte die Ranke ganz normal, mit Saft, der aus der Wunde sickerte und die Klinge mit einem blassgrünen Schimmer malte. Die Luft füllte sich mit dem frischen Geruch von Gras und dem scharfen adstringierenden Duft von Saft, ein tröstliches Aroma, das Vallen mit den frühen Morgenstunden in Erishums Feldern verband.

Nyssa spähte auf die Ranke, ihre Brauen runzelten sich in Gedanken. »Es ist eine Quenti-Ranke«, flüsterte sie, gerade laut genug für Vallen zu hören. Überraschung flackerte in ihren Augen. »Aber das macht keinen Sinn. Wie wächst sie hier, an diesem angeblich korrupten Ort?« Ihre Stimme war voller Neugier und Ehrfurcht.

Nyssa berührte einen Finger an das Rinnsal von Saft, das von der Quenti-Ranke tropfte, und verschmierte es zwischen ihren Fingern. Sie fixierte Vallen mit einem schelmischen Blick. »Erinnerst du dich an die Zeit, als wir fast dabei erwischt wurden, Beeren von den Feldern des alten Herrn Tislain zu stehlen?«

Vallen kicherte und nickte in Erinnerung. Er gab ein gespieltes Schaudern von sich. »Ziemlich schwer zu vergessen.«

Nyssa grinste. »Wir sind dem Hund des Bauern gerade so entkommen, erinnerst du dich? Sind direkt in ein Dickicht von Quenti-Ranken gerannt, um uns zu verstecken, nicht wahr?«

Vallen brach in Gelächter bei der Erinnerung aus, der Klang hallte in der Stille der Sterbenden Wildnis. »Dieser Hund war nichts im Vergleich zu der Entdeckung, dass ich allergisch gegen Quenti-Saft war«, sagte er und rieb seinen Arm, als könnte er noch den geisterhaften Juckreiz fühlen.

Nyssa löste sich in Gekicher auf und lachte so hart, dass

Tränen ihre Augen stachen. »Du sahst wochenlang aus, als hättest du die Pocken!«

»Oh, das ist gut«, erwiderte Vallen und stieß sie mit einem spielerischen Ellenbogen an. Er blickte auf seine Arme hinunter, als erwarte er halb, sie mit knusprigen Clustern von winzigen roten Striemen übersät zu sehen. »Ich versichere dir, das Jucken war schlimmer als mein Aussehen«, murmelte er, die Ecken seines Mundes zuckten mit einem unterdrückten Lächeln.

Nyssas Gekicher beruhigte sich zu einem Kichern. Das Echo ihres Lachens fühlte sich an wie kostbare, gestohlene Augenblicke der Erholung, eine willkommene Ablenkung von dem drohenden Verhängnis, das wie ein Schwert in der Luft hing, das darauf wartete zu fallen.

Sie standen beide dort für einen Moment und staunten über die Anomalie der hellen Pflanze inmitten solcher Düsternis. Keine Antwort kam, nicht dass sie eine erwarteten. Sie tauschten einen verweilenden Blick aus, und dann mit einem Achselzucken gingen sie weiter, der Spritzer Grün wurde zu nichts mehr als einem Fleck im Grau hinter ihnen.

Als Vallen und Nyssa tiefer in das sich windende Herz der Sterbenden Wildnis reisten, stolperten sie über mehr winzige Taschen lebendigen Grüns. Für Vallen war es wie ein gutes Omen, ein Beweis dafür, dass das Leben hartnäckig unter dem verwesenden Schleier des toten Waldes pulsierte.

Sie stolperten über eine solche Oase, einen üppigen Garten aus weichem Moos und grünenden Farnen, eingebettet in ein Tal, das von einigen zerbrochenen Felsbrocken geschaffen wurde. Solche Inseln des Lichts zu sehen war eine willkommene Erleichterung, wie eine kühle Brise an einem heißen Tag; es gab Vallen Hoffnung, dass sie entkommen konnten, auch wenn nur momentan, dem unheimlichen Griff der Sterbenden Wildnis.

Ein anderes Mal war es nur ein einzelner grüner Setzling in der Mitte eines Haufens toter Blätter. Eine einzelne, einsame Wiesenlerche hockte auf dem Setzling und trillerte eine Arie.

Nyssa war leicht vorwärts getreten, ein entzücktes Keuchen entwich ihr, als sie den jungen Baum bewunderte, ihre Finger strichen leicht über die Babyblätter.

Der Pfad entlang des Flusses erlag periodisch dem dichten Unterholz und wilden Gewirren des Waldes und zwang Vallen und Nyssa, tiefer in das unheilvolle Herz der Sterbenden Wildnis abzuweichen, bevor sie ihren Weg zurück zum Flussufer navigieren konnten.

Als sie sich weiter von den windenden Biegungen des Flusses Assur entfernten, fanden sie mehr solcher üppiger Täler oder Flecken hellen Grüns. Gerade jenseits dieser Taschen der Schönheit kauerten das verknotete Unterholz und verdrehte Gestrüpp und drücken gegen die Vegetation, als versuchten sie, sie zu verschlingen.

Mit den sich kräuselnden Ranken des Abendnebels, der sich um sie zu setzen begann, rang Vallen um eine Ablenkung – sowohl für Nyssa als auch für seine eigene ängstliche Sorge über die Zukunft, die zur Dunkelheit spiralisiert hatte. Eingeschlossen von den hohen, bösen Schatten der sie umgebenden Bäume blickte er sie an. »Erzähl mir von deiner Woche als Lehrling in der Bäckerei, Nyssa«, schlug Vallen vor, das Rumpeln seiner Stimme schnitt durch die kriechende Stille der Sterbenden Wildnis.

Nyssa blinzelte ihn an, momentan aus ihren Gedanken gerissen. Ein sanftes, zögerndes Lächeln tauchte schließlich auf ihrem Gesicht auf. »Es war wunderbar, Vallen«, gab sie zu, ihre Stimme erwärmte sich.

Sie erzählte Geschichten von geschäftigen Küchen, getränkt im Duft von frischem Brot und frühen Freundschaften, die über geteilte Säcke Getreide geformt wurden. »Frau Kayseri und Khinnis lehrten mich, wie man Teig knetet, wie verschiedene Zutaten miteinander reagieren und wie man weiß, wann etwas fertig ist, nur durch den Anblick.«

Fasziniert von ihrem Enthusiasmus fragte Vallen nach ihrem

Lieblingsstück zum Machen. Nyssas Augen funkelten, ihr Gesicht und ihre Hände lebhaft, als sie den Prozess beschrieb, ihre Lieblingsbrötchen zu machen – ein zartes Handwerk, das Stunden geduldiger Arbeit und kompliziertes Wissen erforderte, wie man kalte Butterstücke zwischen dünne Teigschichten einwebt.

»Sie sind butterig, weich und blättrig, und wenn man sie auseinanderzieht, kann man die Schichten sehen. Es ist... es ist einfach magisch, weißt du?«, erklärte Nyssa, ihre Stimme tief und gleichmäßig, voller Bewunderung.

Vallen nahm ihre Worte in sich auf, während eine bittersüße Welle der Wärme sein Herz erfüllte, die mit dem Sehen ihres echten Glühens der Leidenschaft kam. Er fühlte einen scharfen Stich der Schuld, dass Nyssa ein Leben zurücklassen musste, in dem sie gerade erst Freude zu finden begonnen hatte. Ihre Stärke erstaunte ihn, als er schweigend gelobte sicherzustellen, dass diese Opfer nicht umsonst wären. Es ließ Vallen seine wachsenden Ängste begraben, während sie tiefer ins Unbekannte vordringen.

Der Himmel begann in tiefe Purpur und tintige Blautöne zu sickern und warf ein eigenartiges Licht auf die Wildnis. Vallens Blick wanderte immer wieder zurück zu Nyssa. Sie hatte sich als wahre Kämpferin erwiesen, bekämpfte ihre Furcht und Erschöpfung mit Entschlossenheit. Er bewunderte sie dafür, genauso wie er ihre Verfolgung ihrer Träume zurück in Erishum bewunderte, und noch mehr, wie sie diese hart erkämpfte Zukunft riskierte, um ihn zu retten. Sie bewegte sich immer vorwärts, genau wie der Fluss, dem sie folgten.

Die Entscheidung, das Lager für die Nacht aufzuschlagen, kam aus der Notwendigkeit. Nyssas Schritte hatten sich allmählich verlangsamt, ihre schlanke Gestalt sackte mehr und mehr zusammen, als sie schweigend über den verräterischen Waldboden stapfte. Ihr Gesicht war blass unter einer Schicht aus Schweiß und Schmutz; dunkle Kreise unterstrich ihre normalerweise hellen Augen. Und Vallen selbst konnte die Müdigkeit spüren, die an seinen Knochen nagte, seine Muskeln schrien nach Ruhe nach Stunden unnachgiebiger Wanderung.

Der gewählte Lagerplatz war ein kleines Tal, umgeben von turmhohen Bäumen, deren verknotete Äste ein unvollkommenes Blätterdach über ihnen bildeten. Tote Blätter und gefallene Zweige knirschten unter den Füßen, als Vallen einen Bereich räumte, damit sie ihre müden Körper hinlegen konnten.

Er breitete seinen Umhang auf dem Boden aus, ein behelfsmäßiges Bett, und führte Nyssa sanft darauf zu.

»Ruh dich aus, Nyssa. Ich werde das Feuer anmachen.«

Sie fiel mit einem dankbaren Seufzer auf den Umhang, ihre schmutzbefleckten Finger strichen sanft über das weiche Material, ein seltsam friedlicher Ausdruck ersetzte ihre anfängliche Grimasse der Erschöpfung.

KAPITEL 13

allen beobachtete sie in der schwankenden Dämmerung. Als ihre Augen sofort zu flattern begannen, bevor sie sich schlossen, tadelte er sich für seine wehmütigen Gedanken. Er erinnerte sich daran, seine Aufmerksamkeit dem Anmachen des Feuers und dem Fokus auf seine Umgebung zu widmen, anstatt all seine Zeit damit zu verbringen, Nyssa anzustarren. Er musste der Gegenwart gewidmet bleiben; wachsam gegen die ständige Gefahr der wilden Kreaturen, die diese Wälder füllten, besonders der Hyvas. Es wäre töricht, all seinen Glauben in das Amulett zu investieren und seine Verteidigung zu senken.

Er spürte, wie das Gewicht seiner Aufgabe – Nyssa aus Erishum herauszubringen und ihr ein besseres Leben zu bieten – mit erneuertem Druck auf seine Schultern drückte. Mit nur seinen Gedanken als Gesellschaft ließ die Stille seine Ohren klingeln. Vallen machte schnell ein Feuer an. Er saß gelehnt gegen eine der Baumbasen. Er sollte versuchen zu schlafen, aber trotz seiner Erschöpfung war sein Geist zu aufgewühlt, um ihm Ruhe zu gewähren.

Er starrte in die Flammen des Feuers und ließ seine

Gedanken kreisen. Er fand es oft hilfreich, sich das Schlimmste vorzustellen, was passieren könnte. Sobald er seine Ängste visualisierte, konnte er sie konfrontieren und Lösungen und Gegenmaßnahmen durcharbeiten.

Vallens Blick verhärtete sich ins Feuer und sank in eine knochentiefe Betrachtung der schlimmstmöglichen Ergebnisse, die ihn und Nyssa erwarteten. Sein Herz hämmerte in seiner Brust, als er seinem Geist erlaubte, die Tiefen seiner größten Ängste auszuloten; sie würden ihr Ziel erreichen, aber anstatt der einladenden, wohlhabenden Stadt, von der sie träumten, würden sie einen Ort finden, der korrupter als Erishum wäre und ohne jede Gelegenheit, den Lebensunterhalt zu verdienen. Anstatt willkommen geheißen zu werden, wurden sie mit kalten Höhnlächeln und verdammenden Blicken empfangen, von den Stadtmauern mit Drohungen und Beleidigungen vertrieben.

Er stellte sich vor, wie sie zusammengekauert in irgendeiner schmutzigen Gasse hockten, zitternd in den kalten, unnachgiebigen Nächten, abgelehnt und allein. Die Furcht vor dem Verhungern tauchte auf, nagte an seinen Eingeweiden wie ein gnadenloses Biest, stellte sich vor, wie Nyssas einst lebendige Augen ihr Licht verlieren würden, ihren Körper, der schwach vor Hunger wurde.

Seine Hände zu festen Fäusten ballend, wich Vallen vor dem vorgestellten Leiden zurück. Aber anstatt die Verzweiflung ihn verzehren zu lassen, stärkte er sich und zwang seine Gedanken, Lösungen für seine erschreckenden Projektionen zu improvisieren. Er würde seine Fähigkeiten als Neuntöter schärfen, sie jedem anbieten, der Schutz brauchte. Er würde sich als würdig erweisen, ihr Vertrauen gewinnen und langsam jeden Unwillen zerstreuen, der gegen sie gehegt wurde.

Und wenn keine Beschäftigung zu finden wäre, dachte Vallen, würde er sich auf die Findigkeit stützen, die ihn als Straßenratte am Leben gehalten hatte, bevor sein Leben als Neuntöter begann. Sie würden nicht verhungern; er würde es nicht zulassen. Er würde fischen, jagen, nach Verwertbarem suchen – alles tun, was Essen in ihre Bäuche bringen würde. Er würde Nyssa warm halten, sie sicher halten und vor allem sie am Leben halten.

Als die schlimmsten Szenarien ihre düsteren Erzählungen in seinem Geist abspielten, arbeitete Vallen unermüdlich daran, sie zu kontern und entwarf Strategien wie ein Taktiker, der sich auf einen unvermeidlichen Krieg vorbereitete.

Vallens Blick wurde von den flackernden Flammen des Feuers angezogen, die Lichtranken tanzten in hypnotisierenden Mustern gegen das tintige Dunkel der Nacht. Sein Geist, sich aus den Gewirren der Angst entwirrend, war von der verlockenden Bewegung gefesselt. Vallen verfolgte die Form einer Flamme, während sie durch die Luft webte, als ein raschelndes Geräusch durch die friedliche Stille schnitt. Es war nicht ein bloßes Flüstern des Windes oder die unschuldigen Regungen eines kleinen nachtaktiven Tieres. Sein Blut wurde kalt.

Seine Hand rutschte instinktiv zum Griff seines Messers, das an seinem Oberschenkel ruhte. Das Rascheln verstärkte sich und ringelte sich von dem dichten Netzwerk belaubter Äste oben herab. Um nicht die Aufmerksamkeit des Verursachers dieses Geräusches auf sich zu ziehen, erstarrte Vallen, seine Ohren und Augen anstrengend in der Dunkelheit. Sein Puls pochte in seinen Schläfen, und sein scharfer Blick pfeilte nach oben, suchte die Quelle des beunruhigenden Geräusches.

Und dann erschien es, glitt unheimlich aus dem schattigen Schleier des Baumblätterdachs. Eine Hyva stieg herab, ihr schlangenartiger Körper entrollte sich wie ein alptraumhafter Mythos. Die Kreatur war eine groteske Silhouette; wuchtige Muskeln gewoben in ein Muster tödlicher Beweglichkeit, als sie auf den Waldboden glitt, ihr Blick auf Vallen gerichtet mit einer Intensität, die ihn den Atem anhalten ließ. Ein Rinnsal Schweiß rollte seinen Rücken hinunter, als er das Monster anstarrte.

Die Hyva starrte zurück, ihre goldenen Raubtieraugen spiegelten die reichen Glutfarben des Feuers wider. Ein beunruhigendes Gefühl ungezähmter Wildheit lauerte in ihrem wilden Blick. Er hatte sich gefragt, ob etwas vom Menschen in den Monstern zurückbehalten wurde, aber als er in die Augen der Hyva starrte, spürte er dort keine Menschlichkeit. Sie beobachtete ihn nicht als bloße Beute, sondern mit einer verstörenden, unheimlichen tierischen Intelligenz, die in seine Seele zu bohren schien. Die Kreatur begann, ihren Kehlsack aufzublähen, ein sicheres Zeichen eines bevorstehenden Angriffs. Die Stacheln entlang ihrer Wirbelsäule sträubten sich, als sie einen langsamen, bewussten Schritt nach vorn machte.

Aber als sie sich bewegte, glitzerte das Feuerlicht vom Amulett um Vallens Hals. Die winzige geschnitzte Hyva auf seiner Oberfläche reflektierte den Schein des Feuers und pulsierte, als wäre sie von der Bedrohung der Bestie erweckt worden. Für einen Herzschlag hielten sowohl Mann als auch Kreatur den Atem an, gefangen in einem stillen Tableau der Spannung.

Dann zischte die Hyva, ein Geräusch voller Hass und Furcht, dissonant gegen die ruhige Symphonie der Wildnis. Sie wich vor dem rosa Stein zurück, als wäre sie in Schmerzen. Und so schnell, wie sie erschienen war, zog sich die Hyva in die Dunkelheit zurück und hinterließ nur ein paar Fußabdrücke im Schmutz.

Vallen blieb lange nach der schaurigen Begegnung mit der Hyva wachsam auf der Hut, seine Sinne schmerzhaft wachsam für jede Bedrohung, die das obsidianschwarze Dunkel bergen könnte. Erschöpft aber aufmerksam saß er mit dem Rücken gegen einen Baum gepresst, nahe bei Nyssa, falls er sie verteidigen müsste, seine wachsamen Augen auf das sich vertiefende Dunkel der Sterbenden Wildnis gerichtet. Als die Nacht schwand, fielen die Temperaturen, und die Stille der Wildnis wurde nur durch das Pfeifen des Windes und den Rhythmus seines eigenen Herzens gebrochen. Schließlich, als der Schatten der Furcht, verursacht durch die wilde Bestie, langsam ins Reich der Erinnerung verblasste, erlaubte sich Vallen einen Seufzer der Erleichterung. Insekten begannen ihre nächtliche Serenade, und Sternenlicht spähte zwischen den Ästen der Bäume auf ihn herab.

Entscheidend, dass er Ruhe brauchte – er würde Nyssa morgen nichts nützen, wenn seine Sinne durch Erschöpfung getrübt wären – gesellte er sich zu ihr in ihr behelfsmäßiges Bett. Das Feuer brannte niedrig und hinterließ die letzten Überreste seiner Wärme. Als er sich neben die friedlich schlafende Nyssa legte, schmerzte sein Körper vor der Anstrengung der Ereignisse des Tages; doch der Rhythmus ihrer Atemzüge und die geteilte Wärme boten einen Balsam für seine müde Seele. Die Krone der Schatten, zusammen mit seinen Pflichten, wich momentan zurück und ließ Raum für den müden Neuntöter, der süßen Hingabe des Schlafes nachzugeben.

KAPITEL 14

*A*m dritten Morgen ihrer Reise erwachte Vallen und fand den Boden mit Frost bedeckt vor. Er hatte gehofft, in Puzur oder Hassuna zu sein, bevor die ersten Finger des Winters sich über Erishum legten, aber es sah aus, als wäre ihr Glück aufgebraucht. Es war eine frostgeküsste Morgendämmerung in der Sterbenden Wildnis, die den Boden in einen starken Glanz hüllte. Vallen bewegte sich unter ihrer Decke und ließ dabei versehentlich eine kühle Brise in ihren Kokon eindringen. Die eisigen Böen, die über das karge Land fegten, schlichen sich unter die Decke und schienen durch seine Kleidung zu schneiden, durchbohrten sein Fleisch und drangen direkt bis in seine Knochen.

Als er sich langsam von ihrem behelfsmäßigen Bett aus gebündelten Umhängen und Decken erhob, bedeckt mit Blättern und Unterholz, um die Wärme zu halten, ließ der betäubende Stich der Kälte Vallen einen sehnsüchtigen Blick auf die sterbenden Glut des Feuers werfen. Es würde ein weiterer harter Tag werden, vermutete er, als er eine dicke Frostschicht von seinem Reiserucksack kratzte.

Eine träge, schwerfällige Stimmung lag über dem Lagerplatz

an diesem Morgen. Nyssa blieb zusammengekauert, in ihren Umhang gehüllt, klammerte sich an die Wärme, die von ihrem Schlaf verblieb. Ihre Wangen waren rot und aufgesprungen, und ihr Atem beschlug in der Luft. Ein eisiger Wind blies um sie herum und grub seine Zähne in ihre müden Knochen. Das Feuer zu einer fast brüllenden Größe aufbauend, verweilten sie länger als gewöhnlich im Lager und hofften, ihre Geister so sehr wie ihre Körper zu wärmen.

Vallens Stirn runzelte sich, als er in ihren Vorratsbeutel blickte. Ihre kärglichen Rationen schienen erbärmlich spärlich gegen die hungrigen Weiten der Sterbenden Wildnis. Wenn sie vorsichtig wären, glaubte er, sollte es genug sein, um sie bis zum Ende ihrer Reise zu bringen, aber Vallen mochte die Ungewissheit nicht.

Nyssa schlurfte neben ihn. Ohne etwas sagen zu müssen, wendeten sie sich und wagten sich zusammen zum Rand des Flusses, wo Vallen die Fischfalle am Abend zuvor platziert hatte.

Das Knirschen ihrer Schritte schien zu laut in der unheimlichen Stille der Wildnis. Aber die Aussicht auf eine warme Mahlzeit machte ihre Schritte entschlossener.

Eine zitternde Erwartung erfüllte Vallen, als er die Falle mit tauben Fingern und einem Gebet auf den Lippen hob. Sein Mund hob sich automatisch zu einem erfreuten Lächeln, als sein Blick auf das silbrige Schimmern eines Fisches fiel, der in der Falle zappelte.

Nyssa blickte zu ihm hinüber, ein erleichtertes Grinsen blühte auf ihrem Gesicht. Sie hatten Essen, ein warmes Feuer und einander. Es ließ die Idee eines weiteren Tages ihrer beschwerlichen Reise weniger entmutigend erscheinen, selbst mit den fallenden Temperaturen.

Nyssa reinigte und bereitete ihren Fang vor, während Vallen das Feuer aufbaute und sich auf den Reisetag vorbereitete. Die Wärme, die vom Feuer ausstrahlte, schmolz die letzten Reste seiner frostbedeckten Steifheit weg und füllte die Luft mit der Illusion der Gemütlichkeit.

Der Geruch von Holzrauch und geröstetem Fisch wehte durch die Lichtung. Es war ein Aroma, das Vallen an den geschäftigen Marktplatz von Erishum erinnerte, ein Duft der Heimat, der sich in der feindseligen Wildnis einnistete. Er hatte einen Moment der Nostalgie für sein altes Zuhause, als ihm klar wurde, dass er wahrscheinlich nie wieder Erishum sehen würde. Es war der einzige Ort, den er je gekannt hatte, und der Gedanke, ein neues Land zum Ansiedeln finden zu müssen, wo er ein Außenseiter wäre, ließ Angst in seinem Bauch wirbeln.

Als sie die heiße Mahlzeit genossen, hatte Nyssa einen nachdenklichen Gesichtsausdruck.

»Woran denkst du?«, fragte Vallen mit einem Mund voller Fisch.

Nyssa stocherte in ihrem Anteil Fisch herum, ihre Augen glühten schwach im Feuerlicht. Ein sanfter Seufzer entwich ihr, als sie nachdenklich kaute. »Ich frage mich, wie das Leben in Puzur und Hassuna ist«, sinnierte sie.

Vallen, der damit beschäftigt war, ihren Lagerplatz zu überprüfen, blickte sie an. »Ich bezweifle, dass es sich sehr von Erishum unterscheidet. Menschen arbeiten, sie lieben, sie hassen, sie haben Familien, sie jagen und bauen Nahrung an.«

Er hoffte, dass sie dort, wo sie auch landeten, Wachen brauchten, da es die einzige wirkliche Fähigkeit war, die er hatte, abgesehen vom Taschendiebstahl und Schlossknacken. Er war sicher, dass sie Bäcker brauchen würden – jeder wollte Brot. Wenn sie ihn nicht als Wache wollten, würde er etwas anderes finden. Was auch immer nötig war, um sich um Nyssa zu kümmern, er würde es tun.

»Kuratorin Athura erzählte mir einmal, dass die anderen Königreiche fortgeschrittener sind als wir und ihre Technologie weit über unser Verständnis hinausgeht«, antwortete Nyssa, ihr

Blick verloren in den tanzenden Flammen. »Sie sagte, dass sie Stücke von Waffen gesehen hat, die aus dem Flussschlamm gezogen wurden, die sie glauben ließen, dass sie Waffen haben könnten, die die Hyva besiegen können.«

Dies veranlasste Vallen, seine Aufgabe aufzugeben und sich Nyssa zuzuwenden. Er warf ihr einen skeptischen Blick zu. »Wenn das der Fall ist, warum haben sie es dann nicht schon längst getan?«

Nyssa blickte Vallen an und starrte dann mit einem nachdenklichen Gesichtsausdruck zurück ins Feuer. »Ich denke, es liegt daran... wenn sie ohne ein Amulett in die Sterbende Wildnis gehen, um gegen die Hyva zu kämpfen und zu lange bleiben, verwandeln sie sich in eine.«

Sie berührte reflexartig den Stein, der um ihren Hals hing, als bräuchte sie den Trost, sicherzustellen, dass er dort war, wo er sein sollte.

Vallen warf ihr einen beeindruckten Blick zu. »Diese Erklärung macht mehr Sinn als alles andere, was mir einfällt. Wir werden es sowieso nicht wissen, bis wir dort ankommen.«

Nyssa nickte, dann bekam sie einen besorgten Ausdruck im Gesicht. »Denkst du, dass Puzur und Hassuna böse sind, wie man uns gesagt hat?«

Vallen seufzte und fuhr sich mit einer Hand durch die Haare. »Nein, das glaube ich nicht. Es ist wie zu fragen, ob ganz Erishum böse ist. Es ist voller guter Menschen und vieler schlechter. Aber ich glaube nicht, dass ein ganzes Königreich böse sein kann, nicht wirklich. Aber wir können beide zustimmen, dass Erishum schreckliche Dinge tut – wie seine eigenen Bürger zu opfern und sie in Monster zu verwandeln.

Wir müssen aber vorsichtig sein. Wir haben keine Ahnung, wie sie Besucher behandeln. Wenn wir uns unserem Ziel nähern, sollten wir sehr vorsichtig sein – sie eine Weile beobachten, um sicherzustellen, dass es für uns sicher ist, bevor wir uns nähern.«

Nyssa nickte eifrig bei seinem Vorschlag. Da er sie ablenken musste, stand Vallen auf und klopfte seine Hose ab. »Nun, hier zu sitzen und zu spekulieren wird uns nicht näher bringen. Wir sollten anfangen.«

Nach schnellem Zusammenpacken brachen die beiden auf und wagten sich tiefer in den Bauch der Wildnis. Nach drei Tagen des Stampfens durch die Sterbende Wildnis hatte sich Vallens Furcht vor dem verwunschenen Wald gedämpft, bis alles, was er fühlte, vages Unbehagen und Wachsamkeit war, als sie durch ihre Tiefen marschierten. Sie hatten mehrmals Hyvas gesehen, aber außer der Nacht zuvor – wovon Vallen entschieden hatte, Nyssa nicht zu informieren – kamen die Kreaturen nie nahe an sie heran. Sie schienen jedoch oft miteinander zu kämpfen. Ihre trillernden Schreie und Kreischen konnten mehrmals am Tag über dem Blätterdach der Sterbenden Wildnis gehört werden. Selbst Nyssa sprang nicht mehr und klammerte sich nicht an Vallens Ärmel, wenn die Hyva in der Ferne brüllten. Nicht dass Vallen wollte, dass Nyssa Angst hatte, aber er war froh gewesen, dass sie instinktiv schien, ihn aufzusuchen, wenn sie verängstigt war.

Entscheidend, dass der Platz, an dem sie sich befanden, ein guter Ort für eine kleine Rast war, klopfte er ihre Schulter und deutete auf eine schattige Nische unter einem Baum in Sichtweite des Flusses. Nyssa gab ihm ein dankbares Nicken, glücklich, eine Ruhepause von ihrem gnadenlosen Trott zu bekommen. Sie ließen sich unter dem hängenden Blätterdach nieder, was wie ein spinnenwebüberzogener Nadelstrauch aussah, dessen blauschwarz Blätter sanft in der leichten Brise flüsterten. Ihre spärliche Mahlzeit aus gesalzenem Zwieback und getrockneten Früchten wurde in gedämpfter Atmosphäre gekaut, als sie ihre ausgetrockneten Münder mit den letzten Schlucken Wasser aus ihren Flaschen füllten.

Nyssa wagte sich zum nahegelegenen Flussufer. Vallen lehnte

sich gegen die knorrige Rinde des Baumes zurück, hielt Wache, seine Hand ruhte auf dem Griff seiner Klinge. Er beobachtete Nyssa, wie sie das dicke, moosige Flussufer überquerte, schnell und geschickt, um ihre Wasserschläuche zu füllen.

Plötzlich wurde die unheimliche Stille der Sterbenden Wildnis durch den gefräßigen Schrei einer Hyva zerrissen. Vallen fand sich fast auf den Füßen, bevor er das Geräusch registriert hatte. Der harte, kratzende Ruf hallte ominös wider und klang viel zu nah. Dem ersten Kreischen folgte sofort eine heimtückische Folge von Klicken und tiefem Knurren. Ein weiterer Schrei durchbohrte die Luft – dieser schien aus einer anderen Richtung zu stammen. Vallen konnte nicht bestimmen, ob dies eine andere Hyva war oder ob es dieselbe war, die sich bewegt hatte.

Sowohl Vallen als auch Nyssa spannten sich an, erstarrten und lauschten aufmerksam. Sein Herz hämmerte unregelmäßig gegen seinen Brustkorb. Er zog seinen Dolch aus der Scheide und beobachtete, wie Nyssa dasselbe tat. Das erschreckende Hyva-Lied hallte immer näher wider, umgeben von einer Symphonie aus Kratzen, Zähneknirschen und brechenden Ästen. Als Vallen lauschte, konnte er bestimmen, dass der Lärm von mindestens zwei Hyvas erzeugt wurde, die in einen Kampf verwickelt waren.

Wollend sicherstellen, dass sie aus dem Pfad der kämpfenden Bestien heraus waren, winkte Vallen Nyssa, ihm zu folgen. Sie kletterten hastig einen nahegelegenen Felsbrocken hinauf und spähten hinaus. Vallens Herz verkrampfte sich beim Anblick einer geschwärzten Lichtung, die sich vor ihnen öffnete, als sie über den Rand des Felsens spähten. In einem sich windenden, verdrehenden Ball eingewickelt, knurrten und kämpften zwei Hyvas in einem tödlichen Kampf.

Nyssa keuchte bei der Wildheit der beiden Bestien. Die monströsen Kreaturen knirschten, bissen und schlitzten einander auf und wirbelten Schmutz und tote Blätter auf. Ihre schrecklichen

Geräusche hallten wider, das Knurren und Brüllen echote über ihre Köpfe.

»Sie sind so... wild«, stammelte Nyssa heraus, ihre weiten Augen konnten sich kaum von dem Kampf losreißen, der unten tobte. »Wie konnten diese Bestien... diese Hyva... jemals Menschen gewesen sein?«

Vallens eigener Blick blieb unverwandt auf der grausigen Szene unten haften, seine Lippen in einer grimmen Linie gepresst. Er mochte nicht, wie verängstigt Nyssa war; sie verhielt sich wie ein Beutetier. Sie mussten stark und furchtlos sein, wenn sie die Sterbende Wildnis überleben wollten. Nach einem angespannten Moment sprach er schließlich, seine Stimme kaum mehr als ein tiefes Rumpeln.

»Sie mögen einst Menschen gewesen sein«, räumte er ein. »Aber sieh sie dir jetzt an... Sie sind nur wilde Bestien.«

Nyssas Brauen zogen sich bei seiner Meinung zusammen, ein nachdenklicher Ausdruck zog über ihr Gesicht. »Denkst du, sie haben Erinnerungen?«, fragte sie sich laut. »Dass sie früher... wie wir waren? Dass sie wissen, was mit ihnen passiert ist?«

Ein schwerer Seufzer entwich Vallen, sein Blick wich nie von der grausigen Szene unten ab. »Ich glaube nicht«, antwortete er, seine Stimme entschlossen aber traurig. »Nach dem, was ich gesehen habe, glaube ich, dass sie jetzt rein von tierischem Instinkt getrieben werden. Überleben. Hunger. Dominanz. Spuren ihrer vergangenen Leben... Ich bezweifle, dass die auch nur noch Echos in ihren Köpfen sind.«

Nyssa umarmte sich fester. Jahrhundertelang waren unzählige Seelen der Sterbenden Wildnis geopfert worden. Es war unheimlich tragisch, dass ihre Existenz auf bloßes instinktives Überleben reduziert worden war, für immer verloren für Freunde und Familien... und sich selbst. Ihre Menschlichkeit weggerissen, ließ sie als nichts mehr als diese wilden, ungezähmten Bestien zurück.

»Jedenfalls bin ich froh, dass die Menschen von Puzur und

Hassuna die Hyvas nicht töten«, antwortete Nyssa nach einem Moment. »Nicht jetzt, wo wir wissen, dass sie früher Menschen waren.«

In der Lichtung unten erreichte der Kampf endlich ein furchtbares Crescendo. Eine Hyva, ihre Haut vernarbt und blutig, taumelte auf die Füße, eingeschüchtert von der Macht ihres Gegners. Mit einem tiefen Knurren der Niederlage kehrte sie um und schlich unter die skelettartigen Bäume, ihre Wunden ein deutliches Zeugnis der Gewalt ihres Zusammenstoßes. Der Sieger, eine wuchtige Monstrosität aus verdrehten Muskeln und Schuppen, hob seine groteske Schnauze zum aschfahlen Himmel in Triumph. Seinen Kehlsack mit Luft füllend, gab er seinem Sieg eine Stimme. Das Brüllen war erschreckend unmenschlich.

Die Hyva anblickend, loderte ein wilder, ungezähmter Hass in Vallen. Diese grotesken Ungeheuerlichkeiten mit ihren grellen Verwandlungen in einer grausamen Verspottung der Menschlichkeit waren die undurchdringlichen Barrieren, die ihn sein ganzes Leben lang an Erishums schmutzigen Unterleib gefesselt hatten. Wenn es nicht die Hyvas gegeben hätte, was hätte er werden können? Er wäre nicht gezwungen gewesen, im Schlamm zu schuften oder sich den brutalen Neuntötern zu verpflichten. Wohin hätten seine Füße wandeln können? Ungeachtet ihrer Herkunft hatten die Hyvas ihren Anspruch auf ihre vergangene, unerreichbare Menschlichkeit verwirkt. Wenn es nach Vallen gegangen wäre, wären sie aus der Existenz getilgt worden.

Als das triumphierende Knurren der Hyva ein letztes Mal ertönte, wendete sie ihre hässliche und gewaltige Masse ab und glitt in das skelettartige Labyrinth der erstorbenen Bäume. Selbst mit der Abwesenheit der Hyva fand Vallen eine ätzende Irritation, die an der Grube seines Magens nagte. Sein Griff am Griff seines Messers verstärkte sich, seine Knöchel wurden weiß, während seine verengten Augen auf die verzogene Wiese unten gerichtet blieben.

»Wir sollten weitergehen«, sagte Nyssa.

»Ja«, stimmte Vallen zu, sein Ton kurz angebunden. Er fühlte eine anhaltende Irritation in seinem Bauch summen. Er konnte nicht genau bestimmen, was ihn störte, aber es war wie ein hartnäckiger Juckreiz, den er nicht richtig erreichen konnte.

KAPITEL 15

$\mathcal{D}$urch den Rest des Tages stapften sie vorsichtig weiter und webten durch die skelettartigen Überreste der Sterbenden Wildnis. Vallen ging voran, Nyssa folgte ihm dicht auf den Fersen.

Der Pfad, den sie gingen, verengte sich bald zu einer verknoteten, gewundenen Spur, die über verräterisches Terrain schlängelte, jede Biegung eine neue Prüfung aus gezackten Felsen und rutschigen Wurzeln. Die Schwierigkeit des Pfades verstärkte Vallens saure Stimmung. Als noch ein weiterer dornenbedeckter Ast an Vallens Umhang hängenblieb, knurrte er und riss den Stoff vom Dorn und hinterließ einen Riss im Gewebe. Er starrte den kleinen Riss an, als wäre er sein Todfeind. In einem tiefen Teil von Vallens Gehirn wusste er, dass er unvernünftig war. Vallen kreiste mit der Schulter, um seine Stimmung zu zügeln. Hinter ihm folgte Nyssa schweigend und ließ Vallen allein durcharbeiten, was auch immer ihn störte.

Vallens normalerweise geduldiges Auftreten war an den Rändern ausgefranst, ersetzt durch eine unerklärliche Irritation. Er fand sich dabei, wie er die Äste anschnauzte, die ihren Pfad behinderten, sein Kiefer spannte und entspannte sich, als er versuchte, seine Irritation zu ersticken. Er war schlecht gelaunt, nicht nur mit der Umgebung, sondern auch mit Nyssa. Sie hatte aufgehört, Fragen zu stellen, als seine Antworten kürzer und schärfer zu werden begannen. Selbst wissend, dass er unfreundlich zu der Person war, die ihm am meisten auf der Welt bedeutete, schien er nicht aufhören zu können.

Vallen konnte keine Worte finden, um zu erklären, warum er so wütend und irritiert war. Der größte Teil seiner Aufregung richtete sich zu diesem Zeitpunkt gegen ihn selbst. Was war los mit ihm? Er war ein Schwachkopf. Seine Haltung half nichts und machte ihre Reise nur schmerzhaft und peinlich.

Nyssa tat ihr Bestes, um ihm aus dem Weg zu gehen. Aber selbst die kleinen Geräusche ihrer vorsichtigen Bewegungen, das gelegentliche Keuchen ihres Atems, alles schien an seinen Nerven zu zerren. Vallen konnte die Distanz spüren, die Nyssa zwischen ihnen hielt, als sie sich durch das dichte Unterholz drängten. Es war mehr als nur der nötige Raum, um eine Klinge zu schwingen oder die dornigen Büsche zu vermeiden, sie war vorsichtig, keine plötzlichen Bewegungen zu machen, ihr ganzes Wesen strahlte Vorsicht aus. Es zerrte an seinen bereits ausgefransten Nerven. Die verweilende Stille zwischen ihnen, nur durch das gelegentliche Rascheln des Laubes unterbrochen, umhüllte ihn und nährte seine unerbittliche Angst und Verärgerung.

Hatte er sich nicht all die Jahre, die sie sich kannten, als vertrauenswürdiger Freund erwiesen? Sie hatten sich in unzähligen Notlagen in den engen Gassen von Erishum wiedergefunden. Sie hatten endlose Bedrohungen als Kinder auf diesen gefährlichen Straßen erlebt, Vallen immer an ihrer Seite, ihr stets wachsamer Beschützer. Und jetzt, da er einen einzigen schlechten Tag hatte – von Reizbarkeit – schlich sie um ihn herum, als würde sie sich sorgen, dass er sein Temperament nicht halten könnte. Es nagte an seiner Brust wie eine verschmähte Wunde, die wieder aufbrach – hatte er nicht geglaubt, sie würde ihn besser kennen? War nichts, was er tat, gut genug? Ein Teil von ihm wollte die Hand ausstrecken, sie aus dieser schüchternen Hülle reißen, aber ein anderer Teil war empört über ihr Verhalten. Er hatte so viel für sie geopfert und so vergalt sie es ihm? Es stach tief in seinem Kern, der Geschmack von Verletzung begraben unter aufgestauter Reizbarkeit.

Eine Stimme in seinem Kopf sagte ihm, dass er kleinlich und ungerecht war. Schuld über sein Verhalten und seine Stimmung war ein Kloß in seinem Hals, ein bitterer Geschmack, den er gerne ausgespuckt hätte. Aber die harte Realität der Sterbenden Wildnis, die Erinnerung an den wilden Kampf der Hyvas und die Realität ihrer trostlosen Existenz... es alles entwirnte ihn langsam.

Ohne Warnung verfing sich sein Stiefel in einer unsichtbaren Wurzel und ließ ihn nach vorn stolpern. Die Überraschung, vermischt mit dem unerbittlichen Verdruss, der sich den ganzen Nachmittag in ihm aufgebaut hatte, ließ ihn mit einer Kette von Flüchen reagieren. Sein Fuß schwang zurück und verband sich mit der beleidigenden Wurzel mit einem vergeltenden Tritt. Die rohe Aggression der Tat ließ Nyssa zusammenzucken.

Der Anblick ihres ängstlichen Ausdrucks traf ihn mit einer Kraft größer als die eines Hammerschlags. Er blieb unbeweglich, verblüfft von ihrer Furcht und verzehrt von Entrüstung, dass Nyssa Furcht vor ihm hegen konnte. Nach allem, was er für sie getan hatte, hielt sie ihn für ein Monster? Kauerte vor ihm weg, als würde er ihr jemals Schaden zufügen?

Eine steigende Flut von Wut blubberte aus der Grube von Vallens Magen auf, roh und sengend wie die heißen Glut einer Schmiede. Es fehlte das disziplinierte Brennen seines Trainings, das ihn gelehrt hatte, seinen Zorn zu käfigen und ihn mit der Präzision eines Neuntöter-Schnabels auf sein Ziel zu richten. Es war ein unbekanntes Gefühl, wild und ungezähmt, grub seine Krallen in sein Bewusstsein und riss die Zügel aus seinen Händen.

Wut verzehrte Vallen, verbrannte ihn und verdrehte ihn in ihrem krallenbewehrten Griff.

Ein Knurren bahnte sich den Weg seine Kehle hinauf, ein Geräusch, das kalt wie der Winterwind durch Mark und Bein ging, ein primitives Rumpeln, geschmiedet aus jedem Unrecht, das ihm je angetan worden war.

Seine Hände ballten sich zu Fäusten, die Haut spannte sich über seine sich beugenden Knöchel. Seine Lippen zogen sich in einem tierischen Knurren zurück und entblößten seine zusammengebissenen Zähne.

Diese Wut war nicht seine eigene. Sie fühlte sich fremd an. Sie war dunkler als jede Wut, die er je zuvor gefühlt hatte, und wilder als alles, was der zurückhaltende Neuntöter, zu dem er geworden war, erlebt hatte. Sie war ätzend, verzehrte all seine Wärme und Liebe und ersetzte sie durch eine intensive Wut, zu weit, zu trostlos, um sie zu enthalten. Er spürte, wie er in den Abgrund der Wut sank, seine Identität ihrem wilden Strom überließ, doch er fand sich machtlos, den Abstieg zu stoppen.

Eine gnadenlose, unersättliche Wut, wachsend und verzehrend, brüllte in erschreckender Freude... Seine Sicht schwamm mit drohendem Rot, seine Stimme hallte mit monströsen Brüllen wider. Das Flüstern seiner Menschlichkeit, der Schrei seines Gewissens... ertrinkend und erstickt in Wut.

Er versuchte, Nyssas Namen zu sagen, aber alles, was herauskam, war ein Knurren. Das Knurren verwandelte sich in einen schmerzerfüllten Schrei.

Eine schwarze Wut hatte ihn ergriffen und richtete die Faser seines Wesens auf einen Hunger, den er nicht begreifen konnte, eine Leere, die gefüllt werden musste. Geistlos hob er eine Hand und hielt sie hoch, starrte sie mit einer tierischen Faszination an. Die Haut hatte begonnen, sich zu verziehen und zu verschieben, wölbte sich obszön, als sehnige Muskeln sich ausdehnten und wuchsen. Seine Finger verlängerten sich, Knochen knackten und formten sich neu, während seine Haut sich zu verdunkeln begann und in einen gefleckten blauschwarzen Farbton wechselte.

Ein Schub roher, wilder Energie rippelte durch ihn wie ein wilder Strom. Jeder seiner Sinne schien sich zu schärfen: die Farbe der Welt verwandelte sich in ein erschreckendes Monochrom, Gerüche wurden stechend stark, und Geräusche begannen, sich in nuancierten Frequenzen zu registrieren. Instinktiv vibrierte seine Kehle und erzeugte ein unheimliches Klickgeräusch, das Nyssa einen Schritt zurücktreten ließ, keuchend und ihre Hände defensiv ausstreckend.

Er wandte seinen Blick zu dem Geräusch und sah eine Gestalt, die er vage als vertraut registrierte. Es rührte... ein Gefühl des Zögerns. Er neigte den Kopf und durchsuchte seine Gedanken. Es roch nach Beute. Alles, was er sah, war eine Kreatur, angstdurchtränkt und weitäugig. Da war keine Verbindung, keine Erkennung. Nur ein Herzschlag, der laut mit köstlichem Blut pochte.

Die Kreatur wich langsam vor ihm zurück und machte kleine wimmernde Geräusche, die seinen Instinkt riefen, zu springen und zu zerreißen.

Der Hunger nagte in ihm. Er gab sich langsam dieser fremden, aber alles verzehrenden Wut hin und verlor sich dem Ruf der Hyva in ihm.

»Val, was passiert? Vallen!« Die Kreatur schrie.

Der letzte Funke von Vallens Menschlichkeit flackerte in ihm und warf ein schwaches, flehendes Licht in die herannahende Dunkelheit. Vallen grub tief und stieß das Wort »Lauf!« zu Nyssa heraus. Das Wort donnerte aus seinem Mund, verzerrt zu einem Brüllen, trug seine rohe Verzweiflung. Es hallte, knochenschütternd und hart, durch die trostlose Weite der Sterbenden Wildnis.

Aber Nyssa lief nicht.

Stattdessen stürzte sie sich auf die Bestie, zu der Vallen geworden war. Er fiel auf die Knie und wurde zu einem verdrehten, sich windenden Monster. Sie sprang mit einer unerwarteten Kühnheit an seine Brust, ihre Augen schimmerten mit einem inneren Feuer. Die Überraschung ihrer plötzlichen Verwegenheit erwischte den Hyva-besessenen Vallen unvorbereitet, seine unnatürlich scharfen Sinne gefangen im verweilenden Echo seines Befehls.

Als Nyssa gegen ihn prallte, warf sie einen Arm um seine Schultern und zog ihn nahe. Mit der anderen Hand drückte sie das Amulett um ihren Hals in seine deformierte Brust. Er konnte den Puls des Steins spüren, pulsierend mit einer gleichzeitig kühlenden und brennenden Energie.

Da war einen Moment starker Stille. Dann stöhnte Vallen, schaudernd und zitternd, fiel auf seinen Rücken. Nyssa folgte ihm auf den blattbedeckten Boden und hielt das Amulett an seine Haut gedrückt.

Langsam schien die Dunkelheit in Vallen zu schwinden, vom Amulett herausgezogen. Genauso allmählich erweichten die monströsen schwarzen Schuppen zurück zu menschlicher Haut. Die verdrehten und deformierten Gliedmaßen zogen sich zusammen und verwandelten sich zurück in menschliche Anhängsel. Die gebogenen, verlängerten Krallen zogen sich zurück, und sein Fleisch begann sich von schwarz zurück zu rosa zu verändern, die blauschwarze Haut zog sich zurück wie die Flut des Flusses. Vallen klammerte Nyssa an seine Brust, als er in einer Mischung aus Qual und Erleichterung keuchte und schauderte.

Als er zitterte und bebte, umhüllte Nyssa Vallen schützend in ihren Armen. Die Nachwirkungen der Verwandlung waren wie Brennen. Seine Haut schrie, und seine Nerven fühlten sich an, als stünden sie in Flammen, schossen zufällig und ließen seine Muskeln zucken und beben.

Die Wut, die Vallen zuvor verzehrt hatte, floss hinaus, strömte weg, als wäre ein Damm der Zurückhaltung und des Verstandes in ihm gebrochen und hinterließ Furcht und Trauer. Er blieb mit einer demütigenden Zerbrechlichkeit zurück, einem überwältigenden Gefühl, bloßgelegt und transparent zu sein. Er fühlte einen knochentiefen Ekel und Schock über seine eigene Verwandlung, über die Aussicht, eine Hyva zu werden und seine Menschlichkeit zu verlieren.

Die Restessenz der Hyva kratzte noch an den Rändern seines Bewusstseins. Der Gedanke daran, wie schnell seine eigene Natur sich gegen ihn wenden konnte, ließ ihn unkontrollierbar zittern und schaudern. Die Kreatur in ihm war verbannt, aber nicht gelöscht worden. Es war ein frischer Terror, eine starke, erschreckende Erinnerung an den Preis der Sterbenden Wildnis.

Keuchend erinnerte sich Vallen – in Blitzen und instinktiven Eindrücken – wie es sich angefühlt hatte, eine Hyva zu werden. Es war ein primitiver, roher Schub tierischer Wut, von unersättlichem Hunger, der jedes andere Gefühl dominierte, eine überwältigende Abwesenheit von Gedanken oder Gnade, einfach das wilde Verlangen zu überleben und zu verzehren. Ohne ein Amulett war es nur eine Frage der Zeit, bis er die Kontrolle über seine Menschlichkeit verlor und sich in eine Bestie verwandelte. Da war auch, verwoben mit seinem Terror, eine Welle von tiefem Mitgefühl für die Kreaturen, die dazu verdammt waren, in diesem unerbittlichen Hunger zu leben und zu sterben. Er würde sowohl die Furcht als auch das Mitleid in seinem Herzen tragen, verwoben und unentrinnbar für den Rest seines Lebens.

Vallen griff schwach nach Nyssas Hand, die noch fest ihren Anhänger in seine Brust drückte.

»Ich verstehe nicht«, krächzte er, seine Stimme von Erschöpfung geplagt. »Ich... ich hatte es an, nicht wahr?«

Nyssa, die auf seinem Schoß saß, sah so verängstigt aus, wie er sich fühlte. Ihre Augen suchten seine, als müsste sie sicherstellen, dass er da war – dass das Monster nicht mehr in ihm war. Schließlich senkte sie seinen Blick, als wäre sie zufrieden mit dem, was sie fand. Dann blickte sie auf das Amulett hinunter, das noch von seinem Hals hing.

»Ja, hattest du«, antwortete sie einfach und runzelte ihre Brauen in tiefem Nachdenken. Seine Halskette ganz abziehend, hielt sie sein Amulett ins Sonnenlicht und prüfte den runden rosa Stein. Ihre schlanken Finger fuhren über das geschnitzte Bild der Hyva auf seiner Oberfläche.

Die schwere Stille hing einen Moment zwischen ihnen. Nyssa brach sie, ihre Stimme weich aber stetig. »Hier«, sagte sie, nahm ihr Amulett ab und fädelte es über seinen Kopf. »Trag das, bis wir wissen, dass du dich nicht verwandelst.«

»Aber Nyssa... Du musst es tragen, um sicherzustellen, dass du keine Hyva wirst«, protestierte Vallen.

Nyssa schüttelte den Kopf und durchbohrte ihn mit einem intensiven Blick. »Ich hätte dich beinahe für immer verloren. Wir können es nicht riskieren. Ich denke, wir werden das Amulett abwechselnd tragen müssen. Du sagtest, dass in der Opfernacht die anderen Männer sich erst nach mehreren Stunden zu verwandeln begannen.«

»Danke«, flüsterte er, die Dankbarkeit tief in seiner Stimme. Als er das Amulett, das Nyssa ihm gegeben hatte, mit müden Fingern verfolgte, löste sich der Knoten der Furcht in seinem Bauch ein wenig. Er begann, die erschreckende Tiefe der Freundschaft zu verstehen, die Nyssa ihm anbot. Trotz der Gefahren lieh sie ihm bereitwillig ihren Schutz. Es erfüllte ihn mit Wärme inmitten der kalten Fäden des Horrors, die noch an ihm klebten.

Nyssa hielt vorsichtig Vallens altes Amulett in der Höhlung ihrer Handfläche, die Sonne warf Schatten auf die komplizierten Gravuren. »Vallen«, murmelte sie sanft, »das fühlt sich leichter an.«

Vallen warf ihr einen schnellen, fragenden Blick zu. »Leichter? Wie ist das möglich?«, antwortete er erschöpft. »Sie sind genau gleich.«

»Sind sie das aber?«, konterte Nyssa unbeeindruckt. Sie hob das Amulett von seiner Brust und wiegte es in ihrer freien Hand. Nun hielt sie ein Amulett in jeder offenen Handfläche, ähnlich Gewichten auf einer Waage zum Vergleich. »Dieses hier fühlt sich definitiv leichter an. Sieh selbst nach.«

Widerstrebend streckte Vallen seine Hand aus, und Nyssa ließ die Amulette in seine wartende Handfläche fallen. Sie lagen dort, Seite an Seite, identisch im Aussehen. Doch als er sie hob und neigte, schmolz das skeptische Stirnrunzeln auf seinen Zügen weg. Das Amulett, das er zuerst getragen hatte, war tatsächlich leichter in der Berührung.

»Denkst du, dass die Magie des Königs aufgebraucht wurde?«

Vallen zuckte mit den Schultern. Er konnte die Idee von Magie mit Gewicht nicht begreifen, aber nichts anderes machte Sinn.

Neugierig schüttelte er sie beide leicht. Da fühlte er es – ein fast unmerkliches Schwappen aus dem schwereren Amulett.

»Du hast recht, Nyssa«, stellte Vallen fest, ein Gefühl des Staunens in seiner Stimme. Er atmete scharf ein und spähte genau auf die Amulette in seiner Hand. »Dieses hier ist schwerer, und es fühlt sich an, als wäre etwas darin.«

Als Nyssa das Amulett sanft schüttelte, wich sie zurück und warf Vallen einen so schockierten Blick zu, dass es ihn grinsen ließ. Er hatte ihre neugierige Natur immer geliebt, und er war froh zu sehen, dass sie noch da war.

Als Nyssa das leichtere Amulett zurückgab, prüfte Vallen das metallische Stück, das den hübschen rosa Stein an die Halskette befestigte. Seine rauen Finger wackelten vorsichtig an der silbernen Fassung, die in den Stein eingebettet war, erwarteten Widerstand. Jedoch stellte er mit einem Ruck fest, dass es sich bewegte.

»Bei Enums Namen«, atmete er, seine Augen weit vor Erstaunen, als er das leichtere Amulett hoch hielt. Das Metall war nicht in den Stein eingebettet, wie er dachte; es drehte sich auf einer zarten Achse und begann sich unter seiner Berührung aus dem Edelstein herauszudrehen.

Vallen hob seinen Blick zu Nyssa, sein Schock spiegelte sich in ihren weiten braunen Augen. Er konnte die Räder in ihrem Geist sich drehen sehen – dieselbe Neugier und Hartnäckigkeit, die sie auf den harten Straßen von Erishum am Leben gehalten und ihr erlaubt hatte, den Schlamm des Flusses Assur zu überleben, nun fokussiert auf das unerwartete Geheimnis, das sich in seinen Händen entfaltete.

Einen plötzlichen Kloß in seinem Hals hinunterschluckend, griff Vallen vorsichtig fester zu und begann zu drehen. Das Silber spiralte aus dem Stein wie ein hartnäckiger Korken, der eine gut gereifte Weinflasche verlässt, und enthüllte eine winzige versteckte Höhlung im Herzen des Amuletts.

Vallen erlaubte sich einen schweren Ausatmer, sein Herzschlag pochte in seinen Ohren, als er in die Höhlung spähte.

Der innere Hohlraum des Edelsteins glitzerte, erinnerte an die zarte innere Kurve einer Flussschneckenschale. Sanft neigte Vallen das Amulett zu Nyssa und bot ihr einen Blick. Ihre Augen weiteten sich beim Anblick und wandten sich dann mit einem spekulativen Blick zum Amulett um seinen Hals.

Mit langsamen, vorsichtigen Bewegungen brachte er die schlanke Metallschraube zu ihrem versteckten Fach im Edelstein zurück und legte sie zur Seite. Vallen wandte dann seine Aufmerksamkeit dem rosa Stein zu, der gegen sein Brustbein ruhte. Es hebend, begann er vorsichtig, sein eigenes Amulett zu entkorken.

Das metallische Stück spiralte wieder aus dem Stein und enthüllte eine weitere Höhlung. Nyssa keuchte. Der Hohlraum in seinem Amulett war nicht leer.

Vallen starrte ins Innere des Steins. Eine glitzernde Flüssigkeit füllte das Fach nicht ganz zur Hälfte und zwinkerte aus seinem steinernen Gefäß mit einer Leuchtkraft, die unnatürlich schien. Sie schimmerte irisierend, tanzte mit Farben und Schimmern, die lebendig und fesselnd waren, wie Öl, das über eine Pfütze verteilt wurde. Die Entdeckung war so alarmierend wie hypnotisierend, ein weiteres Stück des sich entfaltenden Geheimnisses buchstäblich in Vallens Griff.

KAPITEL 16

$\mathcal{V}$allen neigte das Amulett zur sinkenden Sonne, gefesselt von dem schillernden Schimmer der Farben. »Magie«, murmelte er, mehr zu sich selbst als zu Nyssa.

»Das, oder wir ernähren uns schon viel zu lange von Flussschlamm«, neckte Nyssa.

»Ich dachte... ich dachte, es wäre der Stein, der magisch ist, oder dass König Jorek dem Stein Magie verliehen hat. Aber ich denke, es ist die Flüssigkeit?« Die Überraschung wich der Gewissheit.

Der leiseste Hauch eines Stirnrunzelns kräuselte Nyssas Braue, ihre Augen verengten sich skeptisch. »Aber ist die Flüssigkeit selbst magisch, oder handelt es sich nur um Wasser, das mit Magie durchdrungen wurde?«

Vallen fiel in nachdenkliches Schweigen, sein Griff um das Amulett verstärkte sich. »Es spielt nicht wirklich eine Rolle. Das Problem ist, dass wir so oder so ausgehen können. Es ist eine endliche Ressource«, sagte er langsam.

Nyssa biss auf ihre Unterlippe und nagte daran. »Also«, begann sie leise, während es in ihrem Kopf arbeitete, »wie lange haben wir, bevor wir ganz ausgehen?«

Vallens Stirn runzelte sich tief, als er Nyssas Frage überlegte. Er ließ seine Gedanken zum Opfertag zurückschweifen, als Nyssa ihm das Amulett zugesteckt hatte. Von diesem Moment bis sie das zweite Amulett aus der Weihestätte gestohlen hatten, waren etwa zwei Tage gewesen. Er hatte das Amulett die ganze Zeit nicht abgenommen.

Seine Finger schlossen sich unbewusst um das leere Amulett. »Etwa zwei Tage, obwohl wir nicht wissen, wie lange Athura es in ihrem Besitz hatte, bevor sie es dir gab. Vielleicht war es mehr verbraucht als dieses hier.« Vallen deutete auf das Amulett um seinen Hals. »Ich denke jedoch, wir müssen davon ausgehen, dass wir zwei Tage haben, um aus der Sterbenden Wildnis herauszukommen, bevor wir riskieren, uns in Hyvas zu verwandeln.«

Nyssa sah aus, als würde sie gleich in Tränen ausbrechen. »Was, wenn es der Stein ist, der die Magie hält, aber Flüssigkeit darin braucht, um sie zu aktivieren? Warum versuchen wir nicht, normales Wasser in das andere Amulett zu füllen? Es funktioniert sowieso nicht, also was schadet es?«, schlug Nyssa vor.

Vallen nickte und warf ihr einen ermutigenden Blick zu. Er dachte nicht, dass ihr Plan funktionieren würde, wollte sie aber nicht entmutigen. »Es ist einen Versuch wert, Nyssa«, räumte er ein, seine Hand öffnete sich, um ihr das leere Amulett zu geben. Er beobachtete, wie ihre dünnen Finger den rosa Stein umklammerten, ihre Stirn vor eiserner Entschlossenheit gerunzelt.

Sie biss leicht auf ihre Unterlippe, Unsicherheit flackerte für den kürzesten Moment in ihren Augen, bevor sie nach ihrem Wasserschlauch griff. Die kühle Flüssigkeit schwappte sanft im Schlauch umher und ließ Vallen erkennen, wie ausgetrocknet er war. Nyssa ließ langsam und stetig ein winziges Rinnsal klaren Wassers in das Amulett tröpfeln.

Ihre Blicke waren fest auf das Amulett gerichtet, beobachteten und warteten mit unverhohlener, unausgesprochener Hoffnung. Würde das gewöhnliche Wasser durch die Magie des Steins verwandelt werden?

Eine Minute verging, aber nichts geschah. Das kleine bisschen Wasser blieb dieselbe klare Flüssigkeit, als die es begonnen hatte, eine einfache Reflexion ihrer geteilten Enttäuschung. Das Wasser hatte den kleinsten Schimmer, aber es war offensichtlich, dass er von den letzten Resten des magischen Rückstands stammte. Der Seufzer, der Nyssa entwich, war schwer, das sanfte Geräusch brach Vallens Herz ein wenig.

Er streckte die Hand aus, seine große Hand umhüllte Nyssas in einem beruhigenden Druck. »Sieht aus, als hätte es nicht funktioniert, Nys«, murmelte er entschuldigend. Aber sein Blick, standhaft und bereit, schaute bereits über ihr kleines Experiment hinaus. Sie hatten lange genug getrödelt, und das Tageslicht schwand schnell in die unheimliche Dämmerung.

»Aber trotzdem... lass uns das Wasser da drin lassen, nur für den Fall«, schlug er vor und drehte die Metallschraubkappe zurück in den Stein, stellte sicher, dass die Befestigung fest und sicher war. »Vielleicht braucht es nur mehr Zeit.« Sorge begann in seinen Geist zu kriechen, Dringlichkeit machte seine Stimme schärfer, als er beabsichtigt hatte. »Wir müssen weitermachen, Nyssa.« Zeit war nun ihr grausamster Widersacher.

Nyssa bewegte sich, um aufzustehen, und Vallen bemerkte, dass sie die ganze Zeit auf seinem Schoß gesessen hatte. Etwas verwirrt hoffte er, dass er nicht errötete. Er räusperte sich unbeholfen und half Nyssa, stellte sicher, dass sie ihr Gleichgewicht wiedergefunden hatte, bevor er sie losließ. Ihre Wangen röteten sich sanft unter seiner stützenden Berührung.

Noch auf dem Boden ausgestreckt, grinste Vallen, als Nyssa ihre Hand anbot, um ihm aufzuhelfen. Vorsichtig, nicht zu hart an ihr zu ziehen, zog er sich zu seiner vollen Größe hoch, erleichtert, sich wieder völlig menschlich zu fühlen und ohne die Wut der Hyva in ihm, die seine Stimmung versauerte. Vallen atmete erleichtert aus. Er hatte noch das wassergefüllte Amulett in seiner Hand, also fädelte er es über Nyssas Hals.

Er starrte gedankenverloren auf den rosa Stein, der nun an

ihrem Herzen ruhte. »Von jetzt an wird es schwierig werden. Wir müssen hart drängen, aber ich glaube, dass wir durch die Sterbende Wildnis kommen können, bevor uns die Magie ausgeht«, flüsterte er. Sein Blick hielt ihren. Mit einem zittrigen Nicken spiegelte sie seine Entschlossenheit wider. Sie nahmen hastig eine Bestandsaufnahme vor und stellten sicher, dass sie die Karte, ihre Messer und ihre Reiserucksäcke hatten. Dann, ohne ein weiteres Wort, stürzten sie sich vorwärts. Das Murmeln der Unterhaltung und das zaghafte Lachen waren verstummt, ersetzt durch eine geteilte, erhöhte Entschlossenheit zu überleben. Ihr vorheriges Tempo war ein träges Kriechen im Vergleich zu den schnellen, bewussten Schritten, die sie nun nahmen.

KAPITEL 17

ag blutete in Nacht, dann zurück in Tag, als sie unerbittlich weitermarschierten. Sie näherten sich schnell dem zweiten vollen Tag, seit Vallen den heimsuchenden Geschmack erlebt hatte, sich in eine Hyva zu verwandeln. Erschöpfung war ihr ständiger Begleiter, ein unbarmherziger Peiniger, der an Vallens Augen und Sinnen zerrte. Zu stoppen, zu lange zu ruhen bedeutete, die Hoffnung aufzugeben, was Vallen sich weigerte zu tun. Er hatte geschworen, Nyssa eine bessere Zukunft zu geben, und er war bereit, alles Nötige zu tun, um dieses Versprechen zu erfüllen.

Über den letzten anderthalb Tag hinweg fanden sie durch Versuch und Irrtum heraus, dass sie etwa drei bis vier Stunden ohne das Amulett auskommen konnten, bevor sie den heimtückischen Einfluss der Sterbenden Wildnis zu spüren begannen. Die wuterfüllten Instinkte der Hyva würden an ihren Sinnen zu kratzen beginnen – ein kriechendes Summen der Verärgerung, das später in ausgewachsene Irritation und Wut explodieren würde. Es baute sich zu einem unaufhörlichen Summen in ihren Schädeln auf, das ihre Vernunft bedrohte. Jedoch, sobald sie das Amulett anlegten, würde das Geplapper in ihrem Geist sofort aufhören. Und trotz Nyssas verzweifelter Hoffnung blieb das Wasser in dem anderen Amulett hartnäckig gewöhnlich und bot keinen Schutz gegen den Sog der Sterbenden Wildnis.

Weiter und weiter marschierend, ruhten sie selten aus, stolperten sogar ihren Weg im Dunkeln vorwärts. Sie hielten nur an, wenn sie nicht weitergehen konnten, um kurze Ruhepausen einzulegen, kurze Zwischenspiele der Erholung, sorgfältig herausgeschlagen, wobei einer von ihnen immer Wache hielt, um sicherzustellen, dass nicht zu viel Zeit vergehen würde.

Ihr von Schlafmangel geprägter Zustand verlieh ihrer Realität eine surreale Schärfe und ließ das dornige Unterholz und die allgegenwärtige Bedrohung, sich in eine Hyva zu verwandeln, wie Illusionen erscheinen, die aus einem wirren Alptraum geschaffen wurden. Der Tribut, den es ihren ermüdeten Körpern abverlangte, war offensichtlich, aber jeder Schritt, den sie nahmen, war ein Zeugnis des Überlebens, eine Rebellion gegen das Schicksal, das der alte König Jerwan für sie geschaffen hatte.

Vallen hob keuchend eine Hand, um eine Pause zu signalisieren. Nyssa stolperte ein wenig, bevor sie anhielt, ihre Brauen runzelten sich vor Sorge, als sie ihn ansah. Er schob das Verlangen weg, sich über seine Knie zu beugen und einfach schwer zu keuchen. Stattdessen griff er nach seinem Wasserschlauch und nahm ein paar verzweifelte Schlucke. Die kühle Flüssigkeit beruhigte seine ausgetrocknete Kehle, tat aber wenig, um seine aufkommende Panik zu stillen. Er wusste instinktiv, dass ihnen die Zeit ausging.

Er nahm noch einen kleinen Schluck und bot dann Nyssa den Wasserschlauch an. Er beobachtete sie beim Trinken, ihre Augen glasig und unscharf mit dunklen Ringen darunter, bevor er seine Aufmerksamkeit dem entmutigenden Pfad vor ihnen zuwandte. Schwer schluckend hob er langsam das Amulett, das um seinen Hals hing. Den Deckel abschraubend und vorsichtig darauf achtend, dass nicht einmal ein Tropfen verschüttet wurde, spähte er hinein und fand nur eine erbärmliche Pfütze der schimmernden Flüssigkeit.

Seinen Reiserucksack abnehmend und ihn auf den frostbedeckten Boden setzend, zog Vallen ihre Karte heraus. Er entfaltete sie, und im schwachen Sonnenlicht verfolgte er den Pfad entlang des Flusses, den sie genommen hatten, mit einem zitternden Finger. Sie waren in der Mitte des vierten Wandertages, und wenn er ihren Pfad richtig verfolgte, hatten sie es kaum zur Hälfte ihrer Reise geschafft. Seine Augen kartierten die nicht bereiste Straße, voller Beklommenheit. Die Reise würde mindestens drei weitere zermürbende Tage dauern, vielleicht mehr. Die Düsternis seiner verzweifelten Notlage legte sich wie ein schwerer Mantel um ihn, ein Gefühl des Verhängnisses verschlang ihn ganz. Basierend darauf, wie viel von der magischen Flüssigkeit im Amulett im letzten anderthalb Tag verbraucht worden war, erkannte er, dass sie nicht genug hatten, um sie durch den Rest des Tages zu bringen, geschweige denn durch die gesamte Sterbende Wildnis.

Ein sinkendes Gefühl ergriff ihn, sein Herz traf den Tiefpunkt, als Terror ihn ergriff. Bilder von Nyssa, die sich in eine Hyva verwandelte, blitzten durch seinen Geist. Sein Blut gefror, Furcht ergriff ihn mit einer Intensität, die ihn schwach werden ließ. Sein Atem stockte in seiner Brust, und er musste momentan zurücktaumeln, die Realität ihrer Situation stürzte auf ihn wie eine Flutwelle. Er hatte es gewagt zu hoffen, dass sie diesem Schicksal entkommen könnten. Reue durchflutete ihn dann, heiß und beschämend wie ein brennender Stich. Nyssas vertrauende Augen brannten sich in seinen Geist ein, die Schuld, sie zu einem Verhängnis geführt zu haben, das er allein hätte ertragen sollen, verdrehte sich schmerzhaft in seinem Bauch.

Vallen starrte Nyssa an, prägte sich ihren Anblick ein, bis es schmerzte. Das Sonnenlicht polierte ihre scharfen Wangenknochen, ihre gerunzelten Brauen und den entschlossenen Satz ihres Kiefers. Eine Welle von Zuneigung bahnte sich den Weg zu seinem Herzen und vermischte sich mit einem Schwall von Trauer, stark genug, um seine Seele zu spalten. Ein bitteres Lächeln dehnte seine Lippen. Obwohl es ihn zur schlechtesten Person der Welt machte, war er noch immer froh, sie bei sich auf dieser verurteilten Reise zu haben.

»Was ist los, Vallen?« Ihre Stimme schnitt durch seine stille Verzweiflung. Ihr Blick kartierte sein Gesicht und untersuchte ihn mit Sorge, die in ihre schönen Züge eingraviert war.

Vallen rang nach Atem, während er mit sich kämpfte, ihr zu sagen, dass sie verdammt waren. Doch beim Anblick der Sorge, die in ihren Augen flackerte, verstummte sein Geständnis, bevor er es aussprechen konnte. »Ich–es tut mir leid, Nyssa«, murmelte er stattdessen. Eine Grimasse entstellte seine Züge bei der Tatsache, dass er noch immer ein Feigling war.

»Leid?« Nyssas verwirrte Antwort hallte im kühlen Wind wider. »Du hast nichts, wofür du dich entschuldigen müsstest.«

Ein gequältes Kichern entglitt Vallen. »Aber das habe ich, Nyssa«, sprach er, seine Stimme erwürgt in Kummer. »Ich dachte, den Neuntötern beizutreten wäre mein Weg, uns aus dem Elend zu heben. Sie versprachen mir Gold, Ehre und Status. Ich träumte davon, stolz und triumphierend ins Armenviertel zu marschieren. Träumte davon... dich von all dem Dreck und Elend wegzubringen. Ich hatte mir vorgestellt, dass du mich in meiner Uniform sehen und an mich als mehr als nur deinen Kindheitsfreund denken würdest.«

Seine Stimme schwankte, die Worte sickerten aus ihm dick vor Reue. »Aber ich habe nie die Mühe gemacht, dich zuerst zu fragen, Nyssa. Ich machte diesen großartigen, törichten Plan ohne einen Gedanken daran, was du wolltest. Ich tat so, als würde ich es für dich tun, aber es ging alles um mich. Und nun sieh, wo wir sind.« Seine Hand gestikulierte zu der weiten Ausdehnung der Sterbenden Wildnis um sie herum.

»Aber... du hast nie gesagt–«

Er atmete tief ein und wappnete sich für sein letztes Geständnis. »Und es tut mir noch mehr leid, nie den Mut gehabt zu haben, nie die Worte gefunden zu haben...« er hielt inne und schluckte schwer. »Dir nie gesagt zu haben, wie viel du mir bedeutet hast, nie zu enthüllen, wie ich wirklich gefühlt habe. Ich dachte, ich müsste zuerst würdig sein, und ich dachte, den Neun-tötern beizutreten wäre der Weg, das zu schaffen.« Jedes Wort war mit einem Schmerz durchsetzt, der aus ihm sickerte und die Luft mit seinem Bedauern sättigte.

Nyssa starrte Vallen schockiert an, ihre Augen schwammen mit ungeweinten Tränen.

»Vallen, ich–«

Mit zwei lauten Klicks als einzige Warnung brach eine Hyva aus dem Unterholz hervor, eine Verkörperung ungezügelter Wut und Hungers, ihre dunklen gefleckten Schuppen glatt bedrohlich im Sonnenlicht, als sie direkt auf Nyssa zuraste, ihr weit geöff-neter Kiefer starrte vor einer gezackten Reihe tödlicher Zähne, die dazu bestimmt waren zu zerreißen und zu reißen. Ihr Triller klang durch die Stille der Sterbenden Wildnis und ließ die Haare in Vallens Nacken sich sträuben.

Bevor er auch nur verarbeiten konnte, was geschah, warf sich Vallen zwischen die angreifende Hyva und Nyssa. Trotz ihrer kolossalen Größe schwenkte sie abrupt ab und wich instinktiv vor dem Amulett um Vallens Hals zurück.

Die Hyva versuchte, um Vallen herumzukreisen, ihre glühenden goldenen Augen auf Nyssa gerichtet. Ein tiefes Knurren rumpelte tief in ihrer massiven Brust und rippelte durch die Luft in Wellen boshafter Verheißung. Vallen griff den Griff seines Dolches. Jeder umgruppierte Schritt der Hyva wurde mit einem geschickten Gegenmanöver von Vallen beantwortet, der sicherstellte, dass er jederzeit ein lebender Schild zwischen dem Monster und Nyssa war.

Die Hyva wich zurück, und für einen Moment dachte Vallen, sie zog sich zurück. Jedoch bäumte sie sich auf, als wollte sie über ihn springen. Die knochentiefe Furcht beiseite werfend, die ihn anschrie zu fliehen, sprang Vallen vorwärts und fing den Pfad der Hyva ab. Er kollidierte brutal mit dem Monster, der Dolch sah erbärmlich klein gegen den enormen Körper der Bestie aus. Das Messer stieß einmal, zweimal in die blassen Schuppen ihres Unterbauchs. Die Hyva fiel zurück und stieß einen wütenden Kreisch aus, ein dämonisches Crescendo, das Nyssa Vallens Namen schreien ließ.

Vallen hatte kaum Zeit zu atmen, krabbelte zurück und nahm nie die Augen von seinem Widersacher. Sein Herz pochte unregelmäßig in seiner Brust, bevor er Nyssa hinter sich gedrückt fühlte. Die Finger der Hand, die nicht das blutige Messer hielt, schlossen sich um Nyssas Handgelenk. »Lauf!« Sein Befehl war heiser, sein Brüllen vermischte sich mit einem Schwall von Adrenalin, der durch seine Adern rauschte.

Sich auf ihren Fersen umdrehend, stürmten die beiden zurück ins Dickicht, die Sterbende Wildnis schloss sich wieder um sie. Hinter ihnen konnte Vallen die Hyva vor Wut und Schmerz schreien hören.

Mit einem gutturalen Brüllen erneuerte die Hyva ihre Verfolgung, ihre monströse Gestalt brach durch das dichte Laub in Verfolgung. Vallen und Nyssa schossen durch das Dickicht wie erschrockene Kaninchen.

Rechts erblickte Vallen eine Anomalie inmitten der tristen Leinwand aus Tod und Verfall. Ein Splitter lebendigen Grüns, der aus der Spalte zweier massiver Felsbrocken hervorlugte. Es war ein weiterer Fleck gesunden Pflanzenwachstums. Sein Herz pochte mit einem Splitter Hoffnung, als sich eine Idee präsentierte. Die Hyva war größer und stärker als sie, aber in der schmalen Gasse zwischen den Felswänden würde ihre Größe ein Nachteil sein.

Er steuerte Nyssa zum felsigen Tal. »Dort!«, krächzte er heraus und zeigte mit seiner Klinge. Die Kakophonie ihrer schnellen Flucht verschluckte fast seine Stimme: das Knacken von Ästen, die grob aus dem Weg geschoben wurden, das Klappern getretener Zweige und Steine. Das Todesläuten der Hyva folgte ihnen wie ein wilder Jagdhund.

Nyssa schwenkte zu den Felsbrocken, ohne ihn zu hinterfragen, ihre Atemzüge rasselten laut und verängstigt. Ihr dunkles Haar flog wild um sie, als sie zu ihrem Ziel sprintete. Sie stürzte sich blind in die Spalte mit Vallen dicht auf ihren Fersen.

Die Sterbende Wildnis schien für einen Moment zu verstummen, als sie die Felsbrocken passierten, ersetzt durch ein sanftes Rascheln, das einen Schauer ihre Wirbelsäule hinunterschickte. Zwischen den Felsen veränderte sich die Landschaft unerwartet. Das Dunkel hellte sich auf, die verwesenden Graus und Schwarztöne wichen Schattierungen von grünendem Grün unter dem schwachen Schein der Sonne.

Vallen drehte sich mit seinem erhobenen und bereiten Dolch um und wartete darauf, dass die Hyva im schmalen Korridor erschien.

Momente später begann sie sich zwischen den beiden Felsbrocken hindurchzuschlängeln, zögerte aber, als sie erkannte, dass sie nicht hineinpassen würde. Sie gab Vallen ein langsames, raubtierhaftes Blinzeln, als würde sie ihn abschätzen.

Vallen beobachtete, wie die Augen der Hyva sich verschoben und an ihm vorbei suchten nach Nyssa. Er zuckte vor Überraschung, als die Hyva ein fast schmerzlich klingendes Wimmern von sich gab, bevor sie begann zurückzuweichen. Mit einem Knurren des Unbehagens wich die Bestie zurück und begann langsam, sich vom Eingang der Spalte zurückzuziehen. Ihre zahlreichen Füße kratzten und rutschten über die losen Steine, als sie hastig rückwärts ging.

Vallen blieb wie gebannt. Er konnte ihre raubtierhaften Augen mit frustrierter Wut glitzern sehen, ihre glänzenden Schuppen schimmerten ominös, als sie vor der Lücke zu laufen begann. Mit einem Brüllen wich die Hyva wieder zurück und sprang auf die Spitze eines der Felsbrocken. Vallen krabbelte zurück auf das grüne Gras, bereit, sich wieder zwischen die Hyva und Nyssa zu stellen.

Als die Hyva die Spitze des Felsbrockens erreichte, wich sie wieder zurück, zischte und kreischte. Sie starrte auf das Grün im Tal und bäumte sich davon zurück, als würde es Unbehagen verursachen. Ihr Kehlsack vibrierte vor vereitelter Wut, bevor sie sich umdrehte und wegsprang.

Ein Seufzer entwich Vallens Kehle. Er leckte seine Lippen und schmeckte Erleichterung und den metallischen Geschmack schwindenden Adrenalins.

Eine Welle von Schwindel überkam ihn. Vallen beugte sich vor und zwang sich zur Ruhe. Er rang nach Luft und bekämpfte den Schwindel, der an den Rändern seiner Sicht wirbelte, entschlossen mit jedem zerfetzten Atemzug, das Bewusstsein nicht zu verlieren.

Er hörte ein plötzliches, hartes Geräusch scharrende Füße und rollender Steine, gefolgt sofort von einem scharfen, deutlich weiblichen Keuchen, das mitten im Ton abgeschnitten wurde. Das Herz wieder pochend, drehte er sich zum Geräusch, bereit zu kämpfen, was auch immer sie nun erwartete. Stattdessen entdeckte Vallen, dass er allein in der winzigen Lichtung war, umkreist von turmhohen Felswänden.

»Nyssa?«, rief er aus, seine Stimme hallte durch das verwirrende, trügerische Labyrinth aus Felsen und Schatten. Aber die üppige grüne Grotte bot keine Antwort außer dem Pfeifen des kühlen Windes. Verzweiflung rauschte durch ihn, roh und turbulent, und er schrie ihren Namen wieder, seine Stimme spaltete die stagnierende Luft. »Nyssa!«

KAPITEL 18

Vallen wirbelte wild herum und starrte auf den seltsamen Fleck lebendiger Vegetation tief im schwarzen Herzen der Sterbenden Wildnis. Seine Hand verstärkte den Griff um seinen Dolch, sein Geist drehte sich bereits und plante seinen nächsten Handlungsweg.

Vallen spitzte die Ohren, konnte aber nur sein eigenes Herz schwer pochen hören. Plötzlich hörte er Nyssas gedämpfte Stimme, die klang, als käme sie aus der Ferne oder als würde sie ihn durch eine dicke Tür rufen.

»Vallen? Ich bin ausgerutscht und in ein Loch gefallen.« Die Stimme war undeutlich und gedämpft, aber unverkennbar Nyssas. Erleichterung durchströmte Vallen, als er in die Richtung ihrer Stimme eilte.

Er fand eine kleine Spalte am Fuß einer aufragenden Felswand, fast vor dem Blick verborgen hinter einem unordentlichen Netz aus Farnen und Ranken. Er kauerte sich nieder und spähte in die Dunkelheit. »Nyssa! Bist du da unten?« Seine Stimme hallte unheimlich in den erdigen Tiefen wider.

Nach einer Pause, die sich wie Jahrhunderte anfühlte, antwortete Nyssa. Ihre Stimme klang gedämpft und fern, als würde sie aus dem Reich der Träume aufsteigen. »Vallen, ich bin gefallen. Ich bin nur ein bisschen aufgeschürft, nicht mehr.« Sein Magen zog sich zusammen bei dem Gedanken an sie, allein und verängstigt in der Dunkelheit, aber er schluckte die Panik wie eine bittere Pille hinunter.

Dann mischte sich unerwartet Aufregung in Nyssas Stimme und schob momentan die Furcht beiseite. »Vallen, du musst hier herunterkommen«, rief sie aus. »Es gibt etwas, das du sehen musst.«

»Ich komme gleich runter«, antwortete Vallen. »Ich will nur sicherstellen, dass wir danach wieder herauskommen können.«

»Gute Idee. Es ist nicht so tief hier unten, aber es könnte schwer sein, wieder herauszuklettern.«

Vallen rutschte vom Loch weg und öffnete seinen Rucksack. Ein Stück Seil aus seinem Inneren entrollend, band er ein Ende um einen stabilen Felsbrocken und ließ dann das Seil in die Öffnung hinab.

Bevor sein Geist zögern konnte, begann Vallen langsam durch die kleine Öffnung hinabzusteigen. Die rauen, felsigen Kanten des Lochs schnitten in seine Finger.

Weiche Hände halfen, ihn hinunterzuführen und ihn stabil auf die Füße zu bringen. Der Boden unter ihm fühlte sich glatt und uneben an. Vallen blickte in der Düsternis umher und stand in dem einzelnen Sonnenstrahl, der von dem Loch im Boden über seinem Kopf hinunterschien.

Er kniff die Augen zusammen, sein Blick erfasste den schwächsten Schatten, der nur ein wenig dunkler als der Rest schien – Nyssa. Sein Herz verkrampfte sich vor Erleichterung, als er sie ganz und unversehrt sah. Er bewegte sich näher und musterte sie, nur um sicherzugehen.

Er zog Nyssa in den Sonnenstrahl und entdeckte nur ein paar oberflächliche Schrammen, aber nichts Ernstes. Sie war großzügig mit dem Dreck von ihrem Sturz bedeckt. Er drückte vorsichtig ihre Gliedmaßen und prüfte auf Brüche oder Verstauchungen, entdeckte aber keine. Vallen stieß einen erleichterten Seufzer aus.

Nun da er wusste, dass sie unverletzt war, musterte er seine Umgebung aufmerksam, seine scharfen Augen durchdrangen die undurchdringliche Dunkelheit der Höhle, als er suchte, Gefahren zu identifizieren. Die Höhle war ein schmaler Riss, der sich über eine unbestimmte Länge erstreckte, eine versteckte Spalte unter der Sterbenden Wildnis. Graugrüne Steinwände, glatt wie Fluss-steine, erhoben sich zu beiden Seiten von ihnen. Die glatten grauen Wände, glitzernd im schwachen Licht, waren mit dicken rosa Adern geätzt. Plötzlich wurde ihm klar, dass ihre Amulette aus demselben Material gemacht waren.

»Ist das, was du mir zeigen wolltest?«, fragte Vallen Nyssa.

Sie schüttelte den Kopf und zog Vallen tiefer den schmalen Korridor entlang, weiter ins Herz der Höhle. Vallen hielt ihre Hand in seiner und ließ sie den Weg führen. Der Boden der Höhle krümmte sich nach unten und führte in eine pech-schwarze Leere, wo die phosphoreszierenden Adern ein Eigen-leben zu haben schienen. Nach ein paar Schritten, die weiter erschienen, weil sie schnell das meiste Licht verloren, endete der felsige Boden an einem kleinen Wasserteich.

»Schau«, sagte Nyssa.

»Was? Höhlen haben oft Wasser.« Seine Stimme hallte in der Stille der Höhle wider.

»Nein... schau genauer hin. Es ist kein Wasser«, murmelte Nyssa. Sie kniete nieder und schöpfte ihre Hände, brachte eine Handvoll der Flüssigkeit hoch, damit er sie sehen konnte.

Als sie ihre geschöpften Hände hob, damit Vallen sie untersu-chen konnte, beobachtete er sie mit einer tiefen Furche in seiner Stirn. Dann fing die Flüssigkeit das kärgliche Licht ein und schimmerte in ihren Händen.

Nyssa schenkte Vallen ein strahlendes Grinsen. »Es ist dieselbe Flüssigkeit, die im Amulett ist.«

Hoffnung blühte auf und erfüllte Vallens Brust.

Er tauchte seinen Finger in die Flüssigkeit, die in Nyssas Hand geschöpft war. Seine Fingerspitzen aneinander reibend, starrte er, als die Flüssigkeit auf seiner Haut schimmerte. Sie hatte recht. Es war identisch mit dem magischen Trank, der in den hohlen Herzen ihrer Amulette gehalten wurde. Er blickte auf, seine Augen verbanden sich mit Nyssas in gegenseitigem Verständnis. Ihre Augen waren voller rohem Mut und standhafter Entschlossenheit, die er zu bewundern gelernt hatte. Ihre Entdeckung bedeutete, dass sie überleben würden. Der Teich zu ihren Füßen war ein Leuchtfeuer, das ihnen eine Chance versprach, ganz und unverändert durch die Sterbende Wildnis zu kommen.

Mit einem Freudenruf hob Vallen Nyssa in seine Arme. Eine so tiefgreifende Welle der Erleichterung überschwemmte ihn, dass es sich für einen kurzen Moment anfühlte, als würde er in einem Traum schweben, kaum imstande zu glauben, welche Atempause das Universum ihnen angesichts unüberwindlicher Chancen gewährt hatte.

»Weißt du, was das bedeutet?«, rief Vallen aus, während er in lautes Lachen ausbrach, als er Nyssa noch fester in seine Arme schloss und sein Gesicht in ihrem Haar vergrub. »Es bedeutet, wir können das schaffen, Nyssa. Wir werden das durchstehen. Ich war so besorgt...«

Nyssa klopfte sanft seinen Rücken, dann rieb sie beruhigende Kreise. »Ich weiß. Es sah düster aus. Aber so oder so... ich bin froh, dass wir zusammen sind.« Sie hielt inne und schnaubte dann ein amüsiertes Geräusch. »Obwohl ich froh sein werde, für den Rest meines Lebens nie wieder einen schwarzen, verdrehten Baum zu sehen.«

Mit einem Lachen stellte Vallen sie wieder auf die Füße und starrte auf den Teich magischen Wassers. Er blickte mit frischen Augen um die schmale Höhle.

Sein Blick kehrte zum unterirdischen Teich zurück, zu den geäderten Wänden und Schatten, die an der Höhlendecke tanzten. Er begann, die subtilen Zeichen zu bemerken: die Feuchtigkeit, die an der Felswand klebte, die Art, wie der Teich am tiefsten Punkt des wellenden Bodens saß. Die Glätte der Höhlenwände, geschnitzt von einem beständigen Fluss. Er streckte die Hand aus und verfolgte die abgenutzten Kanten einer Rinne mit einem nachdenklichen Blick.

»Ich denke, diese Höhle war einst ein aktiver unterirdischer Wasserlauf. Jedoch anstatt mit Wasser gefüllt zu sein, war sie mit magisch durchdrungener Flüssigkeit gefüllt«, schlug Vallen vor.

Nyssa warf der dunklen Decke über ihnen einen spekulativen Blick zu. »Ich frage mich, ob diese magische Flüssigkeit hier der Grund ist, warum es direkt über uns grün ist?«

»Das würde bedeuten, dass jedes Mal, wenn wir einen Ort des Grüns gesehen haben, dort Magie war.«

Eine Falte erschien zwischen Vallens Brauen, als sich ein Plan in seinem Geist zu formen begann. Sich räuspernd wandte er sich Nyssa zu. »Die Wasserschläuche, die wir tragen... Was, wenn wir einen von ihnen leerten und ihn damit füllten?« Sein Blick flackerte zu dem schimmernden Teich und zurück zu Nyssa. »Auf diese Weise könnten wir sicherstellen, dass wir genug von der Flüssigkeit haben, um es durch die Sterbende Wildnis und nach Puzur oder Hassuna zu schaffen.«

Ihr Überleben war plötzlich nicht nur ein ätherischer Traum, sondern eine mögliche Realität, und es verankerte Vallen. Die Sterbende Wildnis würde sie nicht beanspruchen, nicht solange noch Atem in Vallens Körper und Kraft durch seine Adern floss.

Nyssa streifte ihr Amulett von ihrem dünnen Hals, ihre Finger schraubten schnell den winzigen Deckel ab. Sie beugte sich zu dem leuchtenden Teich, ihre Hand zitterte leicht knapp über der Oberfläche. Das Amulett berührte das Wasser, bevor sie es sanft untertauchte. Sobald sie es wieder gefüllt hatte, richtete sie sich auf und wandte ihren Blick Vallen zu, ein breites Grinsen des Triumphs ersetzte den ernsten Satz ihrer Züge. Ihr Amulett strahlte nun leuchtend im schwachen Licht. Schnell die Kappe zurück in den Stein einsetzend, fädelte sie die Halskette über ihren Hals. Der Stein war hell gegen ihre blasse Haut.

Ohne zu zögern öffnete Vallen einen ihrer Wasserschläuche und goss seinen Inhalt auf den Höhlenboden. Er senkte das leere Leder in den Magiesteich, die Haut dehnte sich aus, als Flüssigkeit hineintrat. Es bis zur Kapazität füllend, stand Vallen auf und versiegelte es, teilte Nyssas triumphierendes Grinsen.

Hoffnung hatte Vallens frühere Verzweiflung ersetzt und erneuerte seine Entschlossenheit. »Wir sollten uns bewegen. Wir haben noch ein paar Stunden Licht übrig. Aber dann können wir ein richtiges Lager aufschlagen. Eine volle Nacht schlafen und ein Siegesmahl genießen«, schlug Vallen vor und bewegte sich bereits zielstrebig zu ihrem Ausgang.

KAPITEL 19

*N*ach vier weiteren zermürbenden Tagen, in denen
Vallen und Nyssa sich durch die Sterbende Wildnis
kämpften – wobei sie das Geständnis sorgfältig nicht anspra-
chen, das die Hyva unterbrochen hatte – tauchten sie endlich aus
dem verworrenen, korrupten Wald auf. Vallen hatte entschieden,
das Gespräch zu ignorieren, das sie führen mussten, zugunsten
der Konzentration auf das Überleben. Jeder Tag war ein Zeugnis
ihrer Ausdauer gewesen, das Terrain ein gnadenloser Feind,
wirbelnd mit eisigen Winden, die durch ihre fadenscheinigen
Kleider schnitten. Sie navigierten langsam ihren Pfad und
verfolgten einen unsicheren Weg durch das dichte Unterholz,
während Schatten ominös um sie herum aufragten. Trotz der
magischen Flüssigkeit war Furcht noch immer ihr ständiger
Begleiter, oft geronnen in ihren Bäuchen mit den fernen Knurren
der unsichtbaren Hyva. Mehrmals hatten sie sich in den Höhlen
von Bäumen oder hinter Felsbrocken ducken müssen, während
raubtierhaft Augen in den Schatten glühten. Aber die Amulette
stießen die Bestien ab. Die Düsternis war bedrückend und saugte
an ihrer Hoffnung, doch sie drängten weiter. Vallens Findigkeit

und Nyssas stiller Mut hielten sie unerbittlich vorwärts drängend.

Die Verwandlung von verdrehter, verfallener Düsternis zu einem üppigen grünenden Wald geschah plötzlich. Die zornige Zurschaustellung des Verfalls, von nur Graus und Schwarztönen, die widerspenstige Deformität verdrehter Äste, die nur Momente früher sich so weit das Auge reichen konnte erstreckt hatten, war verschwunden. Vallen und Nyssa hielten an und standen an der Schwelle zwischen der Sterbenden Wildnis und der normalen Welt, blinzelten beim starken Kontrast und fühlten sich betäubt und desorientiert. Vallens Sinne wurden von der abrupten Veränderung überwältigt. Selbst die Luft fühlte sich anders an, irgendwie leichter.

Ein Schritt vorwärts, und sie hatten eine unsichtbare Grenze überquert. Anstatt verzogenem Schwarz war jedes Blatt eine lebendige Farbe – Grüns, Rots, Brauns und Gelbs, wie vibrierende Juwelen, die im Wald funkelten. Jeder Baum ragte gerade zu einem saphirblauen Himmel empor, anstatt gebogen und deformiert zu sein; selbst der Fluss Assur schien heller und reflektierte die lebendigen Farbtöne seiner Umgebung. Die Luft war erfüllt mit dem berauschenden Duft blühender Blumen, ihr süßer Duft vermischte sich mit dem sanften Flüstern einer frischen Brise. Vallen fühlte sich wiedergeboren und erfrischt.

Er trat vor, bereit, die Sterbende Wildnis weit hinter sich zu lassen. Es fühlte sich an, als sei eine Last von seinen Schultern gefallen.

Er blickte ein letztes Mal zurück auf die Linien verdrehter Bäume, die in eine trübe Kulisse verblassten, auf die Schatten, die an jedem verknoteten, skelettartigen Baum klebten, während Killerdornen, gemein und gleichgültig, im Unterholz auf der Lauer lagen. Er hatte halb erwartet, dort eine Hyva zu sehen, die sie beobachtete, aber nichts starrte zu ihm zurück. Die Sterbende Wildnis war eine starke Erinnerung an den Preis, den das Land für die tyrannische Herrschaft von König Jerwan und das harte Gesetz der Enumerii zahlte. Er verzog das Gesicht beim Anblick.

»Wenn ich nie wieder einen schwarzen, verdrehten Baum sehen muss, kann ich glücklich sterben«, murmelte er zu sich selbst.

Vallen trat vor, seine Augen gefesselt von der ungezähmten Pracht des Waldes, den verschiedenen Farbtönen der Herbstblätter, die mit Leben schimmerten, durchsetzt von der Symphonie des Flusses Assur, der sanft ein paar Fuß entfernt gurgelte. Er fand ein Grinsen, das sich auf seine Lippen schlich. Er verließ die Sterbende Wildnis und Erishum, hoffentlich für immer. Ein Teil von ihm schwoll vor Sieg an, wie ein Vogel, der hoch über den Wolken segelt, unberührbar und unbesiegt.

Vallen und Nyssa bewegten sich schnell, ihre Schritte strichen leise durch das Gras und Moos unter den Füßen. Für Vallen war der Anblick eines Beerenstrauchs so aufregend wie ein Festival und so belebend wie eine Morgenbrise. Er zeigte Nyssa den Strauch, die vor Freude quietschte. Sie hielten beide an und pflückten fette, saftige Beeren zum Essen. Als er hineinbiss, erfüllte ein Schwall herber, zuckriger Süße seinen Mund. Es war hell und erfrischend auf seiner Zunge und erinnerte ihn momentan an bessere, sorglose Zeiten, die er damit verbracht hatte, mit Nyssa in die sonnendurchfleckten Haine von Erishums Bauernobstgarten zu schleichen.

Während sie mehr Beeren sammelte, zog Vallen die Karte heraus, die Nyssa riskiert hatte, Leib und Leben aufs Spiel zu setzen, um sie ihm zu schmuggeln. Er starrte auf die Karte und versuchte abzuschätzen, wie lange es dauern würde, zur Straße zu wandern, die entweder nach Puzur oder Hassuna führte. Er dachte, wenn sie ein stetiges Tempo hielten, würden sie irgendwann am nächsten Tag die Hochstraße erreichen.

Vallen starrte auf die kleinen Fleckenmarkierungen, die er auf die Karte gemacht hatte, jede repräsentierte ein Gebiet, wo

Grünzeug hartnäckig durch den tödlichen Schleier der Sterbenden Wildnis gestochen hatte.

Immer wenn sie über einen Fleck Grünzeug gestolpert waren, durchsuchten sie das Gebiet und gruben sogar in den Boden, suchten nach Zeichen von Magie. Nur einmal fanden sie eine winzige Tasche der Flüssigkeit, versteckt inmitten eines Wäldchens von Bäumen, sprudelnd in einem winzigen Teich aus dem Boden, nicht größer als ein Teller. Die anderen Stellen waren noch als Orte mit Potenzial markiert. Vallen nahm an, dass diese Stellen mehr unterirdische Grundwasserleiter beherbergten, von ihnen durch eine Schicht dichter Felsen oder kompaktem Sediment versiegelt.

Vallen faltete sanft das Pergament zusammen, dessen Ränder vom häufigen Handhaben abgenutzt und zerfetzt wurden, und steckte es sorgfältig zurück in seinen verwitterten Beutel. Er schenkte Nyssa ein glückliches Lächeln, als er eine weitere Handvoll der saftigen wilden Beeren pflückte. Sie grinste glücklich Vallen an, ihre Lippen rot von den Beeren gefärbt. Sobald sie sich satt gegessen hatten, pflückten sie Beeren, um sie für später aufzuheben.

»Ich denke, wir werden morgen die Hochstraße erreichen«, sagte er ihr. Nyssa wirkte sowohl aufgeregt als auch besorgt.

»Nyssa«, begann Vallen und beobachtete sie sorgfältig, »wenn wir zur Hochstraße kommen, willst du nach Puzur oder Hassuna gehen?«

Der sanfte goldene Farbton des sterbenden Tages badete Nyssa in einem ätherischen Schein. »Beide haben ihren eigenen Reiz«, gab sie zu. »Puzur hat diesen enormen Wasserkörper. Es wäre interessant zu sehen. Es könnte uns einen Lebensunterhalt bieten, wenn man bedenkt, wie wir die meiste Zeit unseres Lebens am Wasser gearbeitet haben. Es wäre vertraut.« Ihr Blick verweilte einen Moment am Horizont, bevor sie fortfuhr. »Nun, Hassuna... es hat Berge, was eine völlig neue Erfahrung wäre. Interessant, stelle ich mir vor.« Ihre dunklen Augen flackerten zu

Vallen. »Außerdem hat es einen gewissen Reiz, weiter von Erishum entfernt zu sein als Puzur. Das könnte etwas bedeuten.« Die Ecken ihres Mundes zuckten leicht nach oben.

Vallen erwiderte Nyssas Grinsen. »Ich denke, du hast recht.«

Näher zu Nyssa tretend, streckte Vallen eine Hand aus. Sie starrte sie einen Moment an, dann nahm sie sie sanft. Sein Blick traf ihren, ihre Augen hell im schwindenden Sonnenlicht. Den Anblick von Nyssas süßem Gesicht aufnehmend, dankte Vallen schweigend Enum, dass sie bei ihm war und dass sie beide sicher angekommen waren inmitten des Chaos und der Gefahr. Sie war ein Leuchtfeuer dauerhafter Stärke in seinem turbulenten Leben.

»Ich denke, wir können noch eine Stunde unterwegs sein, bevor wir unser Lager aufschlagen müssen. Lass uns unseren Spaziergang und die Ruhezeit heute Nacht nutzen, um darüber nachzudenken, was wir wollen, dann können wir entscheiden, sobald wir die Hochstraße erreichen«, schlug er vor.

»Ja, der Plan gefällt mir«, stimmte Nyssa zu.

Vallen übernahm die Führung, als sie durch den Wald navigierten und den Fluss immer in Sicht behielten. Endlich frei von der Sterbenden Wildnis, fand Vallen den Spaziergang deutlich einfacher, ohne weitere Dornen, die er aus seinem Fleisch ziehen musste, noch verdrehte Bäume mit heimtückischen, klebenden Ranken zu navigieren; jeder Schritt weg von diesem verfluchten Ort war eine Erleichterung.

Der Wald summte vor einer Fülle von Leben, die in der Sterbenden Wildnis nicht existiert hatte. Wo die Sterbende Wildnis ein Ödland der Stille gewesen war, war der Wald ein Chor animierter Geräusche. Vögel tauchten und schossen zwischen dem smaragdenen Blätterdach umher, ihre Zwitschern und Pfeifen hallten durch die Luft, ihr lebendiges Gefieder ein atemberaubender Kontrast zu den trüben Graus und rostigen Rots der Sterbenden Wildnis. Insekten huschten am Boden und wirbelten in der Luft, ihre winzigen Körper schimmerten im gefleckten Sonnenlicht, als sie zwischen den blühenden Blumen tanzten. Eichhörnchen kletterten die raue Rinde alter Bäume hinauf, ihr Gezwitscher klang lebhaft. Die Luft selbst kribbelte vor Leben; sie vibrierte gegen Vallens Haut – summend, pulsierend, pochend – auf Weisen, wie die Luft der Sterbenden Wildnis es nie getan hatte. Es war, als würde man aus einem Grab in eine Feier des Lebens treten.

Nach fast einer Stunde des Gehens fanden sie sich einem alten, bröckelnden Gebäude gegenüber. Überwuchert mit kriechendem Efeu und Moos war die Ruine das erste Zeichen der Zivilisation, das sie gesehen hatten, seit sie Erishum verlassen hatten. Die Ruine, halb im Unterholz begraben und mit Ranken überwuchert, enthüllte sich nahe dem Ufer des gewundenen Flusses. Sie erhob sich aus dem blättrigen Meer des Waldes, ein einsamer Berg verfallener Bögen, bröckelnder Mauern und Steinsäulen, schweigend Zeugnis ablegend für den unerbittlichen Lauf der Zeit. Die Steinwände, in grünes Moos gehüllt, standen standhaft gegen die Zeit. Das Dach jedoch war vor langer Zeit eingestürzt. Die Abendsonne blutete über den Himmel und beleuchtete die vergessene Pracht der Ruine unter ihrem sterbenden Licht.

»Wir sollten hier ruhen, Nyssa«, schlug Vallen vor. »Diese Steinwände werden helfen, uns vor den kalten Nachtwinden zu schützen. Wir müssen noch unsere Kraft wiedergewinnen und bewahren.«

Nyssa blickte auf die Ruinen mit ihrem Spitzenwerk aus Ranken und alten Steinwänden. Es war nicht die Art von Ort, der Komfort bot, aber es war sicherer, als im Freien zu schlafen. Jede Nacht war erbarmungsloser als die letzte. Die Kälte kroch vom Boden in ihre Knochen, egal wie nahe sie sich am Lagerfeuer und aneinander drängten.

Bald hatte Vallen genug getrocknete Äste und Blätter gesammelt, während Nyssa einen Bereich in der Mitte des Gebäudes räumte. Mit geübten Anstrengungen arbeiteten sie zusammen, um einen kleinen Kamin in der Mitte der verwitterten Steinwände zu bauen. Das Zündholz knisterte und knallte, als er vorsichtig den winzigen Funken zu einer gedeihenden Flamme pflegte. Das flackernde orange Leuchten wärmte den Stein und ließ ihn lebendig mit einem inneren Licht erscheinen.

Vallen lehnte sich zurück und beobachtete, wie die Flammen stärker wurden. Nyssa schien von dem Feuer verzaubert, ihre Augen reflektierten seinen Schein. Es war eine Weile her, seit die beiden einen Moment der Ruhe hatten, weg von den unmittelbaren Bedrohungen der Sterbenden Wildnis und ihrer verzweifelten Notlage. Feuerlicht umkränzte ihre Silhouetten und ließ sie wie ätherische Gestalten erscheinen, die im bernsteinfarbenen Schein tanzten.

»Als Kind wollte ich Falkenführer werden«, gestand Vallen, seine Stimme erfüllte die stillen Ruinen mit ihrem tiefen Klang, »ich träumte davon, mit ihnen über die Stadtmauern zu fliegen, weit weg von allem.« Er blickte in Nyssas dunkle Augen, die die Flammen des Feuers reflektierten. »Was ist mit dir, Nyssa? Wovon hast du geträumt?«

Sie kicherte sanft, ihr Blick driftete von der Glut weg, um in den sich verdunkelnden Himmel über ihnen zu starren. »Ich... ich träumte davon, meine eigene Bäckerei zu eröffnen. Eine, die in ganz Erishum für die besten Gebäcke berühmt wäre. Ich wollte immer Menschen füttern – sie glücklich machen.«

Vallens Blick fand wieder Nyssas, seine Stimme schwer vor Sehnsucht, Bedauern. »Was wäre gewesen, wenn... was wäre gewesen, wenn ich nie den Neuntötern beigetreten wäre, Nyssa? Wenn ich eine Straßenratte geblieben wäre.« Er starrte hart in das flackernde Feuer zwischen ihnen, seine Hände ineinander verschränkt, als würde er an etwas Ungreifbarem festhalten. »Den Neuntötern beizutreten bedeutete, dass es zu gefährlich wurde, mit mir gesehen zu werden, also konnte ich dir nicht sagen, wie ich fühlte.«

Nyssa war einen langen Moment still, ihr Blick senkte sich auf ihre Hände, bevor er schließlich seinen traf. »Es hat keinen

Sinn, darüber nachzudenken, was hätte passieren können, Vallen«, murmelte sie. »Diese Welt existiert nicht. Es ist ein Traum. Wir müssen uns auf das Hier und Jetzt konzentrieren. Und darauf, was wir für unsere Zukunft wollen.«

Er sah sie an, seine Brust eng vor einer Hoffnung, die er sich lange nicht erlaubt hatte zu fühlen. »Habe... habe ich noch eine Chance, Nyssa?« Seine Stimme zitterte leicht und enthüllte die Verletzlichkeit, die er so gut versteckte. »Ich meine, bei dir.«

Seine Frage hing in der Luft, verschmolz mit den Flüstern der Nacht und dämpfte das Knistern der Glut. Nyssa zögerte und nagte an ihrer Unterlippe, als suchte sie nach den richtigen Worten. »Ich sorge mich um dich, Vallen«, sagte sie schließlich, ihre Stimme sanft, »Tief. Aber... als ich dachte, du hättest uns verlassen – mich verlassen – für die Neuntöter ohne Warnung oder Erklärung, der Schmerz –« Sie presste ihre Lippen zusammen. »Er heilt nicht so leicht. Es wird Zeit brauchen, Vallen.«

Vallen nickte, die rohe Ehrlichkeit in seinen Augen brannte heller als jedes Feuer. »Ich werde dir beweisen, Nyssa, dass ich dein Vertrauen wert bin. Ich werde es mir verdienen.«

Sie sog einen beruhigenden Atemzug ein, ihre Finger verdrehten sich in den Stoff ihres abgenutzten Hemdes. Als sie Vallen ansah, erweichte sich ihr Ausdruck. »Ich glaube dir. Ich... ich sorge mich um dich, Vallen. So sehr«, gestand sie, ihre Stimme kaum über einem Flüstern.

Ihre Lächeln waren melancholisch. Ermutigt durch die Wärme und ihre geteilten Erinnerungen, fanden sie sich redend bis tief in die Nachtstunden, ihre Worte geisterten hinaus mit den schwachen Rauchranken. Die Träume, die sie einst hatten, das Leben, das sie auf den schmutzigen Straßen von Erishum führten, alles tauchte wieder auf.

Das Gespräch ebbte schließlich ab, die lange Wanderung des Tages holte sie ein. Vallen, die Ebbe ihrer Energie spürend, schlug vor: »Wir sollten schlafen – wir haben morgen eine lange Reise zur Hochstraße.«

Er bewegte sich zu ihrem behelfsmäßigen Bett und ließ sich zuerst auf der Pritsche nieder. Vallen hielt ihre Decke für Nyssa offen, damit sie sich zu ihm gesellte. Mit einem sanften, zögernden Schlurfen näherte sie sich. Als sie unter die Decke schlüpfte, lehnte sie sich vor und drückte einen zarten Kuss auf Vallens raue Wange. Er erstarrte, ein Schwall schockierten Glücks breitete sich durch ihn aus. Der Geist ihrer Lippen verweilte, warm und weich, erfüllte ihn mit einer Hoffnung größer, als er sie seit vielen Jahren gefühlt hatte. Vallen erstarrte, bevor ein leises Murmeln der Überraschung ihm entwich. Als Nyssa sich in die Bettwäsche legte, schloss Vallen die Augen und erlaubte dem sanften Knistern des Feuers, ihn in die sanfte Umarmung des Schlafes zu wiegen, sein Herz voller Zufriedenheit und Hoffnung zum Bersten.

KAPITEL 20

$\mathcal{A}$ ls sie am nächsten Morgen aus den schützenden Mauern der Ruine hervortraten, genoss Vallen die Schönheit des neuen Tages. Der Himmel über ihnen war ein lebendiger Blauton. Die Sonne warf ihre warmen goldenen Strahlen auf das Land und erleuchtete das üppige Grün, das Vallen und Nyssa umgab. Der Duft feuchter, gesunder Erde und Blumen erfüllte die Luft und ließ Vallen einen tiefen Atemzug nach dem anderen nehmen. Er schloss die Augen und erlaubte dem Duft, seine Sinne zu beleben. Es fühlte sich an, als würde die Natur selbst jubeln, nachdem sie der verräterischen Sterbenden Wildnis entkommen waren. Trotz ihrer anhaltenden Erschöpfung waren die verjüngenden Effekte einer guten Nachtruhe in ihren Gesichtern erkennbar.

Mit dem Fluss in der Nähe entschied Vallen, das kristallklare Wasser zu nutzen. Während Nyssa in ihrem Unterschlupf blieb, entledigte er sich seiner ruinierten Kleidung, sein Körper gezeichnet von Prellungen, Schrammen und Narben – greifbare Beweise ihres Überlebens durch die Sterbende Wildnis und seines früheren Lebens als Neuntöter.

Seinen Mut sammelnd, stürzte er sich in den Fluss. Die Kälte schnitt durch ihn wie eine Klinge. Er watete tiefer hinein und keuchte bei der Kälte, die Schauer seinen Rücken hinunterschickte und seine Zähne klappern ließ. Doch als der Dreck und Schmutz der vergangenen Tage weggewaschen wurden, fühlte er eine gewisse Leichtigkeit. Ihre Zeit in der Sterbenden Wildnis hatte ihn sowohl körperlich als auch geistig erschöpft – nur wenige Tage zuvor hatte er seinen Tod für unvermeidlich gehalten – aber die eisige Berührung des Flusses war eine schockierende Bestätigung des Lebens.

Vallen biss die Zähne zusammen, als er sich vollständig unter die Oberfläche des eisigen Wassers tauchte. Innerhalb von Minuten gewöhnte er sich an die Temperatur, und die Kälte schien mit der Morgensonne, die auf ihn hinabschien, fast erträglich. »Ein Mann könnte sich daran gewöhnen«, murmelte er und fuhr mit den Händen über sein Gesicht und durch sein zerzaustes Haar, die dunklen Strähnen fingen einen Schimmer im frühen Tageslicht ein. Vallen schwelgte in der einfachen Freude, sauber zu sein, schrubte den Schmutz von seiner Haut und fühlte, wie sich seine Muskeln mit jedem Platschen entspannten. Nachdem er sich abgespült hatte, watete er zurück zum Flussufer und setzte sich auf einen glatten Stein, sonnte sich in der Wärme der Sonne.

Vallen untersuchte den Zustand seiner Kleidung, abgetragen und an zahlreichen Stellen eingerissen. Das Terrain der Sterbenden Wildnis war gnadenlos gewesen. Scharfe Dornen hatten den Stoff erwischt und unerbittlich an den Fäden gezerrt. Seine Tunika war zu einer groben Verspottung ihrer ehemaligen Pracht reduziert worden, zerrissen und zerfetzt. Jeder Stolperer, jede knappe Flucht hatte eine Geschichte in die Risse und Verwirrungen gewoben und seine Kleidung in kaum mehr als Lumpen verwandelt.

Nun, da er die dicke Schicht aus Schmutz, Schweiß und Furcht von seinem Körper geschrubbt hatte, wechselte Vallen in eines seiner Ersatzoutfits. Er zog eine einfache Tunika aus seinem Reiserucksack an, ein stilles Zugeständnis an den Verlust seiner Neuntöter-Uniform. Als er in die frischen Kleider schlüpfte, war der weiche, anschmiegsame Stoff eine willkommene Erholung.

Vallen verspürte Behaglichkeit und Bereitschaft, welchen Herausforderungen auch immer bevorstanden. Er wechselte mit Nyssa und suchte Schutz in den Ruinen, um ihr die Chance zu geben, sich privat zu baden. Er drängte sich so nah an das Lagerfeuer, wie er es wagte und versuchte sich aufzuwärmen. Er kicherte zu sich selbst, als er ihr lautes, schockiertes Keuchen hörte, als sie ins Wasser ging.

Sobald Nyssa fertig mit dem Baden war, teilten sie ein einfaches Frühstück aus frischen Beeren und dem letzten ihrer getrockneten Fleischvorräte, dankbar für die Vorräte, die sie am Abend zuvor gesammelt hatten. Der Geschmack des Essens war exquisit, verstärkt durch die unglaubliche Umgebung.

Nahe am Feuer sitzend, teilten Vallen und Nyssa Geschichten und Träume, ihr Lachen vermischte sich mit den Klängen der Natur.

Den ganzen Morgen über, während sie sich darauf vorbereiteten zu gehen, bemerkte Vallen, dass jede Interaktion mit Nyssa nun mit einem sanften Bewusstsein durchzogen war, das zwischen ihnen nie zuvor existiert hatte. Es schien in der Luft um sie herum zu summen. Ihre Augen verfingen sich immer wieder im Blick des anderen, Lächeln brachen schüchtern über ihre Gesichter, als sie schnell wegblickten. Doch es gab keine Unbeholfenheit zwischen ihnen, keine plötzliche Anspannung. Dieses Gefühl der Verbindung ließ Vallens Herz vor Jubel singen.

Als Nyssa durch ihre spärlichen Vorräte kramte, warf sie Vallen einen Blick unter ihren dunklen Wimpern zu. Ein elektrischer Unterstrom in ihrem Blick entfachte ein Gefühl der Aufregung in Vallen, als würde er am Rand von Erishums Grenzmauer stehen und aus schwindelerregender Höhe hinabstarren.

Die Art, wie sich ihre Blicke trafen, hatte ein völlig neues

Gewicht, aufgeladen und schimmernd wie ein Spinnwebfaden, der zwischen ihnen gespannt war.

Jede gewöhnliche Geste hatte eine neue Bedeutung. Das verweilende Zögern in Nyssas Berührung, die Art, wie ihre Stimme zitterte, wenn sie seinen Namen rief, und wie ihre Wangen erblühten, wenn er sie anlächelte. Ein einfaches Reichen einer Tasse fühlte sich nun seltsam intim an; Vallens Finger streiften kaum Nyssas.

Doch inmitten der neuen Spannung und komplexen Sammlung frischer Emotionen blieb das Gefühl der Vertrautheit.

Mit ihren erfrischten Körpern und gehobenen Geistern packten sie ihre Habseligkeiten und setzten ihre Reise fort. Der Weg vor ihnen war noch ungewiss, aber Vallen fühlte eine neue Kraft und Widerstandsfähigkeit in sich. Er war bereit, allem zu begegnen, was vor ihm lag, angetrieben von der Erinnerung an eine kurze Erholung und dem Wissen, dass sie ihrem Ziel einen Schritt näher waren.

Mit einem letzten liebevollen Blick auf das bröckelnde Gebäude, das sie über Nacht beherbergt hatte, folgte Vallen Nyssa, als sie am Flussufer entlang aufbrach und den Weg führte.

Nyssa und Vallen wanderten durch den dichten Wald. Das Unterholz war dick und unnachgiebig, und die Schatten, die vom Blätterdach über ihnen geworfen wurden, malten den Waldboden in dunklen Strichen. Aber nachdem sie über eine Woche die Sterbende Wildnis ertragen hatten, schien es im Vergleich ein einfaches Abenteuer.

Sie schlurften durch einen Teppich gefallener Blätter. Vogelgesang hallte von Baumkronen hoch oben wider, und gelegentlich hörten sie das Rascheln unsichtbarer Kreaturen im Unterholz. Die Schönheit in all dem war jenseitig, ein Wandteppich aus Farbe und Leben. Nyssa dabei zu beobachten, wie sie eine zarte Blume von ihrem Pfad pflückte und sie sanft hinter ihr Ohr steckte, ließ Vallens Herz mit einer so tiefen Zuneigung überfluten, dass sie seinen Körper zu überschwemmen drohte und ein unverhohlenes Lächeln auf sein Gesicht malte.

Ihr Pfad war vom Wasser abgewichen, aber nach etwa einer Stunde schlängelte er sich zurück zum Flussufer. Die mächtige Strömung wirbelte und brodelte und bewegte sich schneller, als sie es durch Erishum getan hatte, eine schnelle Melodie, die Musik für ihre Ohren inmitten der Ruhe des Waldes war.

Nyssas Fuß verfing sich an etwas, und sie stieß ein sanftes Keuchen aus, stolperte vorwärts, schaffte es aber, sich zu fangen, bevor sie fiel. Vallen eilte hinüber, um zu helfen, aber als er sich näherte, sah er, dass sie niedergekniet war und den Boden unter ihren Füßen untersuchte.

»Schau dir das an«, rief Nyssa aus und zeigte auf etwas im Schmutz und Moos.

Es war ein alter Ziegelstein, halb im Waldboden begraben. Als sie das Unterholz wegbürstete, entdeckte sie einen schmalen Streifen Steine, der durch das hohe Gras schnitt und einen Pfad entlang des Flussufers markierte.

Der moosbewachsene Pfad folgte dem Flussufer, umhüllt im Schatten von turmhohen Bäumen und ihren knorrigen Wurzeln, die zum Wasser reichten. Viele der Steine waren durch verirrte Wurzeln und sich verschiebenden Boden verschoben worden, aber wenn sie aufpassten, konnten sie leicht seine Richtung erkennen.

Vallen hielt in seinen Spuren an, kniete nieder und verfolgte mit seiner Hand den Steinumriss des Pfades. Die Kühle der Ziegel sickerte in seine Fingerspitzen. Er war einen Moment still, dann sammelte er seinen Umhang, als er aufstand, sein Blick schweifte entlang der Länge des Pfades, als er um eine Biegung verschwand und die Kurve des Flusses spiegelte.

»Dieser Pfad«, murmelte er mit gedämpfter, nachdenklicher Stimme. »Ich frage mich... ob das einst eine Straße war, die von Puzur und Hassuna nach Erishum führte? Vielleicht existierte diese Straße vor der Erschaffung der Sterbenden Wildnis – bevor König Jerwan Erishum vom Rest der Welt abtrennte.«

Nyssa trat unruhig von einem Fuß auf den anderen, ihre Augen wanderten über den Pfad, nun kaum mehr als eine abgenutzte, zerfurchte Spur, die sich durch die Wildnis schlängelte. Sie verschränkte ihre Arme um sich. »Es ist ein seltsamer Gedanke«, gab sie zu. »Dieser Pfad bedeutet, dass Menschen früher aus Erishum kamen und gingen, aber wegen König Jerwan kann jetzt niemand gehen, und der Rest der Welt weiß nicht einmal mehr, dass wir existieren. Ein ganzes Königreich, einfach vergessen und verschwunden.«

»Ja«, stimmte Vallen zu und warf Nyssa einen erfreuten Blick zu, »aber wir sind rausgekommen.«

Die Existenz des Pfades brachte ein Gefühl des Trostes – einen Hauch von Menschlichkeit, als sie bis zur Nacht zuvor mit dem verlassenen Gebäude keine Zeichen des Lebens gesehen hatten. Der Pfad fühlte sich wie eine führende Hand an.

Vallen entfaltete die Karte mit Sorgfalt und überprüfte ihren Fortschritt, achtsam auf die zarte Natur der Tinte und des brüchigen Pergaments. Dort, bei der sich windenden Kurve des Flusses Assur, war eine gewundene blaue Linie in der Landschaft zu ihren Füßen repliziert.

»Näher als ich gehofft hatte«, murmelte er mit einem Grinsen. Als Nyssa zu ihm aufblickte, erklärte er: »Ich glaube, wir sind nicht weit von der Hochstraße entfernt. Wir sollten bald auf sie stoßen.«

Nyssa erwiderte sein Grinsen mit einem breiten, glücklichen eigenen. »Also... hast du darüber nachgedacht, in welches Königreich du–«

»Warte«, unterbrach er, seine Stimme vor plötzlichem Alarm sträubend, hob seine Hand. Sein Griff um die Karte verstärkte sich unbewusst. Er blickte umher, alle seine Sinne in höchster Alarmbereitschaft. »Riechst du das?«

Der Gestank war einer, den Vallen gut kannte. Nyssa nahm

einen langen Atemzug. Er konnte den Moment sehen, als der Geruch ihre Nasenlöcher traf. Es war ein Geruch, den er leicht erkannte – verwesendes Fleisch. Ein saurer Geschmack wirbelte in seinem Rachen, als Übelkeit in ihm aufwallte. Der Gestank brachte viele schreckliche Erinnerungen in seinen Geist zurück. Mit Anstrengung schob Vallen die Erinnerungen weg und konzentrierte sich auf die Gegenwart.

Es war ein widerlicher, fauliger Gestank, der aus der Richtung wehte, in die sie gegangen waren.

Vallen zog seinen Dolch heraus. Der abgenutzte Griff passte bequem in seine Hand. Seine Finger verfolgten die Rillen und Kerben im Griff, eine meditative, beruhigende Handlung. Mit einem ernsten Nicken zu Nyssa übernahm er die Führung und stellte sich defensiv zwischen sie und die potenzielle Bedrohung. »Bleib hinter mir«, befahl er.

Seine geschärften Sinne aus seinen Jahren als Neuntöter nutzend, folgte Vallen dem Gestank den Pfad hinauf, seine Schritte lautlos auf den moosbewachsenen Ziegeln. Die Sonne war hell und fröhlich, ein starker Kontrast zu der nun besorgten Energie in der Luft.

Sich dem Flussufer nähernd, fielen seine Augen auf ein Bündel Schilf, das sanft in der Brise raschelte, ihre Schatten verlängerten sich über das Wasser. Der Gestank war dort stärker. Zwischen den schlammigen Grüns und dunklen Graus stach ein Spritzer unnatürlichen Blaus stark hervor.

Vorsicht sengte jede Nervenendung, als er Nyssa mit einer Geste bedeutete, zurückzubleiben. Mit einer Anmut, die seine Größe Lügen strafte, schlich Vallen näher an das Schilf und teilte es leise mit seinem Dolch. Darin eingebettet fand er den Körper eines Mannes, gekleidet in ein lebendiges blaues Outfit, das im Wasser trieb. Die Unvereinbarkeit der Farbe gegen die tödliche Blässe des Mannes machte einen unheimlichen Anblick. Vallen war froh, dass er nicht mit dem Gesicht nach oben lag, da die wenige Haut, die sichtbar war, aufgebläht und unnatürlich aussah.

Ein Keuchen ertönte hinter Vallen, und er drehte sich instinktiv, sein Griff um den Dolch verstärkte sich, als er den grausigen Anblick vor Nyssa abschirmte. Es gab keine Furcht in ihren Augen, nur Überraschung. »Val«, begann sie und trat zögernd vor. »Die Farbe... seine Kleidung entspricht der Robe, die auf dem Pferd war, das ich außerhalb der Grenzmauern gefunden habe.«

»Nyssa«, begann Vallen zögernd, sein Blick zog sich zurück zur schwimmenden Leiche. Aber sie unterbrach ihn, ein nachdenklicher Blick in ihren Augen.

»Als ich die Taschen vom Pferd zurückbrachte, sagte Kuratorin Athura, dass Menschen auf den Rücken der Tiere ritten, wenn sie reisten«, sprach sie schnell, ihre Finger zupften ängstlich an den abgenutzten Fransen ihrer Tunika. »Als sie die Taschen durchging, sagte sie, dass die Tasche einem Boten gehört hatte.«

Vallen nickte. »Und die Satteltaschen, die du zurückgebracht hast? Sie hatten das königliche Siegel von Puzur, richtig?«

Als Nyssa nickte, gestikulierte Vallen zum Sumpf, wo die Leiche grotesk im stagnierenden Wasser trieb. »Also muss das der vermisste Bote gewesen sein. Ich frage mich, was passiert ist.«

KAPITEL 21

allen untersuchte den toten Körper, nur für den Fall, dass der Mann etwas Wichtiges bei sich getragen hatte, aber es gab nichts Wertvolles zu retten. Der Körper war weit mehr als eine Woche im Wasser gewesen. Der Gestank, der mit jedem Windstoß durch die frische Luft wehte, ließ Vallen würgen. Die Haut, grotesk aufgebläht und von den Elementen verfärbt, hing lose an den Knochen des leblosen Mannes.

Mit einem letzten bedauernden Blick zurück auf die Gestalt des toten Mannes – es gab nichts, was sie für ihn tun konnten – kehrten Vallen und Nyssa ihm den Rücken zu und setzten ihren Weg fort. Sie fanden einen Rhythmus, ihre Schritte leicht, als sie durch das Unterholz navigierten, Vallen in der Führung, seine scharfen Augen suchten voraus nach potenziellen Bedrohungen.

Die Sonne war über ihren Zenit hinaus gesunken, als ihr Pfad sich abwärts in ein schmales Tal zu winden begann. Die Spur, der sie folgten, verwandelte sich von den rauen und unebenen Überresten eines Waldpfades in eine klare, abgenutzte Kopfsteinpflasterstraße. Nyssa blickte umher und nahm die gelegentlichen alten Steinstrukturen wahr, die auf der fernen Seite des Pfades vom Fluss aufstiegen, jede längst verlassen. Der eindringende Wald verschlang gierig, was von den Steinstrukturen übrig war, ihre stille Kapitulation markiert durch kriechenden Efeu und verdrehte Wurzeln, die die alten Steine für sich beanspruchten.

»Nyssa!« rief Vallen aus, als er erkannte, dass sie endlich die Hochstraße erreicht hatten.

Sie stießen auf eine Brücke, oder wenigstens das, was davon übrig war. Es sah aus, als wäre der Hauptbogen eingestürzt oder weggespült worden. Nur gezackte Steinbrocken und gesprungene Holzlängen klammerten sich hartnäckig an die skelettartige Struktur. Ein Teil des Steinbogens war eingestürzt und hinterließ nichts als gezackte Überreste, die über das wirbelnde Wasser ragten.

Vallen seufzte, als er das Wrack betrachtete und die Durchführbarkeit dessen, was zurückgeblieben war, abschätzte.

Nyssa musterte die Ruinen der Brücke, ihre Brauen in Nachdenken gerunzelt. »Vallen«, begann sie, ihre Stimme kaum hörbar über dem Tosen des turbulenten Flusses unten, »könnte der Bote hier in den Fluss gefallen sein? Vielleicht ist die Brücke unter ihm eingestürzt.«

Vallen nickte, sein Blick verloren im wirbelnden Chaos des Wassers, das sich dramatisch verändert hatte, als sie sich der Brücke näherten und bedrohlich und unberechenbar wurde. Das Wasser wurde schaumig um die Fundamente der Brücke, also konnte sich Vallen vorstellen, wie ein Sturz ins Wasser tödlich geworden wäre. Er drehte sich zu Nyssa um, sein Ausdruck nachdenklich. »Es ist möglich«, räumte er ein, »aber wer weiß wirklich, welches Schicksal ihn ereilte.«

Nach einem Moment der Stille, beide über das mögliche grausige Schicksal des Boten nachdenkend, brach Vallen die Ruhe. »Wie auch immer, ich denke, die Entscheidung, welches Königreich wir ansteuern sollen, wurde uns bereits abgenommen. Wir müssen nach Puzur gehen. Zu versuchen, den Fluss zu durchqueren, um Hassuna zu erreichen, scheint gefährlich und unpraktisch.«

Nyssa starrte auf das Wasser und schauderte. »Ja, ich stimme zu. Lass uns nach Puzur gehen.«

Sie beendeten das Gehen des letzten Stücks des alten Pfades, bis er an der Hochstraße endete. Zu ihrer Rechten war die zerstörte Brücke und Hassuna. Zur Linken war eine klare Straße, die sie nach Puzur winkte.

Zusammen verließen Vallen und Nyssa den alten Pfad und wagten sich vorsichtig auf eine gut befahrene Straße, die nach links abging. Die gehärtete Erde, dunkler gemacht durch unzählige sich drehende Wagenräder, markierte einen starken Kontrast zu dem blätterbedeckten Waldpfad, den sie zuvor navigiert hatten. Die Straße, die sie betraten, war von den Bäumen befreit worden, die zuvor ihren Pfad erstickt hatten. Wäre es ein wärmerer Tag gewesen, hätte Vallen den Verlust des Schattens betrauert, aber mit der scharfen herbstlichen Brise, die die Straße hinunterschnitt, war er froh über die Sonne, die seinen Rücken wärmte. Nyssa ging neben ihm und legte ihre Hand in seine. Er gab ihrer Hand einen tröstenden Druck.

Vallen verlangsamte sich, sein Blick schweifte über die Straße vor ihnen, scheinbar in Gedanken verloren.

»Nyssa, wenn wir uns Puzur nähern, sollten wir vorsichtig sein, keine unnötige Aufmerksamkeit auf uns zu ziehen. Nicht bis wir wissen, was für ein Ort das Königreich wirklich ist. Wir müssen die Amulette und alles andere verstecken, was zeigt, dass wir aus Erishum sind, zumindest vorerst.« Er zog seine Halskette ab und versteckte sie in einer Tasche.

Sie blinzelte und berührte reflexartig ihr eigenes Amulett. Er konnte sagen, dass sie sich beschützend gegenüber dem Stein fühlte. Das Amulett war für so eine ausgedehnte Zeit ihre einzige Schutzquelle gewesen, dass Vallen Nyssas wachsende Bindung daran spüren konnte, ihr Verlangen, es in Reichweite zu haben.

»Aber Vallen, es beschützt uns«, argumentierte Nyssa, ihre Finger umschlossen den kalten Stein fester.

»Ja, in der Wildnis«, behauptete Vallen. »Aber hier ist es anders, Nyssa. Es gibt keine Hyva, keine Bedrohung, die diese Amulette abwehren können.« Er umfasste ihre Hand in seiner, sein Blick erweichte sich. »Ich fürchte, sie könnten Neugier wecken, sogar Gefahr, wenn man bedenkt, woher sie kommen.«

Nyssa biss auf ihre Unterlippe, ihr Blick senkte sich auf das Amulett in ihrem Griff. Angst blitzte über ihr Gesicht, wurde aber schnell von einem entschlossenen Nicken ersetzt. »In Ordnung, Val. Wir verstecken sie.«

Vallen nickte zurück, erleichtert. Sein Geist war ein Wirbelsturm von Sorgen und Szenarien gewesen; sie hatten wirklich keine Ahnung, worauf sie zugingen. Sie waren jetzt sicher, zumindest vor den Gefahren der Sterbenden Wildnis und Erishum. Während sie ihre Reise nach Puzur fortsetzten, würden sie sicher bleiben, indem sie so gut wie möglich in ihre Umgebung einschmolzen.

Mit einem festen Nicken entfernte Nyssa ihr Amulett und steckte es in ihren Reiserucksack.

Nach der Reise durch die Sterbende Wildnis fühlte sich der Spaziergang nach Puzur wie ein gemütlicher Spaziergang an. Als sie Meile um Meile zurücklegten, begannen die dicken Wälder, die beide Seiten der Straße flankierten, Ausblicken auf sanfte Weiden zu weichen. Die quiltartige Landschaft war vorwiegend in spätsaisonalen Gelb- und Brauntönen gefärbt, doch einige Flecken blieben lebhaft grün vor Leben. Die Felder erstreckten sich bis zum Horizont, beweidet von gelegentlichen Herden muhenden Viehs. Der Szenenwechsel brachte ein Gefühl von Raum und Größe, das schockierend war.

Vallen spürte eine ungewöhnliche Empfindung, die in seinem Hinterkopf prickelte. Ein Schweißtropfen rann seine Schläfe hinunter, und eine Falte bildete sich auf seiner Stirn. Es war zu weitläufig, zu grenzenlos. Es dauerte einen Moment, bis er die

Eigenart dieser Empfindung identifizierte. Sein ganzes Leben lang hatten Grenzen ihn umgeben, seien es die schmutzigen Lehmziegelwände von Erishums Slums oder die Befestigungen der Neuntöter-Kasernen oder sogar die Grenzmauern, die Erishum vor der tödlichen Sterbenden Wildnis schützten. Das einzige Mal, als er einen fernen Horizont gesehen hatte, war, als er auf den Mauern des Königreichs gewesen war, aber das hatte den Umfang der Welt fern und entrückt erscheinen lassen. Aber hier, inmitten der beruhigenden Weite pastoraler Gelassenheit, war er stark getroffen von der Abwesenheit der Einschränkung. Der Horizont erstreckte sich in einem endlosen Ausblick aus Grün und Gold, der Himmel eine grenzenlose Kuppel kobaltblauen Himmels. Wenn er es nicht besser wüsste, hätte er glauben können, die Welt ginge in alle Richtungen für immer weiter. Zum ersten Mal in seinem Leben behinderten keine Mauern seinen Weg. Er fand die neue Realität sowohl aufregend als auch beunruhigend. Ein Gefühl der Bedeutungslosigkeit nagte an Vallen, als er die ausgedehnte Welt um ihn herum betrachtete. Es war hypnotisierend, sogar erschreckend in seiner Pracht.

Nyssas Augen, glitzernd vor Aufregung unter dem hellen Licht der Sonne, starrten die Welt um sie herum mit unverhohlener Bewunderung an. Als sie einen Haufen niedriger, steinerner Gebäude über die smaragdene Weite erblickte, stieß sie Vallen an, um sie ihm zu zeigen. Schwaden blassen Rauchs kräuselten sich gemächlich aus einem einzigen Backsteinkamin – das erste Zeichen menschlichen Lebens, das sie seit über einer Woche gesehen hatten. Die Rauchranken vom Kamin riefen Erinnerungen an frostige Morgen in Erishum hervor, wenn der neblige Morgennebel von der Oberfläche des Flusses Assur aufstieg und sich mit den Schwaden aus den Schmieden der Schmiede und den Öfen der Bäcker vermischte und die Luft in eine Symphonie rauchiger Düfte hüllte.

Sie verweilten nicht, sondern setzten fort, aber die Wärme der Menschlichkeit, die vom Gehöft ausstrahlte, brachte den beiden ein Gefühl der Ruhe. Nicht wegen seiner Größe noch seiner Pracht – es war ein bloßer Fleck in der weiten Ausdehnung der Weiden. Nein, es war die Vertrautheit von Herd und Heim, die ihre Herzen mit einem Schwall eifriger Erwartung erfüllte. Sie wussten beide instinktiv, inmitten stiller Blicke und geteilter Erleichterung, sie konnten sich hier einen Platz schaffen.

KAPITEL 22

*V*allen fand sich auf rauem Sand neben Nyssa stehend wieder, seine Füße sanken leicht unter seinem Gewicht ein. Sein Umhang raschelte im frischen, salzigen Wind und trug einen Duft, der seine Sinne auf eine Weise kitzelte, die er nie erlebt hatte. Vor ihm lag ein Wasserkörper so immens, dass er sich über den Horizont hinaus erstreckte. In einer Welt aus Stein und Lehmziegelmauern und staubigen Straßen ließ ihn die plötzliche Offenheit von allem atemlos zurück. Wenn er gedacht hatte, das Ackerland wäre eine schockierende Ausdehnung endlosen Horizonts, ließ der Ozean diese Vorstellung völlig verblassen.

Er war außerordentlich vertraut mit Wasser; er hatte seinen Lebensunterhalt die meiste Zeit seines Lebens im Fluss Assur verdient. Der Fluss war keine Kleinigkeit, aber das... das war anders. Das war nicht der ruhige, vorhersagbare Rhythmus eines Flussflusses. Diese wallenden blaugrünen Tiefen waren ein lebendiges Wesen, lebendig mit einem stürmischen Geist, der in seinem eigenen mitschwang. Er fand sich unerklärlicherweise davon angezogen.

Als jede Welle an die Küste krachte, sandten sie schaumige

Finger, die schnell über den nassen Sand glitten, um ihre Füße zu küssen, dann wieder zurückzuweichen in die Unermesslichkeit des Meeres, das ein tobender Kampf zwischen geflecktem Blaugrün und schaumigem Weiß war.

Zu Nyssa hinüberblickend, wurde er von ihrem Ausdruck völligen Staunens und Ehrfurcht gefangen. Ihre Maske ruhiger, gelassener Freundlichkeit, die getragen worden war, um die Härte ihres Lebens in Erishum zu bekämpfen und Menschen unvorsichtig zu halten, war weggerutscht. Sie hob eine Hand und ließ die wilden Winde um ihre Finger peitschen, die Böen zupften spielerisch an ihrem Haar.

Vallen leckte seine Lippen und schmeckte die Salzlake des Wassers. Es war frisch, salzig und belebend; völlig anders als die stickige, gewürzerfüllte Luft von Erishum.

»Es ist so viel davon«, murmelte Nyssa, ihre Stimme kaum hörbar über den krachenden Wellen des Meeres. Die Weite der Welt ließ sie beide außergewöhnlich klein fühlen.

»Es sieht aus, als ginge es für immer weiter«, wiederholte Vallen ihre Gedanken, sein Ton gedämpft vor Ehrfurcht. Seine Augen schimmerten unter dem schwachen Schein der schwindenden Sonne. Er drückte Nyssas Schulter in einer tröstenden Geste und versprach schweigend, ihr Staunen, ihre Furcht und die unbekannte Zukunft zu teilen, die vor ihnen lag. Sie standen am Rand einer Welt, von der keiner wusste, dass sie existierte, verbunden durch Schicksal, Freundschaft und ein dunkles Geheimnis.

Nyssa hielt inne; ihr Blick war auf den fernen Horizont gerichtet, wo das Wasser auf den Himmel traf. »Schau, Vallen«, murmelte sie. Sie zeigte über das Wasser hinaus, ihre Stirn gerunzelt. »Ein Boot.«

Er kniff die Augen zusammen, die salzige Meeresbrise blies in seine Augen und zupfte an seinem Haar. Die Besatzung auf dem Boot bewegte sich als winzige Silhouetten und huschte wie kleine Käfer. Mit einem Gefühl der Faszination erkannte Vallen, dass sie enorme Netze aus dem Wasser zogen. Maschen, die silbern in der späten Nachmittagssonne glitzerten, schwer mit der Beute des Wassers. Die Welt, erkannte Vallen, war weit größer und lebendiger, als die erstickenden Mauern von Erishum ihn je glauben gelassen hatten.

Vallen stieß einen schweren Seufzer aus, der Nyssa dazu brachte, vom Boot wegzublicken und ihn anzustarren. »Wir müssen weitermachen, wenn wir hoffen, Puzur vor Einbruch der Dunkelheit zu erreichen«, sagte Vallen und wandte seinen Blick zurück zur Straße, von der sie abgewandert waren. Als das Weideland wegfiel und sie mit dem Meer zu ihrer Rechten zurückließ, hatten Vallen und Nyssas Füße sie unbewusst vom Pfad genommen, damit sie einen besseren Blick auf das Wasser bekommen konnten.

Nyssa, ihr Blick wandte sich von Vallen ab und zurück zur weiten Ausdehnung des Meeres, holte tief Luft. Ihre Schultern sackten ganz leicht zusammen. Er konnte sagen, dass sie nicht wirklich den Ozean hinter sich lassen wollte; seine Pracht und Weite hatten sie sprachlos gemacht. Es war wie nichts, was einer von ihnen je gesehen oder auch nur vorgestellt hatte.

Ihren Blick von der unglaublichen Aussicht wegziehend, nickte sie. »Du hast recht.«

Vallen half ihr, den Rucksack auf ihren Schultern zu justieren. Er verstellte die Riemen seiner eigenen Tasche in eine bessere Position und spürte das beruhigende Gewicht der darin enthaltenen Vorräte. »Es wäre eine schöne Abwechslung, heute Nacht unter einem Dach zu schlafen, auch wenn es nur ein Heuboden einer Scheune ist.«

Nyssa nickte, ein schwaches Lächeln zierte ihre Lippen bei Vallens trockenem Humor. Sie gestikulierte, dass er die Führung übernehmen sollte. Als er an ihr vorbeiging, konnte er nicht widerstehen, einen Blick zurück auf die unendliche Ausdehnung des Meeres zu werfen und seiner ehrfurchtgebietenden Schönheit einen stillen Abschied zu geben.

Zusammen verließen sie den Komfort der Küste, die Wellen rollten in einem Abschiedswiegenlied, als sie wieder Fuß auf die Straße nach Puzur setzten.

Der Pfad, auf dem sie gewandelt waren, hatte sich begradigt und verbreitert und eine permanentere Furche in die Landschaft erworben. Nun waren im ganzen Gebiet verstreut nicht nur Waldflecken und offene Felder, sondern auch gelegentliche Bauernhöfe, jeder mit einem geschäftigen Hof voller Geflügel und florierender Gemüsegärten.

Sie gingen an einer Handvoll Hütten vorbei, die auf dem Sand gebaut waren, einige sogar hoch auf Pfählen errichtet. Die Strukturen ragten über den Sand wie watende Vögel auf stelzenartigen Beinen, ihre warmen Lichter funkelten in der Dämmerung. Kleine Boote, in spielerischen lebendigen Farben bemalt, lagen auf die weißen Sande gezogen. Es war alles so sehr anders als die imposanten und überfüllten Strukturen von Erishum. Es gab hier keine hohen Mauern, die wie Barrieren wirkten, keine Häuser so nah beieinander, dass ihre Wände geteilt wurden. Es gab Raum und Ruhe – die einzigen Geräusche waren die gedämpften Rufe des Viehs, untermalt vom tiefen konstanten Rauschen des Meeres. Es ließ Vallen fühlen, als könnte er sich ausstrecken und einen ersten tiefen Atemzug nehmen, eine Offenheit, die sich weit und einladend ausbreitete.

Vallens Blick wechselte vom umgebenden Ackerland zu dem Anblick, der einen Stups von Nyssa hervorgerufen hatte. Die Gasse hinunter bewegte sich ein wuchtiger Karren auf sie zu, seine Räder quietschten rhythmisch, während ein gemächliches Gespann prächtiger Bestien ihn vorwärts zog. Sowohl Vallen als auch Nyssa starrten mit weiten Augen, ehrfürchtig vor dem Anblick der Kreaturen, die selbst über den größten Mann in Erishum geragt hätten. Das erste hatte ein weißes Fell, großzügig mit Grauschattierungen gesprenkelt, während sein Begleiter, eine Kreatur in der Farbe erdiger Kastanie mit einer schwarzen Mähne. Beide Tiere strahlten eine rohe, mächtige Energie aus.

Nyssa lehnte sich nahe an Vallen und flüsterte: »Das... sind Pferde. Das Tier, das ich nahe dem Fluss fand... es sah so sehr wie das braune aus.« Ihre Stimme war ein ehrfürchtiges Flüstern, ihr Blick wich nie von den mächtigen Bestien ab. Als der Karren knarrend vorbeifuhr, traten sie beiseite und gewährten großzügigen Raum, ihre Blicke gebannt auf die muskulösen Tiere. Den Fahrer des Karrens erspähend, einen stämmigen Mann mit einem Strohhut, hoben sie ihre staubbedeckten Hände in einer schüchternen, unbeholfenen Begrüßung, noch immer tief betroffen von dem schönen Spektakel.

Vallen und Nyssa starrten dem Karren nach, bis er um eine Biegung der Straße verschwand und außer Sicht geriet. Vallen warf ihr einen aufgeregten, ungläubigen Blick zu, bevor sie sich umdrehten und ihre Wanderung fortsetzten, die Bilder der Pferde permanent in sein Gedächtnis eingeprägt.

Langsam wuchsen die verstreuten Bauernhöfe und Hütten näher zusammen. Erschöpft und staubbedeckt fanden sich Vallen und Nyssa schließlich auf einem geschäftigen Gehweg wieder, stehend vor einem malerischen Gasthaus, einem Leuchtfeuer der Wärme, das durch die herannahende Kälte der Nacht schnitt. Aus ineinandergreifendem Holz gebaut und mit einem milchigen Anstrich gefärbt, enthüllte es Zeichen geschäftigen Lebens drinnen – Silhouetten bewegten sich umher, lebhaftes Geplauder und Gelächter und die tröstlichen Gerüche herzhaften Essens. Es war nicht großartig oder imposant, aber es strahlte ein Gefühl der Wärme aus, das die letzten Reste der eisigen Sterbenden Wildnis aus Vallens Gliedern jagte.

»Ich habe nie so viel Holz gesehen«, murmelte Nyssa, ihre Augen weit vor Erstaunen und Ungläubigkeit, als sie auf die Brettergebäude und Kutschen gestikulierte, die die Straße säumten, die Stapel Brennholz, die neben Kaminen aufgehäuft waren, sogar die Planken unter ihren Füßen. Holz war eine Knappheit in Erishum, und die spärlichen Holzwälder innerhalb der Grenzmauern wurden wachsam geschützt. Der sanfte Schein der

Laternen warf lange Schatten über die holzgefurchten Oberflächen. Jede Holzstruktur erzählte eine Geschichte von Überfluss, von Reichtum, von Freiheit, wie sie die lehmziegelbedeckten, steinbeladenen Straßen von Erishum nie flüstern konnten. Sie streckte eine Hand aus, wie gezwungen, strich mit ihren Fingern über die raue Maserung der nächsten Behausung. »Das... Das scheint nicht real. Das kann nicht real sein, oder?«, fragte sie, ihre Stimme gedämpft und voller stiller Ehrfurcht.

Vallen gab Nyssas Hand einen beruhigenden Druck. Die ganze Zeit beobachtete er die Bürger von Puzur still, seine Augen wachsam und berechnend. Er blieb wachsam, aber er hielt sein Gesicht ruhig und angenehm. Sein Blick flackerte von einem Gesicht zum anderen und prüfte ihre Kleidung, ihre Haltungen, ihre Handlungen. Seine Ohren spitzten sich zum Rhythmus ihrer Sprache, ihrem Dialekt und den einzigartigen Betonungen in ihren Stimmen. Er bemerkte die rauhen Vokale der Ladenbesitzer, als sie ihre Waren ausriefen, die sanftgesprochene Eleganz der gut gekleideten Damen, die entlang des Gehwegs spazierten, und die verschliffenen Konsonanten der betrunkenen Tavernenbesucher. Unter seinem Atem übend, begann seine eigene Sprache, denselben Rhythmus anzunehmen. Allmählich begann seine Nachahmung, eine für das Überleben auf rauen Stadtstraßen erlernte Fähigkeit, die Nuancen der Menschen um sie herum zu schattieren.

Undeutliches Geplauder erfüllte die Luft und verschmolz mit der rhythmischen Kakophonie des Marktes. Vallen bemerkte, dass die meisten Menschen um sie herum helleres Haar und hellere Haut hatten als er und Nyssa. Aber ein weiterer Blick über die Menge beruhigte ihn. Er bemerkte die Sprenklung kohlenhaariger Fußgänger inmitten des Meeres von Braun- und Blondtönen. Die Varianz war genug für ihn zu entscheiden, dass sie vielleicht doch nicht so anders waren, zumindest nicht genug, um sie von der Bevölkerung abheben zu lassen. Vallen bemerkte sogar einen Mann mit Haar in der Farbe heißer Flamme. In all seinen Jahren hatte er nie die Augen auf eine Person wie diese gelegt.

Ein junger Junge huschte über ihren Pfad, sein Gesicht schmutzverschmiert aber prall und gesund aussehend. Vallen rief dem Kind zu, das anhielt und ihnen einen schlauen, neugierigen Blick gab.

»Wo ist die Wachstation oder die Person, die hier für die Polizei zuständig ist?«, fragte Vallen sanft und schenkte dem Jungen ein beruhigendes Lächeln.

Der Junge schluckte schwer, seine Augen huschten zwischen Vallen und Nyssa hin und her. Er zeigte mit einem schmutzigen Finger zu einem stämmigen Steinbau, der inmitten rustikaler Holzkonstruktionen am Ende der Hauptstraße stand. »Das Büro des Constables«, bot der Junge an, seine Stimme schüchtern. Dann rannte er weg und rief einem anderen Kind zu, auf ihn zu warten, bevor Vallen ein ordentliches Dankeschön sagen konnte.

Vallen wandte sich Nyssa zu, die das Constable-Gebäude mit einem leicht besorgten Stirnrunzeln anstarrte. Seine Augen trafen ihre, und ihre Grimasse verblasste zu einem ermutigenden Blick. Aber sie sagte nichts. Er war bewegt von ihrem Schweigen, von dem Vertrauen, das es implizierte.

KAPITEL 23

*V*or der strengen Fassade des Constable-Büros stehend, zögerten Vallen und Nyssa. Das alte Gebäude schien einen kalten, knochendurchdringenden Schatten über sie zu werfen. Das Backsteingebäude war aus einem unbekannten, hellbraunen Stein gemacht. Vallen war daran gewöhnt, dass alle Gebäude in Erishum aus demselben grauen Gestein gemacht waren, also erschien es ihm zunächst seltsam. Trotz der anderen Farbe trug das Gebäude eine fast unheimliche Ähnlichkeit zu den Neuntöter-Kasernen – ein Ort, der Vallen nur allzu vertraut war und eine Erinnerung, die einen bitteren Geschmack auf seiner Zunge hinterließ.

Bilder blitzten in seinem Geist auf, von jeder unliebenswürdigen Tat, die er in den Kasernen miterlebt hatte, und jedem vergangenen Fehltritt, der ihm Scham bereitet hatte. Es war eine Erinnerung an eine Zeit, die er glücklich weit hinter sich lassen wollte.

Nyssa blickte ihn mit zusammengepressten Lippen und dunklen Augen voller unausgesprochener Sorge an. Sie bewegte sich unbequem auf ihren Füßen, das düstere Steingebäude ragte vor ihnen auf, seine dunklen, schmalen Fenster wirkten wie die Augen eines brütenden Riesen.

Vallen spürte das Zittern, das durch Nyssas schlanke Hand lief. Er hasste es, dass sie Angst hatte. Also, mit einem erneuerten Gefühl der Entschlossenheit, holte er tief und beruhigend Luft. Streng die Tür zu dem Gespenst seiner Vergangenheit schließend, gab er Nyssas Hand einen beruhigenden Druck, ein stilles Versprechen von Stärke und Loyalität. Sie blickte zu ihm hinüber und gab ihm ein Nicken.

Mit erhobenen Köpfen traten sie zur offenen Eingangstür und verschwanden ins Herz des Constable-Büros, verschluckt von seinem ominös gähnenden Schlund.

Im Inneren des Gebäudes strengten sich Vallens Augen an, sich an das Zwielicht zu gewöhnen. Trotz des schattigen Inneren strahlte das Büro eine fast fröhliche Wärme aus, eine willkommene Erholung von der kalten Brise der Welt draußen. Das Büro war mit langen, schmalen Fenstern gesäumt, die das späte Nachmittagslicht hereinließen und den Raum mit Schatten füllten, die teuflisch an den Wänden im spärlichen Kerzenlicht tanzten. Nahe dem Eingang saß ein Mann mit hellbraunem Haar, mehrere Jahre älter als Vallen, mit Lachfalten, die sich von seinen Augen ausbreiteten. Was jedoch wirklich Vallens Aufmerksamkeit erregte, war seine Uniform: ein knackiges blaues Kleidungsstück, das zum Outfit des ertrunkenen Boten passte.

Der Blick des Mannes hob sich von einem pergamentübersäten Schreibtisch, um Vallens zu treffen, seine haselnussbraunen Augen nagelten sie an ihrem Platz fest. Seine Stimme war wie ein Grat, rau aber gebietend. »Nennt euer Anliegen.«

Einen Moment nehmend, um seine verworrenen Gedanken zu sammeln, schaffte es Vallen schließlich, seine Zunge zum Dienst zu zwingen. Er konnte seinen eigenen Puls staccato in seinen Ohren pochen spüren, als er begann, aber er stellte sicher, seine Nerven nicht zu zeigen. Jahre im Dienst der Neuntöter waren eine gute Ausbildung dafür. »Wir sind die Hochstraße von

Hassuna gereist und haben entdeckt, dass die Brücke über den Fluss Assur unpassierbar ist.«

Etwas flackerte in den Augen des Mannes, ein Funke von Interesse oder vielleicht Sorge. Er stieß ein wenig einen Seufzer aus. »Ja, danke für die Information, aber wir sind uns der Schäden an der Brücke bewusst.« Der Mann sah aus, als wollte er seine Aufmerksamkeit zurück zu seinen Papieren wenden, also fand sich Vallen dabei, den Rest ihrer Entdeckungen herauszuplatzen. »Wir haben auch die Leiche eines Puzur-Boten gefunden –« seine Stimme stockte einen Moment »– und sein Pferd, beide im Fluss ertrunken.«

Die Augen des Mannes weiteten sich vor Schock, dann huschten sie zu Nyssa, die nickte, aber schwieg. Eine angespannte Stille senkte sich herab, nur unterbrochen vom Kratzen von Federn unsichtbarer Schreiber hinter stabilen Eichenschirmen.

Vallen löste vorsichtig die Lederriemen seines Reiserucksacks, zog den Dolch heraus, den Nyssa gerettet hatte, und legte ihn auf den Schreibtisch des Mannes. Früher an diesem Tag hatte Vallen erkannt, dass der Dolch ein regulierter Gegenstand sein könnte; ähnlich seinem früheren von den Neuntötern ausgegebenen Schwert, und er war zu der Entscheidung gekommen, dass sie ihn nicht behalten konnten, falls jemand die Waffe erkannte.

Als nächstes zog er die Ledertaschen heraus, die Nyssa vom toten Pferd gerettet hatte. Seine Bewegungen waren langsam und vorsichtig, behandelten die Gegenstände mit Ehrfurcht. Auf einer Seite war ein Puzur-Emblem gestickt: ein Löwe auf einem Schild. Er hatte einen der Briefe, die in den Taschen gewesen waren, an Herrn Egmond gegeben, hoffte aber, dass niemand einen fehlenden Brief hinterfragen würde.

»Wir haben versucht zu retten, was wir konnten«, erklärte er, seine Augen flackerten über die angebotenen Gegenstände. Da war eine Hohlheit in seiner Stimme, ein Hauch des Verlustes, den er für das Leben fühlte, das so brutal kurz geschnitten worden war. »Wir... wir mussten die Leiche... und das Pferd zurücklassen.«

Als Vallen seinen Reiserucksack schloss, fielen seine Augen auf die Briefe, die Kuratorin Athura an die Herrscher von Puzur und Hassuna geschrieben hatte. Nyssa sagte, dass die Briefe Bitten an die beiden Königreiche um Hilfe waren. Vallen hatte entschieden, dass er die Schreiben vorerst niemandem übergeben, sondern versteckt lassen würde. Er wollte sie verstecken, bis er die wahre Natur des Königreichs bestimmen konnte.

Der Mann blickte von der Tasche und dem Messer auf, sein Gesicht eine Maske der Trauer. »Danke, dass ihr uns das gebracht habt. Ich muss Constable Warrin informieren.«

Er stand von seinem Stuhl auf und schritt schnell weg, verschwand in einer der offenen Türen, die die ferne Wand säumten.

Vallen stand ruhig da und fühlte die Augen mehrerer Menschen, die im Raum verstreut waren, meist hinter Schreibtischen, die sie beide neugierig anstarrten. Ein paar Köpfe lugten aus ein paar Türen hervor, näherten sich aber nicht.

Die Bürotür am fernen Ende des Raumes knarrte auf und enthüllte eine ältere Frau, gekleidet in eine etwas raffiniertere Variation der blauen Uniform, die von den anderen getragen wurde. Sie folgte dem Mann zu Nyssa und Vallen hinüber. Die Frau warf ihnen beiden einen strengen Blick zu. Sie hatte das Gehabe und die Haltung einer ausgebildeten Kriegerin und ein breites Gesicht, das aus Stein gemeißelt hätte sein können, was Vallen anspannte. Ihr Haar war schockierend kurz zu ihrem Schädel geschoren und zeigte nur ein wenig kastanienbraunen Flaum, großzügig mit Grau besprenkelt. Vallen musste annehmen, dass diese Frau Constable Warrin war. Mit Anstrengung schaffte er es, seinen Schock aus seinem Ausdruck zu halten. Eine Kriegerin? So etwas wäre in Erishum nie erlaubt gewesen. Die Neuntöter hatten Vallen kaum wegen seines armen Hintergrunds toleriert. Er konnte sich nicht vorstellen, welche Behandlung die Constable in den Kasernen erfahren hätte.

»Nestor sagt, ihr habt Neuigkeiten für mich?« Ihre Stimme hielt das Kratzen unzähliger Jahre des Kommandierens, doch unwandelbar in ihrer autoritären Macht.

»Ma'am«, erklärte der Mann, seine Stimme weich und traurig. »Diese beiden Personen sagten, sie hätten Cambrins Leiche im Fluss gefunden. Sie brachten seine Waffe und seine Satteltaschen zurück...«

Seine Worte hingen schwer im Raum, und Nyssas Hand streckte sich aus, um lose Vallens zu umfassen.

Constable Warrin starrte das Messer und die Satteltasche einen langen Moment an, als würde sie versuchen, die Information zu verarbeiten, dann stieß sie einen erschöpften Seufzer aus. Ihre wachsamen Augen wurden traurig und sorgenvoll, als sie das Messer und die wasserabgenutzte Satteltasche anstarrte.

Eine Hand über ihr Gesicht reibend, blickte die Constable dann über Vallen und Nyssa, als würde sie sie zum ersten Mal bemerken. »Ich hatte mir Sorgen gemacht, als die Nachricht uns erreichte, dass die Brücke weggespült wurde«, enthüllte sie, ihre Finger strichen über die ramponierte Oberfläche der Satteltasche. »Habe nichts von Cambrin gehört, seit er ging... Ich fürchtete, so etwas könnte passiert sein.«

Sie gab der Satteltasche eine letzte Liebkosung, bevor sie sich sichtlich zusammenriss und ihre Emotionen unter Kontrolle brachte. Die Constable blickte entschlossen Vallen und Nyssa der Reihe nach an. »Wie sind eure Namen, und wie seid ihr auf Cambrins Leiche gestoßen? Ich schickte jemanden hinunter, um das Gebiet zu durchsuchen, und sie fanden keine Spur von ihm.« Ihre Stimme trug einen ernsten Unterton. »Lasst uns hier nicht reden. Kommt in mein Büro, damit wir es privat besprechen können. Ihr müsst mir alles erzählen, was ihr gesehen habt, jedes kleine Detail.«

Nyssas dunkle Augen weiteten sich. Sie starrte Vallen an, ihr

Ausdruck reflektierte ihre steigende Sorge. Vallen, ihre Emotionen spürend, erwiderte ihren Blick mit einem stillen Ermutigung.

»Ja, Ma'am. Wir würden gerne alles erzählen, was wir wissen«, antwortete Vallen Constable Warrin. Er nahm sanft Nyssas Hand und gab ihr einen Druck. Nyssa schüttelte die Furcht ab und gab ihm einen klarsichtigen Blick, nickte ihm zu, fortzufahren.

Vallen und Nyssa folgten der Constable an einer Serie offener Türen vorbei, jede führte zu einem Büro. Schließlich erreichten sie die Tür, aus der sie hervorgekommen war. Sie öffnete sich und enthüllte ein spartanisches Büro. Der Raum war im düsteren Schein der untergehenden Sonne getränkt und methodisch sauber, ohne ein einziges Pergament oder eine Feder fehl am Platz. Der Anblick ließ Vallen sich nach der herrlichen Unordnung von Nyssas Sammlung zurück in Erishum sehnen, ein seltsames Zeugnis ihrer einfachen Anfänge. Dieser strenge Raum erinnerte ihn zu sehr an seine Pritsche in den Neuntöter-Kasernen.

Die Constable gestikulierte, dass sie Plätze gegenüber einem gewichtigen Holzschreibtisch einnehmen sollten, der einen Großteil der Kammer einnahm. »Eure Namen?«, verlangte sie, ihr Blick hüpfte zwischen den beiden, als würde sie ihren Wert abwägen.

Ihren Blick erwidert, schluckte Vallen die Angst hinunter, die seine Kehle hinaufkroch. Einen Atemzug beruhigenden Mutes einziehend, ließ er die wieder zusammengesetzte Persona eines unscheinbaren Reisenden herausprudeln. »Ich bin Vallen, und das –« er deutete zu Nyssa »– ist Nyssa. Wir stammen aus Hassuna.«

Nyssa saß schweigend neben ihm, ihre wachsamen Augen verließen nie die Constable. Warrin nickte langsam und kritzelte etwas auf ein Pergament. Dann hielt sie inne, legte ihre Feder nieder, um sie beide wieder anzusehen.

»Was bringt euch beide nach Puzur?« Da war etwas Unnach-giebiges in ihrem Ton.

Ein unwillkürlicher Stich der Schuld schoss durch Vallens Herz bei der Lüge, die auf seiner Zunge bereit lag, doch es gab keine Alternative. »Unsere Eltern«, murmelte er, eine wehmütige Note schlich in seine Stimme. »Sie billigten unsere Verbindung nicht. Wir entschieden zu gehen und unser eigenes Glück zu suchen.«

Vallens Blick wechselte zu Nyssa, ein Flackern der Befürch-tung erfüllte seinen Bauch. Als sie nickte, eine ihrer Hände auf seinen Ärmel legte und ihn liebevoll ansah, nahm sie nahtlos den Faden seiner Lüge auf. Die Erleichterung, die ihn überflutete, war greifbar, sein Atem entwich seinen Lippen in einem langsa-men, stillen Ausatmen.

Die Constable beobachtete sie, ihre Augen verengt, als würde sie nach jedem Ausrutscher in ihrer Fassade suchen. Vallen hielt ihren Blick, die Glut der Entschlossenheit brannte hell in seinen Augen. Lügen oder Wahrheit, es spielte keine Rolle, solange es Nyssa schützte.

»Und wie genau seid ihr auf Cambrins Leiche gestoßen?«, fragte Constable Warrin und brach in die zitternde Stille ein.

Vallen lehnte sich in seinem Stuhl zurück und bereitete sich auf eine weitere vulgäre Parade von Lügen vor. »Wir mussten entlang des Flusses Assur reisen, um eine Stelle zu finden, die seicht genug zum Überqueren war, weil die Brücke unpassierbar war. Es brachte uns unbequem nahe zur Sterbenden Wildnis.«

Constable Warrin warf Vallen einen verwirrten Blick zu und hob eine Augenbraue. »Die Sterbende Wildnis? Ich bin die meisten Teile von Puzur in meinen Dienstjahren durchreist, doch der Name scheint meinem Wissen zu entgehen. Meint ihr die Schattenwälder?«

Vallen verpasste kaum einen Schlag und gab der Constable ein selbstherabsetzendes Grinsen, als er seinen Ausrutscher verbarg. »Es ist... ein Name, den Nyssa sich ausgedacht hat, als wir Kinder waren. Die Geschichten von den wilden Bestien in den Schattenwäldern pflegten sie zu erschrecken«, erklärte er.

Die Constable gab Nyssa ein schnelles verschwörerisches Grinsen. »Nun, keine Scham darin. Ich bin erwachsen, aber die Waldtriller erschrecken mich noch immer.«

Obwohl Vallen sehen konnte, dass Constable Warrins Skepsis nicht völlig beruhigt war, schien das kleine schüchterne Lächeln, das Nyssa ihr gab, sie fast völlig aufzutauen. Es war eine von Nyssas Gaben – jeden um sie herum sich wohl fühlen zu lassen. Innerlich pochte Vallens Herz schwer gegen seine Brust. Eine falsche Bewegung, ein Fehltritt, könnte ihnen ihre Zukunft kosten. Constable Warrin erwiderte Nyssas Lächeln, dann nickte sie Vallen zu, seine Geschichte fortzusetzen.

»Was geschah als nächstes?«, fragte Constable Warrin.

Vallen nickte. »Sobald wir einen Ort fanden, um den Fluss sicher zu überqueren, mussten wir zurück zur Hochstraße gehen. Als wir einen Pfad neben dem Fluss entlangwanderten, bemerkten wir ein bisschen blauen Stoff, der in einigen Schilfrohren am Flussufer verfangen war.« Er musste sein Schaudern bei der Erinnerung an den grausigen Anblick der Leiche des ertrunkenen Mannes nicht vortäuschen.

»Und ihr gingt zum Wasserrand und untersuchtet?«

»Das taten wir«, bestätigte Vallen. Seine Stimme schien mit einer kaum gezügelten Trauer zu zittern. »Wir erkannten schnell, dass der blaue Stoff ein Mann und ein Pferd waren, beide lange tot. Es schienen keine körperlichen Verletzungen zu sein, also nahm ich an, sie seien beide ertrunken, aber wir konnten nicht sicher sein. Wir wollten sie nicht viel berühren.«

Das Gesicht der Constable fiel in eine Grimasse, als sie versuchte, die schweren Worte zu verdauen, die Vallen ihr zuwarf. »Weiter«, drängte sie schließlich.

»Wir erkannten die Kleidung und dachten, es könnte ein Bote aus Puzur sein«, fuhr Vallen fort, seine Stimme tief und beunruhigt. »Wir bargen, was wir konnten – Satteltaschen und ein Messer.«

Eine Stille hing schwer im Büro, als die Constable traurig auf die Oberfläche ihres Schreibtisches starrte. »Ich werde jemanden schicken müssen, um Cambrin zu finden. Etwa wie weit den Pfad von der Hochstraße hinunter würdet ihr sagen, war seine Leiche?«

Vallen wandte sich Nyssa zu. »Etwa eine Stunde zu Fuß, würdest du nicht sagen?«

Nyssa nickte. »Ein wenig mehr als eine Stunde, würde ich schätzen«, begann Nyssa ruhig. »Wo wir ihn fanden... Es war in einer Biegung des Flusses, da war ein großer Felsbrocken, der ein bisschen ins Wasser ragte und einen fast geschützten Bereich vor dem Zug der Flussströmung schuf. Er war in den hohen Schilfrohren dort gefangen. Wir mussten ihn lassen.« Ihr Blick fiel, ihre Hände ballten sich.

»Natürlich habt ihr das. Es ist keine Schande darin. Ihr hättet ihn nicht tragen können, selbst wenn ihr gewollt hättet. Es wird schon sein; ich werde jemanden mit einem Karren schicken, um seine Leiche zu holen, falls er noch da ist.« Constable Warrin reichte über den Schreibtisch und klopfte Nyssas Schulter tröstend. Vallen hatte nicht den Eindruck, dass die Constable besonders gut im Trösten war, aber er schätzte ihre Anstrengung.

Sie gab ihnen beiden ein warmes Lächeln, ihr steiniger Blick erweichte sich in Dankbarkeit. »Danke euch beiden... dafür, dass ihr uns die Nachricht gebracht habt«, sagte sie, ihrem wettergezeichneten Gesicht sah man die Jahre der Härte an. Sie erhob sich von ihrem Schreibtisch, trat in die Öffnung ihrer Bürotür und rief über den Raum: »Freddic!«

Ein Mann mittleren Alters in blauer Uniform huschte hinüber, seine Augen weit vor Verwirrung. Er war groß und dick, mit einem großen buschigen Schnurrbart. Beim Anblick von Vallen und Nyssa vertiefte sich sein Stirnrunzeln weiter, aber

Warrins strenger Ausdruck und krummer Finger winkten ihn näher.

»Freddic«, begann sie langsam, »Cambrin wurde gefunden. Wir denken, seine Leiche ist unten bei der Flussbiegung, gefangen in den Schilfrohren bei einem Felsbrocken, etwas mehr als eine Stunde zu Fuß die alte Straße nach Erishum hinunter.«

Ihr Blick verhärtete sich, als sie zu Freddic hinaufstarrte, ihre Stimme fiel zu einem tieferen Register. »Du wirst ein Pferd und einen Karren brauchen und ein Tuch mitbringen, um seine Leiche zu bedecken«, befahl sie und blickte um den Raum, um sicherzustellen, dass niemand lauschte. »Aber hör zu, das ist nichts, worüber in der Stadt getratscht werden sollte, noch nicht jedenfalls. Ich muss zuerst mit Cambrins Frau sprechen, bevor die Stadtausrufer zu singen beginnen. Ist das verstanden?«

Freddic, starr unter der strengen Blick der Constable, schaffte ein Nicken. Constable Warrin klopfte seine Schulter, eine Geste vertrauter Kameradschaft. Ihre Stimme erweichte sich leicht, als sie sagte: »Sei schnell, Freddic. Ich will nicht, dass du durch die Schilfrohre und das Wasser im Dunkeln waten musst. Sei schnell, aber sei sicher.«

Und damit wurde der Mann weggescheucht, verschwand so schnell, wie er erschienen war, und ließ Vallen und Nyssa wieder allein mit der Constable. Warrin kehrte zu ihrem Sitz hinter ihrem Schreibtisch zurück, ihre Finger strichen geistesabwesend über das gestapelte Pergament, bevor sie schließlich aufblickte, um sie anzusprechen. Das Feuerlicht aus dem Eckkamin flackerte über den abgenutzten Stein und das Holz und warf Schatten über ihr Gesicht, das von Linien durchkreuzt war.

»Nun, da ihr Puzur erreicht habt... was ist euer Plan?«, erkundigte sich Warrin, ihr Blick unwandelbar und scharf, als sie dem Paar einen überlegenen Blick gab. Ihre Stimme hielt sowohl Neugier als auch Skepsis, vielleicht verweilend aus ihrer Natur als Hüterin des Gesetzes.

Vallen setzte sich etwas gerader hin, das flackernde Licht fing die Kanten seiner Gestalt ein und setzte seine Züge in starken Relief. Er blickte zu Nyssa, bevor er antwortete: »Nun, Nyssa hier hat ein Talent fürs Backen. Sie kann Brotlaibe machen, wie ihr sie nie geschmeckt habt.«

Warrins Blick erweichte sich einen Moment auf Nyssa, dann wechselte er zurück zu Vallen, als er fortfuhr: »Und ich... ich habe als Soldat zurück in Hassuna trainiert. Aber ich hoffe auf etwas... anderes. Wir haben keine Angst vor harter Arbeit.«

Warrin lehnte sich in ihrem Stuhl zurück, Arme über ihrer Brust verschränkt. »Ich bezweifle das nicht. Wenn ihr den ganzen Weg von Hassuna mit nichts als euren Rucksäcken als Begleitung gelaufen seid... Nun, es ist klar, dass ihr nicht die müßige Sorte seid«, bemerkte sie, ein Hauch von Respekt färbte ihre Worte. »Und wo plant ihr zu bleiben? Habt ihr ein Dach zum Hinlegen eurer Köpfe geregelt?«

Vallen warf einen Blick zu Nyssa und zuckte mit den Schultern, ein verschämtes halbes Grinsen geisterte über seine Züge. »Um ehrlich zu sein, hatten wir nicht so weit vorausgeplant.«

Warrin schüttelte liebevoll den Kopf, ihre Lippen zuckten mit einem schiefen Lächeln. »Ach, wieder jung zu sein...«, seufzte sie.

Nachdem sie sowohl Vallen als auch Nyssa einen langen Blick gegeben hatte, der ihn sich winden lassen wollte, nickte die Constable wie zu sich selbst. Sich in ihrem Stuhl zurückziehend, öffnete sie eine Schublade an ihrem Schreibtisch, ihr wettergezeichnetes Gesicht in Konzentration gerunzelt. Eine kleine Schachtel in der Schublade öffnend, tauchten ihre Finger auf und umklammerten ein paar Münzen, die sie auf die abgenutzte Holzoberfläche legte.

»Für die Rückgabe von Cambrins Sachen«, sagte sie und schob die Münzen zu ihnen. Vallen hob eine Braue und blickte zu Nyssa, machte aber keine Bewegung, die Münzen zu berühren. Bei Nyssas vorsichtigem Blick erklärte die Constable: »Es wird euch ein paar Nächte im Gasthaus kaufen. Ich möchte nicht, dass ihr beiden die Nacht auf den Straßen verbringt. Ihr scheint ein nettes Paar zu sein, und die Temperaturen werden nachts zu dieser Jahreszeit gefährlich.«

Mit einem dankbaren Nicken streckte Vallen die Hand aus und ergriff die Münzen, steckte sie ein. Warrin gab ihnen einen überlegenden Blick. »Schaut, wir haben auch eine Hütte, die ein paar Monate leer steht«, bot sie an, obwohl ihr Ton andeutete, dass es überhaupt kein Angebot war.

Vallen runzelte die Stirn, trotz sich selbst fasziniert.

Warrin verzog das Gesicht, ihre Finger trommelten einen Staccato-Rhythmus auf den Schreibtisch. »Nun, sie ist am Rand von Puzur. Nahe den Schattenwäldern.« Sie gab ihnen einen pointierten Blick. »Niemand will sie, weil die Wälder gefährlich sind. Wenn Menschen hineingehen, kommen sie sehr selten wieder heraus.«

Vallen nickte. »Wir sind mit den Schattenwäldern vertraut. Wie weit ist die Hütte von den Wäldern entfernt?«

»Sie ist nicht so nah, um euch in Gefahr zu bringen. Ich würde sie sonst nicht vorschlagen«, erklärte Warrin, ihre Nasenlöcher blähten sich vor Verärgerung. »Das Problem ist, dass diese verfluchten Wälder sich jedes Jahr weiter an Puzur heranschleichen, an unserem Land knabbern, also verlassen Menschen ihre Häuser, anstatt die Nähe zum Wald zu riskieren.

Aber ich schätze, ihr beiden seid nicht die Sorte, die sich von einigen verknoteten Bäumen und unheimlichen Schatten einschüchtern lässt. Solange ihr die Wälder nicht betretet, werdet ihr in Ordnung sein. Die Waldtriller verlassen nie den Schutz der dunklen Bäume. Außerdem«, beendete sie mit einem Zucken ihrer Lippen, »ist es ein kostenloses Dach über euren Köpfen. Ihr seid nicht gerade in der Position, ein gutes Angebot abzulehnen.«

Die Worte der Constable entlockten Vallen ein tiefes Kichern, ein Geräusch, das den Raum mit unerwarteter Heiterkeit erfüllte. »Wir sind weit davon entfernt, uns vor der Sterbenden Wildnis zu fürchten – ich meine, den Schattenwäldern, Constable Warrin. Wir wissen, dass, solange wir uns nicht in die Bäume wagen, uns nichts schaden kann«, antwortete Vallen mit dem Hauch eines Lächelns, das die Ecken seiner Augen kräuselte. Sich Nyssa zuwendend, beobachtete er sie einen Moment und hoffte, sie wäre so aufgeregt wie er: »Ein Dach über unseren Köpfen ist mehr, als wir für unsere erste Nacht hätten hoffen können.«

Nyssa erwiderte sein Lächeln mit einem eigenen strahlenden Lächeln. Den Freudenglanz in ihren Augen sehend, erfüllte ein Schwall Wärme Vallens Brust, ein Flackern Hoffnung entzündete sich in ihm. Zum ersten Mal, seit sich seine Welt auf den Kopf gestellt hatte, wagte er zu glauben, dass er Nyssa vielleicht das Leben geben könnte, das er geschworen hatte zu versuchen zu bieten.

Constable Warrin erklärte ihnen den Weg zur Hütte, ihr permanentes Stirnrunzeln vertiefte sich, als sie auf das Pergament blickte, das auf ihrem Schreibtisch lag. Als sie sich erhoben, um zu gehen, rief sie aus: »Nyssa, ihr sagtet, dass ihr eine Bäckerin seid, ja? Ich würde vorschlagen, dass ihr morgen früh bei Frau Tylants Patisserie vorbeigeht. Sagt ihr, ich habe euch geschickt. Sie schuldet mir einen Gefallen. Sie wird euch die ganze undankbare Drecksarbeit machen lassen, aber sie wird euch auch eine faire Chance geben.« Warrin hielt inne, und richtete ihren prüfenden Blick auf Vallen.

»Und ihr, Vallen«, begann sie, ihr Gesicht in einem unlesbaren Ausdruck erstarrt. »Würdet ihr in Betracht ziehen, auf einem Fischerboot zu arbeiten? Ich sollte euch warnen, dass es harte, rückenbrechende Arbeit ist, ohne Zweifel, aber der Lohn wird euch satt halten.«

Vallen nickte, sein Kinn hob sich in selbstsicherer Entschlossenheit. »Ich habe schon etwas gefischt, Constable.«

»Gut.« Sie murmelte rau, während sie nickte, scheinbar zufrieden. »Kehrt bei erstem Licht hierher zurück. Ich werde euch zum Kai hinunterbegleiten und sehen, ob einer der Kapitäne einen Decksmann braucht.«

Die Grenzen des Constable-Büros verlassend, gab Warrin

ihnen ein festes Nicken, ein Anschein eines schiefen Lächelns zog über ihr wettergezeichnetes Gesicht. »Glück sei mit euch, Vallen und Nyssa«, brummte sie, ihre Stimme erweichte sich nur ein wenig.

Sie erwiderten ihre Gefühle mit herzlichen Worten der Dankbarkeit, beide ihre Ausdrücke ein Spiegel der Aufrichtigkeit. »Wir stehen in eurer Schuld, Constable Warrin«, gestand Vallen und schaffte es, ihr ein echtes, hoffnungsvolles Lächeln zu bieten. Er sah das kleinste Grinsen auch auf Nyssas Gesicht, ihre Augen strahlten mit einer seltsamen Mischung aus Schock und Aufregung.

»Danke, Constable«, stimmte Nyssa ein und zog ihren fadenscheinigen Umhang fester um ihre schlanken Schultern. »Wir werden das nicht vergessen.«

Sie begannen dann ihre Reise und durchquerten die langen, breiten Straßen von Puzur zu ihrem gegebenen Ziel unter Constable Warrins Wegbeschreibungen. Als sie ihre neue Zuflucht erreichten – eine kleine, hölzerne Hütte, eingebettet auf einem Hügel mit der ominösen Silhouette der Sterbenden Wildnis, die in der Ferne aufragte – war Dunkelheit herabgestiegen und hüllte jeden Zentimeter der Umgebung in ihre düsteren Schatten.

Sich gegen die Kälte wappnend, die in seine Knochen sickerte, stieß Vallen die wackelige Tür auf und enthüllte das bescheidene Innere der Ein-Zimmer-Hütte. Es war schlicht und grob möbliert, schien aber funktional zu sein. Eine Leiter erregte seine Aufmerksamkeit und führte zu einem Dachboden. Er kletterte auf halbem Weg hinauf und fand einen gemütlichen, wenn auch spärlichen Bereich mit einer Strohmatte auf dem Holzboden. Als er herunterkam, fand er Nyssa, wie sie mit ihren Fingerspitzen entlang der Kante eines trockenen Spülbeckens fuhr, der Blick huschte umher, als könnte sie ihren Augen nicht trauen.

Unfähig, ihre Stimmung einzuschätzen, ging Vallen hinüber und hielt vor ihr an. »Was denkst du?«

Das hellste Lächeln, das Vallen je gesehen hatte, blühte über Nyssas Gesicht auf, als sie vor Freude quietschte und an Ort und Stelle hüpfte, das Mondlicht, das durch ein kleines Fenster hereinfilterte, hob ihre Freude hervor. Sein Herz verkrampfte sich bei ihrem Glück. »Ein echtes Haus, nur für uns!«

Ihre Euphorie war ansteckend, ein Funke, der die warme Glut in seiner Brust zu einem lodernden Inferno verwandelte. Er lachte, teilte ihre Freude und schwang sie in seine Arme. Nyssas Augen funkelten, als sie seinen Blick traf, ein Grinsen zog an den Ecken ihrer Lippen.

»Also«, begann sie, ihre Stimme durchzogen mit spielerischem Unfug, »ich bin deine Frau, wie?«

Vallen gab ihr einen verschämten Blick. »Ich konnte mir keine andere Lüge ausdenken, um zu erklären, warum wir Hassuna mit so wenig und ganz allein verlassen hatten. Ich hoffe, es macht dir nichts aus.«

Mit einem leichten Schütteln ihres Kopfes versicherte Nyssa ihm: »Ich bin nicht verärgert, Vallen. Es war schnelles Denken deinerseits, wirklich.«

Der Abend fiel weich und ruhig über die Hütte wie ein tröstliches Leichentuch und löschte das schwache Licht aus, das verblieb. Wortlos schuf Vallen ein Bett aus einem Stapel alter Decken. Jedoch zog Nyssa ihn zur Leiter des Dachbodens.

»Wir teilen uns schon über eine Woche eine Pritsche. Ich werde dich nicht auf dem Boden schlafen lassen, jetzt wo wir ein echtes Bett haben.«

Als Vallen neben Nyssa lag und gedankenverloren auf das Dach über seinem Kopf starrte, lauschte er dem Rascheln des Stoffs, als Nyssa sich zum Schlafen niederließ. Er spürte, wie das Gewicht der Reise endlich aus seinen Muskeln sickerte. Die Stille in der Hütte wurde nur durch das sanfte Knarren der sich setzenden Struktur und das schwache, tröstliche Wiegenlied des Windes gebrochen, der gegen die alten Holzwände strich.

allen und Nyssa saßen geduldig auf der abgenutzten Bank vor dem Hauptmann-Büro, ihre Rücken gegen das kühle Steinwerk gelehnt. Die Morgendämmerung war noch nicht vollständig angebrochen. Der Himmel war noch eine Mischung aus dunklen Blau- und Purpurtönen, mit Nadelstichen von Sternen, die langsam über ihnen verblassten. Nyssa zappelte, ihre Finger verdrehten sich in den Stoff ihres Umhangs.

Ihre Aufmerksamkeit richtete sich auf das Geräusch schwerer Stiefel, die auf der Uferpromenade schritten und die leere Straße hinunter hallten. Aus der Düsternis tauchte die beeindruckende Gestalt von Hauptmann Warrin auf. Eine einzelne Straßenlaterne beleuchtete ihre breiten Schultern und ihren weiten, zielbewussten Schritt.

»Guten Morgen, ihr beiden. Schön, eure Gesichter so hell und früh zu sehen, Vallen, Nyssa«, begrüßte Warrin mit leicht gekräuselter Stirn und einem warmen Lächeln. »Ich muss fragen... Was haltet ihr von der Hütte?«

Vallen blickte seitlich zu Nyssa, die sofort in eine eifrige Antwort startete. »Sie ist wunderbar, Hauptmann. Wirklich, wir hätten nicht um Besseres bitten können. Sie ist gemütlich und warm, und ich denke, es gibt genug Land, um vielleicht eines Tages einen Gemüsegarten zu haben... es ist mehr als alles, wovon wir hätten träumen können. Wir sind so dankbar, wirklich.«

Warrin hörte aufmerksam zu, ein leichter rosa Farbton stieg in ihre wettergezeichneten Wangen und ihre Augen kräuselten sich. Sie strich geistesabwesend ein verirrtes Stück Flusen von ihrer Uniform; die Hauptmann sah aus, als würde sie versuchen, ihre Freude zu verbergen.

»Nun, kommt schon«, antwortete die Hauptmann, ihre tiefe Stimme weich vor Zustimmung. »Lasst uns den Tag richtig beginnen. Frau Tylant sollte bald rührig werden. Ich glaube, ihr habt Glück, da ihr fehlt eine Assistentin. Wir sollten sie erwischen, bevor wir uns zu den Docks begeben.«

Mit zielbewussten Schritten eilte Hauptmann Warrin die Straße hinunter, ihre hohe Gestalt schnitt durch die kühlere Morgenluft mit unwandelbarer Entschlossenheit. Vallen und Nyssa folgten ihr und beeilten ihre Schritte, um Schritt zu halten.

Sie folgten Warrin zu einem malerischen, efeubedeckten Café an der Ecke des geschäftigen Platzes, dessen rustikaler Charme von den goldenen Strahlen der Morgendämmerung gewärmt wurde. Eine spindeldürre Frau, ihr stahlgraues Haar zu einem strengen Knoten gedreht, öffnete gerade die Eingangstür. Ihr sonnenliniges Gesicht registrierte Überraschung bei der Ankunft der Hauptmann.

»Frau Tylant«, begrüßte die Hauptmann, als sie zu Nyssa deutete. »Das ist Nyssa, eine Bäckerin, die kürzlich aus Hassuna gekommen ist. Ich dachte, sie könnte die Lücke in eurem Team füllen.«

Frau Tylant hielt inne und musterte Nyssa mit einem durchdringenden Blick. Nach dem, was Nyssa wie eine Ewigkeit vorkam, nickte Frau Tylant, ihre Lippen verdünnten sich, als sie den Vorschlag überlegte.

»Nun gut«, räumte sie ein, »ich gebe ihr eine Probewoche. Es scheint, als würden die Winde mir in diesen Tagen günstig sein. Meine Assistentin, diese kleine Verräterin, entschied, dass Heirat wichtiger war als Backen. Hat mich einfach im Stich gelassen, diese Undankbare.« Sie öffnete die Tür weiter und lud Nyssa ein, hineinzutreten.

Nyssa zögerte, ihr Blick wandte sich, um Vallens zu treffen. In ihrem zusammengepressten Ausdruck und der angespannten Haltung ihrer Schultern konnte Vallen schwach seine eigene gespiegelte Besorgnis sehen. Sein Herz gab einen mitfühlenden Stich.

»Hey, es wird schon gut werden«, sagte er und zog Nyssa sanft in eine kurze Umarmung. Unausgesprochene Gefühle hallten durch die Stille wider, die folgte. Momente später löste er sich. Sich nahe beugend, flüsterte er eine leise Beruhigung. »Du wirst das wunderbar machen, Nys.«

Sein Blick folgte ihr, als sie sich bewegte, ihre unsicheren Schritte führten sie in die Bäckerei auf Madam Tylants Fersen. Die Tür schloss sich hinter ihnen, das weiche Poltern hallte eine Art Abschied wider. Vallens Herz pochte schwerer, ein Sturm von Emotionen wirbelte in ihm. Sie waren seit dem Verlassen von Erishum nicht getrennt gewesen, und er fühlte sich beraubt ohne ihre beruhigende Anwesenheit.

Hauptmann Warrin gab ihm einen freundlichen Stups, ihre Lippen zogen sich nach oben. »Ich sehe, warum ihr eurer Familie wegen ihr trotzen würdet. Sie ist eine Süße«, scherzte sie.

Vallen lächelte schwach. »Das ist sie wirklich«, murmelte er mit einem Gefühl der Sehnsucht.

Warrin kicherte, ein tiefes Geräusch, das sich mit der kühlen Morgenluft vermischte. »Hoffnungslos verliebter Narr«, murmelte sie so leise, dass Vallen ihre Worte fast verpasste. Sie winkte ihm, ihr zu folgen, schüttelte noch immer den Kopf über ihn. Sich amüsiert auf die Lippe beißend, folgte Vallen hinterher.

Bald fanden sie ihren Weg zu den Docks. Vallens Füße schlurften zu einem abrupten Halt. Gewöhnt an die bescheidenen Reihen von Docks entlang des Flusses in Erishum, fand sich Vallen stumm geschlagen vom Anblick der Bucht, die von gigantischen Docks strotzte, jeder mit Dutzenden von Booten, die ruhig in ihren Liegeplätzen schaukelten. Der Kai war mit Docks gesäumt, die sich ins Meer erstreckten, gesäumt mit Schiffen, die sanft auf den hellen Gewässern schaukelten. Die Geräusche knarrenden Holzes, das Flattern von Segeln und plätschernde Wellen vermischten sich mit den fernen Stimmen der Arbeiter und schmiedeten eine einzigartige Symphonie.

Es dauerte ein paar Schritte, bevor die Hauptmann erkannte, dass sie plötzlich allein ging. Stoppend, drehte sie sich um und blickte verwirrt umher. Sie fand Vallen an Ort und Stelle erstarrt, staunend auf das kaleidoskopische Chaos des geschäftigen Kais starrend.

Ein paar Schritte von ihm entfernt stehend, beobachtete sie seinen verblüfften Ausdruck mit einer fragenden Neigung ihres Kopfes. »Was? Nie die große schimmernde Bestie des Meeres gesehen, oder? Nun, das ist ein neuer Anblick«, fragte sie, ihr Ton voller Belustigung.

Vallen drehte sich um und blinzelte sie an, bevor er beschämt den Kopf schüttelte. »Hassuna ist landumschlossen und von Bergen umgeben«, antwortete er und versuchte, etwas von seiner gewohnten Fassung zurückzugewinnen. »Es gibt dort keine großen Wasserkörper. Ich habe kleine Boote und ein paar Docks gesehen... aber das...«

Sein weitäugiger Blick voller Staunen ließ die Hauptmann laut lachen, ein dröhnendes Geräusch, das ein paar weiße und graue Seevögel verscheuchte, die klagende Rufe ausstießen. »Ihr solltet euer Gesicht sehen«, stichelte sie, ihr Grinsen neckend. »Man könnte denken, ihr starrt Enum selbst ins Gesicht!«

Vallen antwortete mit einem verschämten Lächeln, das schnell in einen nachdenklichen Ausdruck verblasste, als er sich umdrehte, um mit Hauptmann Warrin an seiner Seite zurück auf den Kai zu blicken. Sie standen beide einen langen Moment verwurzelt da und nahmen das Getümmel auf, den einzigartigen Rhythmus des Kais und die schiere Lebendigkeit des Lebens an den Docks, die so sehr anders war, als er es gewohnt war.

Die Hauptmann schien sich aus welchen Gedanken auch immer zu schütteln, die sie gefangen gehalten hatten. »Kommt!«, befahl sie. »Ich möchte euch Kapitän Falcrow vorstellen. Müssen sicherstellen, dass wir ihn erwischen, bevor er für den Tag hinausfährt.«

Hauptmann Warrin führte Vallen durch den lärmenden Ansturm klappernder Karren, krächzender Seevögel und schreiender Dockarbeiter. Karren ratterten vorbei, vollgestopft mit seltsamen Meereskreaturen, gesalzenem Fisch und Aalen, bestimmt für die hungrigen Märkte weiter im Landesinneren. Vallen beobachtete, wie eine dünne schwarze Katze sich an einen unbewachten Korb heranschlich und einen Fisch stahl.

Sie bahnten sich ihren Weg einen langen Dock entlang, gesäumt mit sonnenverwitterten Holzbooten, bedeckt mit Salzschichten und Schmutz neben glänzenden Booten mit frischer Farbe und funkelnden weißen Segeln. Als sie an Gewirren von Hanfseilen und Stapeln von Rudern vorbeischlüpften, hielten sie schließlich vor einem mittelgroßen Gefäß an. Es ragte über sie empor mit seinen karmesinroten und gelben Segeln gerafft. Vallen beobachtete, wie ein Dutzend Männer über das Boot schwärmten, ihre sehnigen Arme glänzten vor Schweiß, als sie Seile zogen und Segel einstellten, ein geschäftiger Bienenstock der Aktivität, der sich auf die Abfahrt vom Dock vorbereitete. Jeder Mann an Bord des Gefäßes erschien gehärtet und sehnig, jeder drahtiger Muskel in ihren Armen spannte sich, als sie arbeiteten, ein Zeugnis der anspruchsvollen Arbeit des Lebens auf einem Fischerboot.

»Kapitän Falcrow!«, brüllte Warrin. Ihre Stimme schnitt durch den Lärm.

Der Wirbel der Aktivität auf dem Segelboot hielt an, als wäre er in einem Gemälde gefangen. Dann, wie das Teilen eines

Vorhangs, tauchte ein Mann aus der Ladung von Netzen auf, die auf dem Deck verstreut waren. Streifen von Sonne und Salz auf seinem kantigen Gesicht hoben einen Mann in seinen Vierzigern hervor, aber das Funkeln in seinen Augen deutete darauf hin, dass er einen jugendlichen Geist hatte. Stämmige Arme, die eine Hyva hätten niederringen können, glänzten vor Schweiß, während eine Löwenmähne goldenen Haares auf einen Bart herabfiel, so dick und wild wie der Mann selbst.

Der Seemann tappte zu ihnen hinüber. »Hauptmann Warrin, was bringt euch so früh zu meinen Docks? Ist einer meiner Jungs wieder in euren Säufertank gefallen? Ich werde niemanden raushauen; lasst sie einen Tag darin schmoren. Sie werden es bereuen, wenn sie einen Tageslohn verlieren und sich kein Bier mehr leisten können, schätze ich.«

Sein Lachen hallte über den Dock, ansteckend und reich.

»Kapitän Falcrow, ich bin nicht hier wegen eines eurer Übeltäter. Ich habe einen potenziellen neuen Decksmann für euch«, sagte Hauptmann Warrin und schlug ein lästiges fliegendes Insekt mit einem verärgertem Schlag ihrer Hand weg. Gestikulierend, dass Vallen neben sie treten sollte, stellte sie vor: »Das ist Vallen. Er hat etwas Gutes getan. Etwas, das meiner Meinung nach eine Belohnung verdient. Ich habe gelogen und ihm gesagt, ihr seid der beste Kapitän in ganz Puzur, und er hätte Glück, für euch zu arbeiten.«

Kapitän Falcrow gröhlte bei der Neckerei der Hauptmann, bevor er seine Aufmerksamkeit Vallen zuwandte und ihn mit einem scharfen Blick musterte. »Hmm, wenigstens seht ihr robust aus.« Plötzlich weiteten sich seine Augen. »Wartet, geht es um Cambrin? Hörte ein Gerücht, dass sie gestern seine Leiche gefunden haben.«

Ein frustrierter Seufzer entwich Hauptmann Warrins Lippen, als ihre Augen zum noch dämmernden Himmel rollten. »In Puzur verbreiten sich Neuigkeiten schneller als Möwen vor einem Sturm fliegen«, beschwerte sie sich und rieb den gewölbten Nasenrücken mit Zeigefinger und Daumen. »Ja, Cambrin wurde gefunden, aber das ist eine Geschichte für ein anderes Mal. Wir hätten ihn nie gefunden, wenn es nicht Vallen und seine Frau gegeben hätte.«

Vallen wandte seinen Blick, um Falcrows zu treffen und ließ den Kapitän seine Entschlossenheit sehen.

Kapitän Falcrows Augen flackerten zu Vallen, ein verschlagenes Funkeln in ihnen. »Wart ihr schon mal auf einem Fischerboot, Junge?«, fragte er.

Vallen begegnete seinem Blick ernsthaft, seine Schultern quadratisch und sein Griff fest auf seine Zukunft. »Nein, Sir. Kann nicht sagen, dass ich das war«, gab er zu und hielt Augenkontakt. »Aber ich lerne schnell und arbeite hart.«

Der bärtige Kapitän grinste bei der Antwort und enthüllte eine Reihe schiefer Zähne. »Na, Ehrlichkeit gefällt mir, Junge«, sagte er, Lachfalten kräuselten sich an den Ecken seiner meerverwitterten Wangen. Der Mann hatte Augen so hell grün, sie erinnerten Vallen an einen Apfel frisch vom Ast. »Sagt euch was. Ich lasse euch für den Tag für mich arbeiten, sehen, ob ihr was taugt. Drei Jutes für den Tag. Wenn ihr das Zeug dazu habt, verhandeln wir einen dauerhafteren Lohn.«

Vallens Blick flackerte instinktiv zu Hauptmann Warrin. Obwohl er sie erst einen Tag kannte, vertraute er ihrem Urteil und ihrer Meinung unbedingt. Die Hauptmann gab ein subtiles Nicken, ein Flackern der Ermutigung in ihren dunklen Augen.

Sich beruhigt fühlend, kehrte Vallen seine Aufmerksamkeit zum seefahrenden Kapitän zurück und nahm das Angebot an. »Einverstanden«, sagte er, seine Stimme entschlossen vor Entschlossenheit und Hoffnung. »Ich werde euch nicht enttäuschen, Kapitän Falcrow.«

»Ich denke nicht, dass ihr das werdet. Willkommen auf der Silvan Gale, dem schnellsten Fischerboot in Puzur.«

KAPITEL 25

*D*ie Sonne strahlte vom nahezu wolkenlosen Himmel herab, während das Boot unter Vallens Füßen schwankte, knarrte und stöhnte. Das Rollen der Wellen unter ihm spielte mit seinem Gleichgewichtssinn. Seine Hände, die vom jahrelangen Schwingen einer Klinge verwittert und schwielig waren, fühlten sich nun roh und aufgeschürft von einer völlig neuen Art der Arbeit an – schwere Seile ziehen und enorme Netze mit den anderen Besatzungsmitgliedern über den Bug werfen.

Das Gefühl der Einheit an Bord des Bootes war unerwartet, sogar fremd für Vallen. Jede Aufgabe war eine gemeinschaftliche Anstrengung, vom Hochziehen der Netze, schwer beladen mit der Beute des Ozeans, bis zum Ausnehmen und Entschuppen der Fische, deren schillernde Schuppen in die Luft wirbelten. Seine Augen brannten von der eisigen Gischt, die auf seiner Haut kribbelte, und der Geschmack davon lag dick auf seinen Lippen.

Das blaugrüne Meer erstreckte sich endlos, als wäre Wasser das, was den Rest der Welt ausmachte. Gelegentlich überraschte die Weite des Meeres Vallen, die endlose juwelenartige türkisfarbene Ausdehnung ließ ihn in seinen Spuren anhalten, sein Atem stockte in demütiger Ehrfurcht.

Bizarre Kreaturen, unähnlich allem, was Vallen aus seinen seltsamsten Träumen hätte heraufbeschwören können, wurden in ihren Netzen gefunden, sich windend und sich Seite an Seite mit den vertrauteren Formen von Fischen wälzend. Jedoch waren selbst die Fische seltsam – eine Mischung aus lebendigen Farben, einige so groß, dass sie seinen Geist verwirrten, und viele mit Formen, die jeder aquatischen Kreatur trotzten, auf die er je Augen gelegt hatte. Er hatte nie einmal Geschichten von solchen Tieren gehört, und jedes Mal, wenn der Inhalt des Netzes auf das Deck geschüttet wurde und seine Schätze freigab, pulsierte der Nervenkitzel der Entdeckung neu in seinen Adern.

Aber es war der unersättliche Horizont, der ihn am meisten fesselte, die Abgrenzung zwischen Meer und Himmel fast unmöglich zu unterscheiden, das Wasser nur ein leicht anderer Blauton als der Himmel. Es war erschreckend friedlich, die gnadenlose Ausdehnung füllte sein gesamtes Blickfeld.

Das unaufhörliche Schaukeln des Bootes unter seinen Füßen, zuerst ein unwillkommener Tanzpartner, wurde zu einem rhythmischen Wiegenlied.

»Netze klar machen!«, brüllte Kapitän Falcrow. Seine Stimme, ein donnerndes Grollen inmitten der Harmonie des Ozeans, riss Vallen und die Besatzung aus ihrer friedlichen Trance.

Die Männer breiteten sich mit geübter Beweglichkeit auf dem Deck aus. Drei der Besatzungsmitglieder drehten an der Kurbel, um das Netz aus dem Wasser zu ziehen, und ein anderer drehte den Auslegerarm, damit sie den Inhalt des Netzes auf das Schiffsdeck entleeren konnten. Vallen starrte auf das volle Netz und betrachtete die wallende Masse zappelnder, schuppiger Fische darin.

Ein anderer Fischer wies Vallen an, zu helfen, das Netz in

Position zu ziehen. Er griff die rauen Fasern des Netzes, seine Muskeln spannten sich an und arbeiteten wie das Seil selbst, als sein Team es in Position hievte. Das Knarren angestrengter Seile und das Keuchen und Stöhnen der Besatzung, als sie zogen, ihre Stiefel rutschten und scharrten auf dem Deck, vermischte sich mit fremdartigen Geräuschen der Kreaturen, die sich in den Grenzen ihres Gefängnisses wanden. Ihr Fang glitzerte silbern und blau. Für einen Moment fühlte Vallen einen Nervenkitzel, den rohen Puls des Lebens unter seinen Händen, das Echo der Welt unter den Wellen, das ihnen in dieser schimmernden, unruhigen Ladung angeboten wurde.

Mit dem Netz in Position brüllte der Kapitän: »Gebt den Fang frei!« Für einen Augenblick geschah nichts, und dann wurde die Leine losgeschnitten. Eine Welle des Lebens krachte gegen das Holzdeck, als das Netz geöffnet wurde und einen Strom der Meeresbeute ausgoss. Die schlanken Körper der Fische, deren glitzernde Schuppen die helle Sonne reflektierten, purzelten auf die abgenutzten Planken und zappelten und schnappten nach Leben. Vallen wich einen Moment zurück, seine Stiefel rutschten auf der nassen Oberfläche, jeder Schritt behindert von der kühlen, sich windenden Masse, die um seine Füße brandete. Der scharfe, würzige Duft des Meeres hing in der Luft, und die Schreie der Möwen vervollständigten den chaotischen Chor dieser maritimen Symphonie.

Aber inmitten all dessen konnte er das Bild seines eigenen Körpers nicht abschütteln, gebunden und gefesselt, auf dem Opferhügel den Bestien der Sterbenden Wildnis dargeboten. Die Erinnerung an die bedrückende Furcht haftete noch an ihm, als der salzige Wind durch sein Haar peitschte. Er verstand die Panik der Fische, gefangen und verdammt.

Mit behandschuhten Händen wurde die zappelnde Masse schnell sortiert. Die Wrenk, ihre schlanken Körper silbern mit obsidianschwarzen Streifen, wurden in ein Fass geschöpft. Die robusten Fransen-Fische, ihre ceruleanfarbenen Schuppen schimmerten wie Saphire und mit gezackten Rückenfransen, scharf genug, um durch Vallens Handschuhe zu stechen, wurden vorsichtig behandelt und in einen anderen Bottich geworfen. Alle anderen wurden über Bord entsorgt, zurück in die Welt, aus der sie kamen.

Inmitten der Hektik und der Gischt schloss Vallens Hand eine Besonderheit ein. Eine Kreatur, unähnlich allem, was er je zuvor angetroffen hatte, weckte seine Neugier. Ihre Form war weich wie Talg, rutschig und sich windend. Sie hatte die Textur einer Gartenschnecke, aber mit acht schlangenartigen Armen, die sich rollten und drehten, jeder gesäumt mit einer doppelten Reihe anhaftender, saugender Kreise. Ein Paar unheimlich intelligenter Augen starrte zu ihm zurück; klare, tintenschwarze Augen. Als Vallen die Kreatur hob, schimmerte sie – schillernd auf eine Weise, die ihn an die magische Flüssigkeit erinnerte.

Eines der älteren Besatzungsmitglieder, Rasco, folgte seinem Blick und lachte leise, als er Vallens verwirrten Blick antraf. »Ein Oktopus ist das, Junge. Pass auf, Junge. Er mag zwar weich erscheinen ohne Knochen oder Stacheln, aber hütet euch vor seinem Schnabel. Scharf wie ein Habicht und stark genug, um einen Finger sauber abzuschneiden.« Sein grobes Lachen erhob sich über die Kakophonie knarrender Flaschenzüge und plätschernder Wellen.

Als die Kreatur in seinen Händen pulsierte, fühlte Vallen das Reiben der Saugnäpfe, die an seiner Handfläche hafteten und sich lösten. Neugierig drehte er sanft den Oktopus und beobachtete, wie er seine sich windenden Arme manipulierte, studierte seine Reaktionen auf Stimuli. Die Kreatur kämpfte nicht, sondern schien sich seiner Berührung zu fügen. Der Moment dehnte sich, während Vallen sich die Kreatur einprägte, damit er Nyssa alles darüber erzählen konnte, bevor er sie sanft zurück in den Ozean entließ.

Als der Tag zu Ende ging, hatte Vallen seine Befürchtungen über den Pfad, den er gewählt hatte, noch nicht beruhigt; aber mit dem Salz auf seiner Haut und dem Geschmack auf seinen Lippen wuchs eine stille Akzeptanz. Für Kapitän Falcrow zu arbeiten würde ihm erlauben, Nyssa ein Leben zu bieten.

KAPITEL 26

*V*allen eilte, während seine Finger an seiner Haut mit
der harten Seife schrubbten, die der Kapitän ihm
früher gegeben hatte. Er war in einer kleinen halbummauerten
Kabine innerhalb des öffentlichen Badehauses. Als seine Schiffs-
kameraden ihm gezeigt hatten, wie man das kaskadierende
Wasser anstellte, hatte Vallen mit offenem Mund auf die damp-
fende Flüssigkeit gestarrt – heißes Wasser, ohne Feuer erhitzt,
strömte bereitwillig aus dem Rohr, ein Luxus, den er sich in
seinem ganzen Leben auf Erishums rauen Straßen kaum vorgestellt hatte.

Das Gebäude war voller restlicher Besatzung, und die Luft
erfüllte sich mit einem Chor von lautem Gelächter und fröhli-
chem Geplänkel seiner neuen Kameraden. Sie waren eine fröhliche Truppe, ihre Geister ermutigt durch die harte Arbeit und
den Gestank des Meereslebens, der an ihnen klebte. Ihre Taschen
waren schwer von Münzen und ihre Herzen waren voll. Doch er
fühlte sich noch immer wie ein Außenseiter, der hineinblickte.

»Stell sicher, dass du gründlich schrubbst, Junge!«, brüllte
einer der älteren Männer, ein Lächeln zog an seinen abgenutzten
und wettergezeichneten Zügen. »Ich wette, deine Frau lässt dich

nicht mal zur Tür herein, geschweige denn ins Bett, wenn du nicht gründlich sauber bist! Fragt mich, woher ich das weiß!« Das Badehaus dröhnte vor Gelächter über den Scherz.

Vallen wurde rot bis zu den Ohren und seine Wangen färbten sich rot, das mit der Glut eines gedämpften Herdfeuers wetteiferte. Die anderen Seeleute bemerkten sein Unbehagen sofort, ihr Gelächter wurde lauter und die Neckerei ausgeprägter. Es war gutmütiges Aufziehen, die Art, die Vallen in einer solchen Gruppe hätte erwarten sollen, doch es fühlte sich seltsam und fremd für ihn an nach seiner Behandlung durch die Neuntöter. Er hatte diese Art Kameradschaft unter ihnen gesehen, aber er war nie einbezogen gewesen.

Sobald er sauber war, schüttelte sich Vallen schnell aus der dampfenden Wärme des Badehauses und kleidete sich rasch in den Schatten an. Er schlüpfte hastig zurück in die Kleidung, in der er gekommen war, dankbar, dass der Kapitän so rücksichtsvoll gewesen war, ihm einen Overall zu geben. Er war rau und grob gegen seine Haut gewesen, aber er schützte sein Outfit vor der Widerlichkeit der Fischeingeweide. Er hatte nicht genug Kleidung, um ein Outfit zu riskieren, das ruiniert werden könnte, nachdem die Sterbende Wildnis bereits ein Set zerstört hatte.

Vallen wusste, dass er nicht viel Zeit hatte, bevor Nyssa auch mit ihrer Arbeit fertig wäre. Er konnte es kaum erwarten, sie zu sehen und von ihrem Tag zu hören. Er machte sich schnell auf den Weg zum kleinen Büro nahe den Docks, wo Kapitän Falcrow einen Posten hielt. Schon aus der Ferne sättigte die salzige Luft, durchzogen mit dem robusten Aroma von rohem Fisch und Seetang, seine Sinne. Als er sich dem unscheinbaren Gebäude näherte, konnte er nicht anders, als die Einfachheit seines Designs zu bewundern – wettergeschlagene Planken, ein winziges Fenster und die allgemeine Aura harter Arbeit, die es ausstrahlte.

Drinnen war der Raum klein und überfüllt, jedes Regal und jeder Tisch bedeckt mit Pergamenten, verstreuten Werkzeugen,

Seilstücken und Wachssiegeln. Dort fand er Kapitän Falcrow, hinter einem großen Schreibtisch sitzend. Er war in einen Satz gut befleckter Leinen-Overalls gekleidet mit einem Paar winziger Brillen, die prekär auf seiner Nase sitzend, das Hauptbuch vor ihm prüften.

Vallens Eintritt wurde mit einem breiten Grinsen begrüßt. Eine Hand winkte Vallen zu einem leeren Sitz ihm gegenüber, während die andere durch eine Schublade wühlte und mehrere Silberstücke hervorbrachte. Die Münzen tanzten durch die Luft, als der Kapitän sie über den Schreibtisch zu Vallen warf. Das melodische Klirren des Silbers, das in Vallens Hand landete, ließ sein Herz vor Aufregung anschwellen.

Falcrow lehnte sich in seinem Stuhl zurück, sein grüner Blick noch immer durchdringend intensiv. »Wie haltet ihr euch, Junge?«, fragte er, seine raue Stimme voller Neugier.

Vallens Finger verfolgten die kühlen Kanten der Silbermünzen, sein Geist tickte mit Gedanken daran, was die Zukunft bereithielt, an die Gegenstände, die er für Nyssa und ihr neues Heim kaufen könnte. Er holte Luft und begegnete dann dem Blick des Kapitäns direkt.

»Fühle mich gut, Kapitän«, antwortete er mit einem Nicken, seine Stimme hielt eine müde Schärfe, brummte aber vor Zufriedenheit. »Müde, aber gut.«

Falcrow lächelte leicht und faltete seine Finger unter seinem Kinn. »Aye, ein ehrlicher Arbeitstag kann einen Mann zermürben«, stimmte er zu und nickte weise. »Aber sagt mir, Junge. Was haltet ihr von der Arbeit? Denkt ihr, ihr könntet euch als Fischer vorstellen?«

Vallen blickte aus dem Frontfenster, wo er ein Stück des Kais und die weite Ausdehnung des Meeres dahinter sehen konnte. Es war ein Anblick, der ihn mit einem Gefühl der Ehrfurcht erfüllte – die Weite des Meeres breitete sich vor ihm in endlosen, wellenden Wellen perfekten Blaus aus.

»Die Arbeit ist hart«, gab er mit einem Grinsen zu und

wandte sich zurück zu Falcrow. »Aber sie gefällt mir. Das Meer...
es ist großartig.«

Eine momentane Stille hing in der Luft, erfüllt nur vom
rhythmischen Klopfen von Falcrows Finger gegen sein Hauptbuch und dem fernen Geräusch von Seevögeln. Dann kicherte
Falcrow, ein tiefes Bauchlachen, das im ansonsten stillen Raum
widerhallte. »Aye, Junge«, sagte er, seine Augen funkelten mit
einer Mischung aus Zustimmung und Belustigung. »Ihr werdet
hier gut zurechtkommen.«

Falcrow verlor keine Zeit. »Ihr habt heute gut gemacht«,
rumpelte er, sein adlerblickender Blick studierte Vallen aufmerksam. »Solange ihr es wollt, gibt es einen Platz für euch hier.
Immer Raum für einen harten Arbeiter, der sich nicht vor seinen
Pflichten drückt.«

Eine Welle greifbarer Erleichterung überschwemmte Vallen
bei dem Angebot des Kapitäns. Mit einem dankbaren Lächeln
und einem Nicken nahm er glücklich den Job und das Versprechen des Überlebens an, das er brachte.

Die Holztür klickte leise hinter Vallen zu, als er Kapitän
Falcrows Büro verließ. Im Schein der späten Nachmittagssonne
waren Dockarbeiter und Fischer, müde von ihrer Tagesarbeit, zu
sehen, wie sie entweder zur einladenden Wärme ihrer Häuser
oder zur lärmenden Umarmung nahegelegener Tavernen eilten,
während Ladenbesitzer langsam begannen, ihre Türen zu schließen, auch als entschlossene Straßenhändler weiterhin riefen, ihre
rauen Stimmen priesen Waren an, die unter den letzten Überresten der sinkenden Sonne glitzerten.

Die Münzen umklammernd, wand sich Vallen durch Puzurs
Gassen zurück zum Café und zu Nyssa. Als er sich näherte, hing
der Duft von backendem Brot in der Luft, kitzelte seine Sinne
und weckte seinen Bauch. Auf die Uferpromenade vor dem Café
tretend, blickte Vallen durch die Glasfenster der Bäckerei und
erblickte Nyssa, ihre Schürze bestäubt mit Mehl. Ihre Züge

waren vom warmen Schein des Herdfeuers erweicht, ihre Wangen rosa in der Wärme.

Sie war in einem Moment fokussierter Arbeit gefangen und schnitt ein Stück Kuchen für einen wartenden Kunden. Der Anblick von Nyssa mit ihrer Zunge, die konzentriert an einer Seite ihres Mundes herausragte, entzündete ein Gefühl der Zuneigung und stillen Sehnsucht in Vallen.

Das Klingeln der Glocke über der Tür machte Nyssa auf seine Anwesenheit aufmerksam, ihr Gesicht hellte sich mit einem Lächeln auf. Als sein Blick auf ihr ruhte, die schwächste Spur von Mehl strich über ihre gerötete Wange, konnte Vallen sagen, dass sie glücklich war und einen guten Tag gehabt hatte. Frau Tylant blickte von dort auf, wo sie Nyssa beim Arbeiten beobachtete. Vallen wartete zur Seite, als Nyssa den Kunden fertig bediente. Sobald sie fertig war, öffnete Frau Tylant die Kasse, zog ein paar Münzen heraus und reichte sie Nyssa, deutete sie zu Vallen hin. Nyssa gab der steifen Frau ein sonniges Lächeln, während sie zum Abschied winkte. »Danke, Frau Tylant, bis morgen!«, rief sie.

Sobald sie auf die Straße draußen traten, schlich sich Vallens Arm um ihre Taille und zog sie in eine Umarmung, sein Gesicht strahlend. Er fühlte ihr Gelächter gegen sein Ohr blubbern, bevor sie sich leicht wegstieß. Vallen streckte die Hand aus, seine schwieligen Finger strichen zart den schwachen Fleck Mehl weg, der Nyssas errötete Wange bestäubte. »Es sah aus, als hättest du einen guten Tag gehabt, Nyssa. Ich denke, wir haben ein sehr nötiges Festessen verdient. Außerdem haben wir keine Vorräte mehr, also haben wir nicht viel Wahl.«

Nyssa kicherte. »Klingt nach einem schönen Plan. Ich habe nur Fisch und Reiserationen so satt. Eine warme Mahlzeit klingt wunderbar.«

Hand in Hand machten sich Vallen und Nyssa auf den Weg zum örtlichen Gasthaus, das sie während ihrer Erkundung der Stadt am Tag zuvor entdeckt hatten. Sein hölzernes Äußeres und warmer, einladender Schein bot eine tröstliche Erholung gegen die kühle Abendluft. Es war kalt in Puzur, aber des Winters kühle Finger schienen weniger Halt am Küstenkönigreich zu haben als in Erishum oder der Sterbenden Wildnis, also fühlte es sich wie eine Erholung für Vallen an.

Das Gasthaus war warm und voller Geplauder. Gäste waren über den offenen Raum verstreut, ihre Gespräche verschmolzen zu einem tiefen Rumpeln. Vallen und Nyssa fanden schnell einen freien Ecktisch und ließen sich nieder, ihre Finger noch verschränkt. Ihre Lächeln schwanden nicht, als ein fröhliches Servicemädchen herüberkam und ihre Bestellungen aufnahm. Nyssa, ein verschämtes Lächeln gebend, bestellte einen Fischeintopf, während Vallen einen herzhaften Braten wählte.

Kichernd neckte Vallen Nyssa: »Nach all deinem Gerede, Fisch satt zu haben, bin ich überrascht, dass du den Eintopf bestellt hast.«

Leicht errötend verteidigte sich Nyssa. »Ich sah eine Schüssel davon aus der Küche kommen.« Ihre Augen funkelten im warmen Licht. »Er sah zu köstlich aus, um zu widerstehen.«

Vallen konnte nur den Kopf schütteln und lachen. Das Servicemädchen brachte Krüge Met, während sie auf ihr Essen warteten. Einen langsamen Schluck des Getränks nehmend, fand Vallen, dass der Met in Puzur merklich süßer war als das, was zu Hause serviert wurde; er war an das bitterere Gebräu seiner Heimat gewöhnt. Es dauerte einen Moment, bis sein Gaumen den Geschmacksunterschied willkommen hieß.

Einen kleinen Beutel haltend, der mit ein paar Münzen klimperte, glänzten Nyssas Augen vor schiere Freude. »Frau Tylant hat mich tatsächlich für die heutige Arbeit bezahlt, Vallen!«, rief sie aus.

Er kicherte und beobachtete, wie sie die Münzen auf den Tisch schüttete, ihre Finger streichelten sie leicht. Ihre eifrigen Augen, weit und strahlend, beobachteten jede Münze – ein greifbares Andenken ihres ersten erfolgreichen Tages.

»Zurück in Erishum«, murmelte sie, ihre Augen trübten sich, als sie ihre Gedanken nach innen wandte, »musste ich eine Lehrgebühr bezahlen.« Ihre Finger zählten geschickt die Münzen, Augen verengten sich bei der Erinnerung. »Mir wurde verlangt, in der Bäckerei zu leben, aber dann nahmen sie Kost und Logis von meinem Lohn ab, also blieb wenig übrig.« Nyssa schüttelte den Kopf. »Ich bekam kaum die meisten meiner eigenen Verdienste; alles ging für Miete drauf. Und hier...« Sie hob eine einzelne Münze auf und untersuchte sie fasziniert. Sie fegte ihre Hand über die Münzen auf dem Tisch, schöpfte den Rest auf und legte sie zurück in ihren Beutel, ein zufriedener Seufzer glitt über ihre Lippen. »Ich hab nie gemerkt, wie anders es sein könnte. Weg von zu Hause. Weg von Erishum.«

Sobald ihr Essen serviert wurde, erzählten sie einander von ihren Tageserlebnissen, während sie aßen.

Von ihrem Eintopf aufblickend, strahlte Nyssa Vallen an, ihre Augen lebendig vor Glück und Aufregung. »Ich habe Frau Tylant heute über die Stadt gefragt. Sie ist so eine Quelle von Informationen!«, rief Nyssa aus und zappelte mit ihrem Löffel an den Rändern der Holzschüssel, die ihre Mahlzeit umfasste.

Vallen grinste über ihren echten Enthusiasmus und fuhr sich mit einer Hand durch sein leicht zerzaustes Haar. »Und? Was hast du herausgefunden?«

Nyssa biss auf ihre Unterlippe, ihre Augen funkelten vor Erwartung. »Sie erzählte mir viele Dinge, viel über die örtliche Folklore, Bräuche und Traditionen. Ein wenig über die Geschichte von Puzur und seiner königlichen Familie.« Sie hielt einen Moment den Atem an, bevor sie ihn in einen träumerischen Seufzer entließ.

»Aber was mich wirklich aufgeregt hat«, sagte sie, ihre Stimme schmolz zu einem Flüstern, »ist, dass Puzur ein Museum hat. Kannst du das glauben, Val? Ein echtes Museum, genau wie von zu Hause.« Nyssa grinste, erfüllt vor Erwartung bei der Idee, ein Museum zu sehen, das mit der Geschichte eines Landes gefüllt war, das so anders als ihr eigenes war.

Vallen schmunzelte über ihre Begeisterung, sein Herz schwoll bei ihrer Freude an. »Ein Museum, wie? Das klingt sicherlich interessant.«

»Denkst du, wir könnten es bald besuchen?«

Vallen reichte über die abgenutzte Holzoberfläche des Tisches, um sanft ihre Hände zu drücken. »Natürlich können wir. Das klingt nach Spaß. Und es wird uns auch helfen, uns ein wenig vertrauter mit unserem neuen Heim zu machen. Wir werden dieses Museum besuchen, sobald wir eine Chance bekommen. Versprochen«, sagte er.

Nyssas Lächeln weitete sich. Mit einem Stück ihres Haares spielend, hörte sie aufmerksam zu, als Vallen seinen Tag auf dem Meer beschrieb, einschließlich des Anblicks des Oktopus. Ihre Augen weiteten sich bei seiner lebhaften Beschreibung der Kreatur, und sie lachten beide über ein paar der örtlichen Charaktere, die mit Vallen auf dem Fischerboot arbeiteten.

»Oh, Nyssa, du hättest es sehen sollen«, sagte Vallen, seine Stimme ein tiefes Rumpeln, geätzt mit Staunen. »Stell dir einen Schatten vor, riesig und lang, der direkt unter dem Gefäß schwimmt, so groß wie das Schiff, wenn nicht größer. Er war monströs in der Größe.«

Nyssas Augen weiteten sich, als sie eifrig näher lehnte. »Ein Schatten?«

Er nickte; sein Blick fern. »Seine Form war wie ein Fisch, aber wie nichts, was ich je zuvor gesehen hatte. Die Besatzung sagte mir, es hieß ein Wal. Riesig, Nyssa. Ich bemerkte es fast nicht, weil es völlig still im Wasser war. Ich blickte zufällig hinunter und sah eine riesige dunkle Gestalt. Ich erschrak so schlimm, dass ich fast über Bord fiel. Rasco sagte, dass er gelegentlich die Oberfläche des Ozeans durchbricht und einen mächtigen Wasserstrahl in die Luft bläst. Er sagte, es sei zum Atmen, aber ich denke, er wollte mich auf den Arm nehmen – Fische müssen nicht atmen. Er sagte auch, der Wal sei nicht einmal der größte, den er je gesehen hatte. Aber dieser hätte leicht einen Mann ganz verschlucken können.«

Nyssas Mund fiel vor Schock auf, ein Flattern der Furcht wusch über ihr Gesicht. »Er verschluckt Männer ganz?«

Vallen kicherte, als er den Kopf schüttelte. »Er ist groß genug, dass er könnte, ja. Aber der erstaunlichste Teil ist, dass er keine Menschen isst. Rasco sagte, dass die Kreatur sich nur von winzigen Tieren ernährt, die fast zu klein sind, um sie zu sehen. Kannst du das glauben?« Seine Augen funkelten, als sie ihre trafen, eine Wärme breitete sich durch seinen Ton aus.

Nyssa runzelte die Stirn, ihre Brauen furchten sich in verwirrter Faszination. »Scherzt... scherzt ihr, Vallen?«

Er schüttelte den Kopf, seine Lippen noch in einem Lächeln gehoben, stellte sich den Wal in seinem Geist vor. »Ich scherze nicht. Diese große Bestie filtert diese winzigen Kreaturen direkt aus dem Wasser und verzehrt eine unergründliche Menge, um ihren riesigen Appetit zu stillen.«

Eine Stille fiel über die Menge in der Kneipe und zog Vallen und Nyssa von ihrem stillen Gespräch weg.

Umherblickend bemerkte Vallen einen Mann, der ein Saiteninstrument trug, als er auf eine kleine Bühne in einer Ecke des Gasthauses kletterte. Seine lebendige Robe, geschmückt mit einer extravaganten Mischung von Farben, reflektierte den warmen Schein der Feuerstelle und warf tanzende Schatten um den Raum. Ein Jubel erhob sich von der bunten Menge, als er die ersten Noten auf seinem Instrument anschlug, ein Klang sowohl reich als auch resonant, erfüllte den Raum mit eifriger Erwartung.

Vallen und Nyssa beobachteten, wie der Barde seine Darbietung begann, ihre Hände um ihre Krüge geschlungen, ihre Augen auf den Entertainer gerichtet. Unter seinem Bann fiel das Gasthaus in gedämpfte Stille, nur das knisternde Feuer wagte, Geräusche zu machen. Die Nacht erweichte sich, gehüllt in die bezaubernde Luft von Musik und geteilter Kameradschaft.

Der Barde tauchte die Menge in eine Reihe von Liedern ein, jedes trug einen eigenen Geschmack. Durch seine melodiöse Stimme und geschicktes Zupfen erzählte er Geschichten antiker Helden und längst vergessener Kriege, von wahrer Liebe und herzzerreißendem Verrat. Einige der Lieder waren neu für Vallen und Nyssa, ihre Melodien unbekannt, ihre Geschichten unerzählt in den Straßen von Erishum. Aber ein paar der Lieder kannten sie, obwohl oft mit veränderten Texten oder einem anderen Ton, aber noch erkennbare Melodien, die das Duo beim Aufwachsen gehört hatte. Die Klänge der Musik umhüllten sie wie geflüsterte Echos aus ihrer Vergangenheit und erfüllten ihre Herzen mit Nostalgie.

Nach einer Reihe von Melodien, die lebendige Bilder in ihren Köpfen malten, kündigte der Barde mit einer großen Geste, die den Höhepunkt seiner Darbietung anzeigte, seine letzte Nummer an. »Dieses letzte Liedchen, werte Gäste«, verkündete er mit seiner wohlklingenden Stimme, »ist die Ballade des verrückten Königs Jerwan!« Ein Jubel ging durch die Menge, ein paar Gäste pfiffen dem Barden zu. Vallen fing Nyssas ängstlichen Blick auf, gab ihr aber ein versicherndes Nicken, seine Hand streifte heimlich gegen ihre.

Mit einem Zupfen seines Instruments begann der Barde seine Geschichte und sang von einem König, der von seiner Furcht und Besessenheit in den Wahnsinn getrieben wurde. »Im Herzen von Erishum«, trällerte er, »herrschte König Jerwan, berühmt bei allen. Paranoid von Natur, misstrauisch von Herzen, begann sein Griff auf seinen Verstand zu fallen...«

Als das Lied sich entfaltete, fühlte Vallen einen Schauer seinen Rücken hinunterlaufen. Seine Augen flackerten zu Nyssa und trafen ihren Blick. Schock rundete ihre Augen, Reflexionen seiner eigenen Emotionen. Der fragende Blick, den sie ihm zuwarf, war einer, den er nicht beantworten konnte.

Ihr ganzes Leben wurden sie gelehrt, dass König Jerwan der Retter von Erishum war. Er war ein Mann großer Überzeugung, Vision und Wohlwollen. Ein Mann der Ordnung, Gerechtigkeit und Sicherheit. Nicht dieser wahnsinnige, misstrauische Herrscher, der im Lied des Barden beschrieben wurde. War das, wie die Außenwelt den König wahrnahm? Vallens Griff um sein Getränk verstärkte sich, als der Barde einen Scherz über König Jerwan machte, dessen Inneres so hässlich sei wie sein Äußeres. Er war sich nicht einmal sicher, warum er beleidigt war.

Der Barde begann, in dunklere Texte einzutauchen, seine Stimme fiel zu einem unheimlichen Flüstern, als er von Jerwans Abstieg in korrupte, dunkle Magie sang. »Um zu schützen, was er lieb hielt, Magie höchst selten, rief er Kräfte jenseits des Vergleichs an. Sein Geist verdreht; sein Herz wurde kalt, sprach Worte aus, die sich zu entfalten voraussagten...«

Gespräche verstummten und der Raum wurde still und verlieh den Worten des Barden Schwere. Der Musiker erzählte, wie König Jerwan Zauber mit verdrehter Magie schuf, webte Schutz so verzogen, dass es das Gewebe von Erishum selbst veränderte und in den Boden unter Jerwans Füßen sickerte. Je mehr Jerwan dunkle Zauber schuf, desto schlimmer wurde seine Paranoia und nährte weiter die korrupte Magie. Das Ergebnis seiner Korruption: die erschreckenden Schattenwälder und monströsen Triller. Eine eisige Furcht ergriff Vallen, als der Barde das schreckliche Bild des verfluchten Königreichs malte, verschlungen von Dunkelheit und verzogenen Kreaturen, gefressen von übler Magie und vom Angesicht der Welt gewischt.

Als der Barde das Lied beendete, sank Nyssa in ihrem Sitz zusammen, ihr Gesicht blass im schwachen Licht des Raumes. Vallen griff nach ihrer Hand und drückte sie zur Beruhigung; jedoch spiegelte die Trauer in ihrem Blick seine eigene wider. Was war die Wahrheit? Vallen neigte dazu, die Version des Barden von Erishums Geschichte über das zu glauben, was er gelehrt worden war. Er fragte sich, ob der aktuelle Herrscher von

Erishum, König Jorek, sich der Wahrheit bewusst war. Er war sich ziemlich sicher, dass Jorek wusste, dass die Opfer sich in Hyvas verwandelten, aber wusste er, dass sein Vorfahr die Sterbende Wildnis nur schuf, um sicherzustellen, dass niemand seine Magie stehlen konnte? Ein verrückter König. König Jerwan war schlimm genug, aber König Jorek, wenn das Lied Wahrheit hielt, war weit schlimmer, weil er bei Verstand war, aber noch immer die dunkle Magie und Lügen seines unzurechnungsfähigen Vorfahren fortführte.

Vallen lehnte sich in seinem Stuhl zurück, in Gedanken verloren, als er sichtlos in den halbleeren Krug vor ihm starrte. Das Essen lag ihm schwer im Magen, wie ein Stein.

KAPITEL 27

$\mathcal{D}$ ie Sonne stand hoch am Himmel und warf einen hellen Schein über Puzur, als Vallen und Nyssa sich auf den Weg zum Museum machten. Es war eine lange, zermürbende Woche harter Arbeit gewesen und ihr Zuhause bewohnbar zu machen. Als Belohnung hatten sie einen gemütlichen Morgen beim Einkaufen von Notwendigkeiten verbracht, gefolgt von einem herzhaften Frühstück in Nyssas Café.

Als sie entlang der Hauptstraße gingen, die parallel zum Ozean verlief, begann der Anstieg steil zu werden. Bald begann der Lärm des Stadtzentrums abzusterben, und die Häuser und Gebäude wurden weiter verstreut. Die majestätische Silhouette des Palastes begann sich zu festigen, hoch auf dem Rand einer aufragenden Klippe in der Ferne thronend. Wie eine Krone auf der robusten Landschaft sitzend, ragte er über die azurblaue Welle des Ozeans darunter auf. Ein dicker Turm an jeder Ecke der Struktur durchstach den Himmel, fing Splitter des Sonnenlichts ein und schleuderte sie in eine brillante, reflektierende Zurschaustellung. Vallen und Nyssa hielten inne, um seine Pracht zu bewundern, momentan belebt von dem atemberaubenden

Spektakel. Der Palast, eingehüllt im warmen Schein der Mittags-
sonne, stand als Wächter, still und entschlossen.

Als sie sich dem königlichen Palast näherten, starrten sowohl
Vallen als auch Nyssa, ihre Schritte verlangsamten sich zu einem
sanften Schlendern. Der königliche Palast von Puzur war ein
starker Kontrast zur großartigen und prunkvollen Villa ihres
eigenen Königs Jorek. Er war weit weniger königlich, erinnerte
mehr an eine sichere Festung, um die königliche Familie zu
beherbergen. Kapitän Falcrow hatte Vallen informiert, dass im
Spätsommer unglaubliche, wilde Stürme manchmal gegen ihre
Küsten krachten, und viele würden die Stürme innerhalb des
Schutzes der dicken Palastmauern überstehen.

Der Palast, robust stehend mit seinen breiten Mauern aus
Stein und Glas, war malerisch in seiner Einfachheit. Er schien
so... praktisch, ungeschmückt aber elegant, fehlten die aufragenden Türme und vergoldeten Balkone, die König Jorek
benutzte, um seinen Reichtum über seine Untertanen zu rühmen.

Vallen und Nyssa hielten an, als sie den Rand der aufragenden
Klippe erreichten, die den Ozean überblickte. Ihre Blicke ruhten
auf der endlosen Ausdehnung des Wassers, das herrlich unter der
hohen Sonne glitzerte. Die in brillantem Blau schimmernden
Wellen brachen rhythmisch gegen den Fuß der dunklen, unnachgiebigen Felsen, schäumten und zischten, nur um sich zurückzuziehen und Kraft für einen weiteren Angriff zu sammeln.

Eine kalte Brise wehte über sie und ließ sie sich enger zusam-
mendrängen, brachte mit sich einen Hauch von Salz.

»So schön«, flüsterte Nyssa, ihre Augen weit und voller Staunen. »In Erishum hätte ich mir nie so etwas vorstellen können.
Es ist... es ist ein Traum.«

Vallen wandte sich ihr zu, eine zärtliche Betrachtung in
seinem Blick. »Nichts davon wäre ohne dich möglich gewesen,
Nyssa.«

Nyssa wandte sich ihm zu und warf ihre Arme um Vallen in
einer festen Umarmung. Sie hielt ihn fest, ihre Körper nah, die

Gischt des Meeres und der Ruf der Möwen boten das sanfte Summen der Hintergrundgeräusche.

Sobald sie sich trennten, verweilten sie, Arme lose umeinander gelegt. Nyssa stellte sich dann auf die Zehenspitzen und griff nach Vallens Gesicht, um zärtlich einen sanften Kuss gegen seinen Mund zu streichen. Es war ein Kuss voller Versprechen und unausgesprochener Träume.

Aus seiner anfänglichen Überraschung kommend, antwortete Vallen auf den Kuss, sein Herz schwebte in seiner Brust. Die rauen Spitzen seiner Finger verfolgten die Konturen ihres Gesichts und verankerten sich in dem Moment, in der Realität von Nyssas Lippen, die sich gegen seine bewegten. Seine Welt schien zu schrumpfen, bis in diesem Moment nur noch sie beide darin existierten. Die Aufregung war so stark, dass er sich fast benommen fühlte. Jedes geflüsterte Gebet, jede geheime Sehnsucht, die er tief in seinem bewachten Herzen versteckt hatte, entzündete sich in dem süßen Austausch.

Nyssa zog sich sanft von Vallen zurück, ihre Augen scannten aufmerksam seine Züge, als suchte sie Bestätigung für ihren geteilten Kuss. Als Antwort zog Vallen sie in seine Umarmung. Seine Arme umschlossen Nyssa und zogen sie gegen den stabilen Schutz seines Körpers. Er bettete ihren Kopf unter sein Kinn, jeder Atemzug, den er zog, schien Versicherungen seiner Gefühle zu flüstern.

Vallen hätte Nyssa so vieles sagen wollen, fand aber nicht die Worte dafür.

Nach einer weiteren langen, verweilenden Umarmung zog Nyssa sich weg und zerrte ihn zu Puzurs kleinem Museum, seine charmante Holzstruktur am Rand der steilen Klippe thronend, seine Fenster reflektierten das schimmernde Blau des Ozeans darunter. Als Vallen die Tür aufstieß und Nyssa hineinführte, klingelte eine Glocke und kündigte ihre Ankunft an. Die Klänge geflüsterter Unterhaltung von ein paar Familien, die den Raum punktierten, führten ihre Schritte tiefer.

Von um eine Ecke erschien ein Mann mit wilden Büscheln weißen Haares. Er war einfach gekleidet in eine abgenutzte Tunika und lose Hosen, seine Statur klein und zierlich. Doch er hatte eine Aura von Wissen und Freundlichkeit, die Vallen und Nyssa näher zog.

»Willkommen, willkommen«, schwärmte er, seine Stimme warm wie der letzte Strahl der untergehenden Sonne. »Ich bin Herr Uben, der Hüter dieses Ortes.«

»Guten Morgen. Ich bin Vallen, und das ist meine Frau Nyssa. Wir sind Neuankömmlinge in Puzur«, begann er, sein Blick fest auf Herrn Uben und voller Überzeugung. »Wir dachten daran, mehr über die Geschichte unseres neuen Heims zu lernen.«

Uben klatschte vor Freude in die Hände, ein Funkeln glitzerte in seinen Augen. Seine Aufregung war ansteckend; sein ganzes Wesen war mit plötzlicher Lebendigkeit durchdrungen. »Oh, tatsächlich! Es gibt nichts Vergleichbares mit frischen Geistern zu sprechen, die eifrig zu lernen sind!« Er gestikulierte großartig um den Raum, geschmückt mit Relikten aus längst vergangener Zeit. »Ich bin ziemlich aufgeregt anzufangen«, bekannte er.

Uben justierte geistesabwesend seine Tunika, als er anmutig durch die hohen, gewölbten Flure wanderte. Seine Stimme hallte von den Wänden wider, als er Geschichten von Puzurs geschichtsträchtiger Vergangenheit spann. »Vor Jahrhunderten«, begann er und ging nahe einem Glaskasten, der ein antikes Schwert hielt, seine Klinge abgesplittert und vernarbt, »kam die Tunshak-Familie inmitten eines Sturms des Konflikts an die Macht. Schreckliche Räuber von jenseits des Meeres bedrohten unser Volk und ließen es verzweifelt und beraubt zurück.

Ein junger Krieger trat inmitten des Tumults vor und organisierte unser Volk, um eine erfolgreiche Kampagne zur Abwehr der Plünderer zu führen.« Herr Uben hielt inne, seine Hand schwebte über der wettergeschlagenen Klinge. Er berührte das kalte Glas über dem Metall mit Ehrfurcht und zeigte auf das verblasste Abzeichen am Griff. »Das gehörte Nitran Tunshak. Er sammelte die Bewohner von Puzur und trainierte sie zu einer gewaltigen Armee. Es wird gesagt, dass seine Führung so ehrfurchtgebietend war, dass die Bewohner von Puzur mit neuem Mut kämpften und ihr Land gegen die Räuber verteidigten.«

Sie in einen anderen Raum führend, kam Uben zu einem massiven Fresko; seine Farben waren verblasst, aber die lebendige Kampfszene war unverkennbar. Die Entschlossenheit und Furcht, die in die gemalten Gesichter der Armee geätzt waren, war unbestreitbar kraftvoll und bewegend. »Hier«, erklärte er und streckte seine Hand aus, um das weite Gemälde zu umfassen, »sehen wir den Höhepunkt der ersten Schlacht von Puzur. Nitran Tunshak, nur ein einfacher Mann, nahm das Zentrum des Schlachtfeldes ein und schwang sein Schwert zusammen mit dem Glauben eines neu geformten Königreichs.«

»Nitran Tunshak«, murmelte Nyssa und starrte auf das Bild des kräftigen Mannes, der die Bewohner von Puzur im Fresko anführte, »Er klingt sehr mutig und edel.«

Herr Uben nickte langsam bei ihren Worten, seine gealterten Augen glänzten mit der Reflexion von Jahren, die in Erinnerung verblasst waren. »Alle Berichte, die ich über ihn gefunden habe, sagen, dass er es war«, stimmte er zu.

»Und die aktuelle königliche Familie stammt von ihm ab?«, fragte Nyssa weiter, Neugier erleuchtete ihre Augen.

»Tatsächlich, das Blut von Nitran Tunshak fließt in den Adern unserer gegenwärtigen Monarchen«, bestätigte Uben, ein Hauch lächelnden Stolzes in seiner Stimme.

Nyssa betrachtete den Historiker einen Moment nachdenklich, bevor sie schließlich fragte: »Sind sie so mutig und edel wie Nitran es war?«

Uben zuckte dazu mit den Schultern, seine Augen flackerten momentan zur Decke, als überlegte er das Gewicht der Frage, die in der Luft hing. »Nicht jeder Mann kann ein Nitran sein, nehme ich an«, sinnierte er, »Wie jede andere edle Abstammung sind sie ein Flickwerk aus Tugend und Laster. Sie sind nicht schlechter und nicht besser als jede andere königliche Familie.«

Nyssas Blick glitt vom Älteren weg und ließ sich auf Vallen nieder. Sie hob eine dunkle Augenbraue, die stille Nachfrage war offensichtlich in dem geteilten Raum zwischen ihnen. Eine Mischung aus Enttäuschung und Entschlossenheit verhärtete sich in Vallens Brust und wusch jede Hoffnung weg, die er gehegt hatte, dass die königliche Familie Erishum helfen würde.

Herr Uben wandte sich vom Gemälde ab und winkte Nyssa und Vallen, ihm zu folgen. Seine Arme gestikulierten mit dramatischer Betonung, als er sie einen schmalen Korridor hinunterführte, der mit einer Vielzahl von Artefakten und antiken Seltsamkeiten gesäumt war. Uben plapperte den ganzen Weg, seine Stimme hallte leicht von den Wänden wider. Er bewegte sich mit der Leidenschaft eines Kindes, das ein lang gehütetes Geheimnis enthüllt, zeigte auf verschiedene Antiquitäten entlang des Weges, jede mit einer Geschichte zu erzählen.

Die ganze Zeit, die Herr Uben dozierte, warf Vallen seitliche Blicke auf Nyssa. Ihre Augen waren weit und funkelnd und reflektierten das flackernde Licht der Öllampen. Jeder ihrer Atemzüge war gehetzt und spiegelte ihre Aufregung und ihren Wissensdurst wider. Vallen war weniger von den großartigen Geschichten über Puzurs Vergangenheit gefesselt als von der Frau an seiner Seite. Er beobachtete, wie sich ihre Lippen leicht vor Ehrfurcht öffneten, ein sanftes Keuchen entwich, als ihre Augen über antike historische Objekte fuhren.

Nyssa blickte zu Uben, ihre Augen voller Neugier. »Herr Uben...« Ihre Stimme war leise, fast ein Flüstern. »Habt ihr... habt ihr Aufzeichnungen von Erishum? Ich war immer neugierig auf das verlorene Königreich. Aber uns wurde nie viel darüber gelehrt.«

Ubens Gesicht hellte sich bei der Frage auf; ein fast kindlicher Schein reflektierte sich in der pergamentdünnen Haut seines faltigen Gesichts. »Ah, ja, ich fand die Geschichte von Erishum immer faszinierend«, schwärmte er, seine knorrigen Hände winkten in luftigen Gesten. »Folgt mir, meine Liebe. Wir haben einen Raum, der genau dem gewidmet ist, wonach ihr fragt.«

Uben huschte einen Gang hinunter. Er war überraschend agil, als er zwischen prekär gestapelten Haufen von Schriftrollen, Karten und verblassten Artefakten manövrierte.

Er führte sie in einen kleinen Raum ganz hinten im Museum. Die Luft hier war trocken und leicht muffig, als wäre es ein Raum, der nicht oft besucht wurde.

Nyssas Augen weiteten sich, als sie auf eine große Karte fielen, die eine Wand füllte. Ihr Atem stockte, als ein Murmeln der Ehrfurcht und Überraschung ihren geöffneten Lippen entwich. »Erishum...«

Nah tretend, verfolgte sie ihre Hand über die Karte und stellte sicher, ihre Oberfläche nicht zu berühren. Licht von einer Wandleuchte fiel über die Details ihrer Heimat, obwohl selbst bei einem schnellen Blick Vallen sehen konnte, dass viele Merkmale der Stadt sich geändert hatten, seit diese Karte vor langer Zeit erstellt worden war. Jedoch war es unbestreitbar von Erishum.

Nyssas Blick huschte zu Uben, ihre dunklen Augen voller Neugier und Sorge. »Ist es wahr? Dass König Jerwan verrückt wurde und sein ganzes Reich aus Furcht verwüstete, dass jemand seine Magie stehlen würde?«

Herr Uben antwortete mit einem langsamen Nicken. »Oh, ja, all meine Forschung sagt, dass das passiert ist. Alte Briefe, Zeugnisse und solche – alle deuten darauf hin, dass Jerwans Paranoia kein bloßer Mythos war.«

»Aber warum würde er fürchten, dass seine Magie gestohlen wird? Kann sie tatsächlich weggenommen werden? Ich dachte, dass die Magie des Königs ein Teil von ihm war. Mir wurde gesagt, dass er speziell zum König gemacht wurde, weil er mit Magie in seinen Adern geboren wurde.«

Vallen fürchtete einen Moment, dass Nyssa preisgab, wie viel Wissen sie über Erishums Königshaus hatte. Er wollte nicht, dass sie unter Beobachtung gerieten. Jedoch schien Uben nichts Außergewöhnliches zu bemerken und antwortete enthusiastisch auf Nyssas Fragen.

»Nun, es wäre genauer zu sagen, dass der König mit der Fähigkeit geboren wurde, die Magie zu manipulieren, nicht dass sie durch seine Adern floss«, erklärte Herr Uben. »Seht ihr, Jerwans Familienlinie konnte die Magie des Urquells handhaben – heilen, große Wunder vollbringen – aber sie waren nicht die einzigen. Jeder, der Urquellmagie manipulieren konnte, konnte dasselbe tun.«

Nyssa runzelte die Stirn, ihre Braue furchte sich vor Verwirrung. »Urquellmagie?«, echote sie mit Neugier klar in ihrem Ton. »Was ist das?«

»Es war der Urquell aller Magie in Erishum. Der Urquell emanierte aus dem Herzen des Königreichs. Lebendig, rein und mächtig, existierte er tief in der Erde. Es gab einen Urquell, wo der König auf die reine flüssige Magie zugreifen konnte. Jedoch floss das meiste davon unsichtbar unter der Erde und durchdrang den Boden selbst«, erklärte Herr Uben, seine Stimme hallte leicht in der verlassenen Kammer. »Menschen mit der Fähigkeit, seine Energie zu manipulieren, waren wenige, Nyssa, und sie hatten eine gemeinsame Eigenschaft: auffallende grüne Augen, unähnlich denen normaler Leute.«

Herr Ubens Stimme sank tiefer, als er fortfuhr. »Es gab... einige Probleme mit Personen, die versuchten, etwas von der Urquellflüssigkeit zu stehlen. Erishum war ein wohlhabendes Königreich, und die Magie wurde von vielen anderen begehrt. Die Magie in Jerwans Land war ein bedeutender Bestandteil seines Reichtums und Erfolgs.« Seine Finger verfolgten über die altersabgenutzte Karte und schufen unsichtbare Pfade über das Pergament. »Die Gier anderer stellte eine Bedrohung für sein Königreich und für den Urquell selbst dar, aber nicht genug, um Jerwans Handlungen zu rechtfertigen.«

Seine Augen starrten in die Ferne und trübten sich. »König

Jerwan suchte die Magie und seine Macht zu monopolisieren. Dabei webte er einen Zauber dunkler, großartiger Größe. Ich glaube, dass er versuchte, eine Barriere zu schaffen, die die Diebe fernhalten sollte. Vielleicht war es seine wachsende Paranoia, vielleicht waren es die dunklen Aspekte der Magie, die er zu vollbringen begonnen hatte, oder vielleicht machte er einfach einen Fehler. Wie auch immer der Fall, Jerwan schuf die Schattenwälder und die Triller als Resultat«, sagte Herr Uben, seine Stimme kaum über einem Flüstern jetzt.

»Aber«, seufzte er tief, »beim Schaffen der Dunkelheit verlor er sein Licht. Der Zauber verbrauchte eine massive Menge Magie. Das Resultat war katastrophal – wo die Urquellmagie einst unter der Erde floss, sprangen die Schattenwälder in ihrer Abwesenheit empor.«

Uben hielt inne und nahm sich einen Moment, um seine Gedanken zu sammeln. Sein Finger bewegte sich auf der Karte und hielt an einer Region an, die Vallens Atem stocken ließ. Schwer schluckend zeigte Herr Uben auf einen Punkt im Zentrum von Erishum.

»Das war das Herz des Urquells. Sein Ursprung«, sagte Uben, und Vallen fühlte einen Schauer der Erkennung seinen Rücken hinunterlaufen.

Sein Herz hämmerte wild in seiner Brust, das Pochen klang in seinen Ohren. Der Ort, auf den Uben zeigte, war die exakte Stelle, wo die Weihestätte der Enumerii nun stand. Sein Blick flackerte alarmiert zu Nyssa, die so schockiert aussah, wie er sich fühlte. Vallen schluckte, die Wahrheit ruhte schwer auf seiner Zunge, die Bedeutung davon drohte ihn zu ersticken.

Das plötzliche, klingelnde Geräusch der Glocke über der Eingangstür brach die schwere Stille und veranlasste Uben, sich von seiner Betrachtung der Karte abzuwenden. Er bot ihnen beiden eine kurze, entschuldigende Grimasse.

»Ich muss begrüßen, wer auch immer das ist«, murmelte er, sein Blick verweilte einen Moment länger auf der Karte, bevor er seine Aufmerksamkeit mit einer stillen Entschuldigung zurück zu Nyssa und Vallen richtete.

»Danke, Herr Uben, dass ihr euch Zeit aus eurem Tag genommen habt, um mit uns zu sprechen«, bot Nyssa aufrichtig an.

»Nein, nein, Nyssa«, winkte Uben mit einer arthritischen Hand zu ihr. »Es ist kein Dank nötig. Es ist immer ein Vergnügen, jemanden zu treffen, der Geschichte so sehr schätzt wie ich.«

Die Finger des alten Mannes gaben einen sanften Klaps auf ihre Schulter. Trotz der Gebrechlichkeit, die seine zitternden Glieder andeuteten, gab es Stärke in seinen Fingern, die auf eine Vergangenheit hindeutete, die seine aktuelle Form widerlegte.

Nyssa beobachtete einen langen Moment, wie der alte Mann schnell davonhuschte.

Sobald Herr Uben außer Hörweite war, wandte sich Nyssa zu Vallen, ihre Augen weit vor Schock. »Hast du gesehen?« Sie zeigte auf die Karte. »Der Urquell... hast du gesehen, wo er früher war?«

»Das habe ich. Er war an der exakten Stelle, wo die Weihestätte nun steht«, antwortete Vallen, sein eigener Blick fern. »Erinnerst du dich, als wir unter der Weihestätte nach Tarric suchten und uns hinter dem Wandteppich versteckten?«

Nyssa nickte aufgeregt, noch bevor Vallen zu sprechen beendet hatte. »Ja, das seltsame Leuchten, das wir im Raum unter der verschlossenen Tür sehen konnten. Denkst du...« Nyssa blickte umher, um sicherzustellen, dass sie allein waren. »Denkst du, das war der Urquell?«, flüsterte sie.

»Ich glaube, es könnte gewesen sein«, gab er ernst zu. Er dachte an das Loch, in das Nyssa gestürzt war, als sie vor der Hyva liefen. Basierend auf der Größe der Höhle stellte er sich vor, dass sie einst mit magischer Flüssigkeit gefüllt war anstatt des kleinen Teiches, den sie entdeckt hatten. »Was, wenn die

Magie des Urquells einst die Grundwasserleiter unter der Sterbenden Wildnis füllte?«

Nyssa starrte Vallen an, ein Blick starken Unglaubens zog über ihre zarten Züge. »Bedeutet das, dass König Jerwan all die Magie aus dem Land zog, als er die Sterbende Wildnis schuf? Wurde er sie los oder zog er sie nur alle zum Urquell unter der Weihestätte?«

»Ich weiß es nicht, Nyssa. Es sind alles nur Vermutungen«, gab Vallen zu, seine Finger verfolgten Muster auf der zeitabgenutzten Karte. »Aber zu diesem Zeitpunkt würde ich glauben, dass Jerwan zu allem fähig war.«

Vallen zeigte zurück auf die abgenutzte Pergamentkarte, seine Finger verfolgten die verblassten Linien und Symbole. »Hast du etwas anderes bemerkt?«, fragte er und zog seinen Blick von der Karte weg, um Nyssa wieder anzusehen. »Schau, es gibt keine Grenzmauer, die Erishum umschließt. Es gab Ackerland, Weiden und Wälder, wo die Sterbende Wildnis nun existiert.«

Ihre Augen flackerten zur Karte, zur Skizze der Stadt und der umliegenden Länder. Nyssas Stirn runzelte sich, als sie genauer hinsah. Die dicke, undurchdringliche Barrierenmauer, die Erishum von der gefürchteten Sterbenden Wildnis trennte, war auffällig abwesend von der antiken Karte. Nyssa verfolgte einen Finger über eine klar markierte Straße, die neben dem Fluss Assur verlief und zur Hochstraße führte – derselbe überwucherte Pfad, den sie auf ihrer Reise entdeckt hatten.

»Also bedeutet das, die Mauern wurden errichtet, nachdem diese Karte gemacht wurde«, murmelte Nyssa. »Ich frage mich, wie alt diese Karte ist.«

Vallen nickte, sein Blick verhärtete sich mit einer plötzlichen Erkenntnis. »Nyssa, was, wenn die Mauern nicht gebaut wurden, um uns vor der Sterbenden Wildnis zu schützen? Was, wenn sie gebaut wurden, um den Urquell zu enthalten?« Vallen strich das abgenutzte Pergament sanft, seine Augen reflektierten eine seltsame Mischung aus Furcht und Hoffnung. »Um die kostbare

Flüssigkeit innerhalb des Königreichs zu halten. Das wäre der Grund, warum der Grundwasserleiter, den wir fanden, meist leer war – vielleicht weil die Mauern die Magie am Entkommen hindern.«

»Zu diesem Zeitpunkt würde mich nichts überraschen, was sie getan haben«, sagte Nyssa, ihre Stimme sträubte sich vor Abscheu. »Aber... wenn das, was du andeutest, wahr ist, warum gibt es Orte in der Sterbenden Wildnis, wo die Magie noch existiert?«

Vallen fiel in nachdenkliches Schweigen, spitzte seine Lippen, als sein Blick auf der alten Karte gebannt blieb. »Vielleicht«, bot er langsam an, »der Zauber oder die Mauer, die die Magie in unserer Stadt eingeschlossen hält... Vielleicht schwächt sie sich?«

Nyssa schüttelte den Kopf. »Wir haben keine Möglichkeit zu wissen.«

KAPITEL 28

*E*ines Morgens, fast einen Monat nach ihrer Ankunft in Puzur, wachte Vallen auf und fand eine Reifschicht Schnee auf dem Boden vor ihrer Hütte. Dicke, träge Schneeflocken trieben im Wind.

Vallen ließ Nyssa noch ein paar Minuten schlafen, während er hinausstarrte auf das Weiß, das die Welt bedeckte. Er blickte den Hügel hinunter zum Rand der Sterbenden Wildnis, die geschwärzten Bäume fast erweicht von dem weißen Flaum, der sie bedeckte.

Kapitän Falcrow hatte ihn gewarnt, dass der erste Schneefall den Beginn der Krabben-Saison signalisierte. Der Schnee läutete die härtere Jahreszeit für alle Fischer in Puzur ein, eine Zeit zum Fischen von Krabben aus den eisigen Meerestiefen. Er hatte erklärt, mit einer Stimme, die von Winden und Wellen abgenutzt war, dass sich ihre täglichen Routinen ab dem Beginn des Schnees drastisch ändern würden.

Das einfache Vergnügen, mit der Morgendämmerung hinauszusegeln, um vor der Abenddämmerung zurückzukehren, würde sich bald in einen zermürbenden, rückenbrechenden Spießrutenlauf des Aufstellens von Krabbenfallen verwandeln. Sobald alle

Fallen aufgestellt waren, würden sie zur ersten zurückkehren, die sie fallen gelassen hatten, und den langen Prozess beginnen, jede wieder an Bord zu hieven, um ihren Inhalt zu prüfen. Der Kapitän warnte, dass das Wasser während des Winters tödlich wurde, und wenn Vallen über Bord fiel, wären die Chancen, ihn zu bergen, gering. Die Arbeit war hart und gefährlich, aber die Bezahlung machte das Risiko wert.

Vallens Blick wanderte. Ihre Küche flackerte im warmen, tanzenden Schein des Herdfeuers. Sie hatten die Hütte von einer leeren, verlassenen Hülle in ein warmes und gut bestücktes Heim verwandelt – ihr erstes überhaupt. Draußen war die Welt unter der ersten Berührung von Winters grausamem Griff gefroren und verwandelte die Landschaft in eine eisige Wildnis, aber drinnen waren sie warm und sicher. Sein Magen verkrampfte sich, als er an seine Freunde dachte, die noch in Erishum waren: die anderen Rinnstein-Neuntöter, die Straßenwaisen mit ihrer mörderischen Existenz, die Schlammlerchen, die Flussufer nach allem von Wert absuchten, sogar ein paar der Neuntöter, die ihn nicht wie einen Paria behandelt hatten. Was machten sie jetzt? Er dachte an Adamir, einen Mann, der immer schnell mit einem Schwert und schneller mit einem Scherz war; Shamshi, die wie eine Mutter für alle anderen Straßenkinder gewesen war, und den kühnen Tarric mit seiner allgegenwärtigen Fröhlichkeit. Er fragte sich, wie es ihnen allen in den gefrorenen Straßen von Erishum ging. Der Winter würde hart für sie sein, die eisigen Straßen boten dürftige Gelegenheiten zum Plündern und die beißende Kälte machte jede Nacht zu einem brutalen Test der Ausdauer. Die Schuld nagte an Vallen und biss in ihm wie eine unerbittliche, hungrige Bestie.

Über den letzten Monat hatten er und Nyssa sich ihren langsamen, tastenden Weg in ein Leben als echte Eheleute erarbeitet. Jeden Morgen konnte er mit ihr in seinen Armen aufwachen und sich als den glücklichsten Mann in Puzur betrachten. Es war alles, was er sich je für sich gewünscht hatte – ein Heim, das er sein Eigen nennen konnte, einen vollen Bauch und Nyssa. Er sollte überwältigt sein vor Glück über die Erfüllung der Ziele, die er immer für unerreichbar gehalten hatte; jedoch war Schuld nie weit außer Reichweite. Scham und Sorge fraßen kontinuierlich an den Rändern seiner Zufriedenheit und Freude. Es ließ ihn sich unbehaglich in seiner Haut fühlen, als verdiente er die Früchte seiner harten Arbeit nicht.

Er fand sich gefangen zwischen den Bequemlichkeiten der Gegenwart und den spukenden Gespenstern der Vergangenheit, und selbst als Schuld ihn zu verschlingen drohte, war er in seiner Entschlossenheit verwurzelt – sein einziger Fokus sollte darauf liegen, Nyssa das Leben zu bieten, das sie verdiente. Sie hatte alles riskiert, um ihn vor der Sterbenden Wildnis zu retten.

Sich aus seinen dunklen Gedanken schüttelnd, kletterte Vallen die Leiter zum Dachboden hinauf, um Nyssa zu wecken. Als sie ihre Augen öffnete und ihm einen warmen, schläfrigen Blick gab, konnte er die Reue und Sorge wegschieben und sich erlauben, den Moment des Friedens und der Liebe mit ihr zu genießen.

Bald war ihr bescheidenes Heim erfüllt vom Aroma des Frühstücks. Mit geübter Leichtigkeit wendete Vallen ein zischendes Ei auf das wartende Stück Fladenbrot auf Nyssas Teller – geschickt von ihren zahllosen Morgenden, die genau so verbracht wurden. Über den kleinen Tisch hinweg war Nyssa in ihrer eigenen Träumerei verloren, ihr Blick kehrte kontinuierlich zum Schnee draußen zurück. Vallen bemerkte einen Hauch Sorge auf ihrem Gesicht, und er dachte, es könnte an der unvorhersagbaren Natur seines Arbeitsplans liegen, den der Schnee symbolisierte.

»Nyssa«, begann er, seine Stimme tief und beruhigend, »nur damit du Bescheid weißt - ich komme heute Nacht vielleicht nicht heim.«

Nyssa schwieg einen Moment, bevor sie langsam nickte. »Ich weiß, Vallen«, sagte sie, ihre Stimme entschlossen. »Du hast mich gewarnt, dass Kapitän Falcrow nicht aufhört, bis der Laderaum voller Krabben ist.«

Sie erhob sich von ihrem Sitz, ihre Hände strichen unbewusst den Stoff ihres Kleides glatt. »Und mach dir keine Sorgen um mich, ich komme zurecht. Denk daran, ich habe lange Zeit auf mich selbst aufgepasst.«

Vallen gab ein halbes Lächeln und verbarg das Zucken, das sich auf seinem Gesicht bilden wollte bei ihrem Geständnis. »Ich sprach mit Hauptmann Warrin. Wenn der Fang spät geht, sagte sie, sie würde ein Auge auf dich haben. Wenn du jemals Probleme hast, such sie auf.«

Nyssas Nicken war fest. »Ich verstehe«, versicherte sie ihm, ihre Stimme gewann Stärke. »Ich kann auf mich aufpassen. Du musst dich auf deine Reise konzentrieren. Bleib sicher. Versprich mir das.«

Vallens Augen wurden weich, sein Herz schmerzte, als er seine Zustimmung nickte. Die Temperatur draußen mochte schnell fallen, aber innerhalb ihres kleinen Heims verweilten Wärme und Hoffnung. Die Erinnerung an Nyssas Mut und Liebe würde sein stetiger Leuchtturm sein, während er auf dem eisigen, stürmischen Ozean arbeitete.

Vallen stand auf und machte sich schnell an ihr Geschirr mit ihrer Hilfe. Sobald das Haus in Ordnung gebracht war, griff er über den Tisch, um Nyssas neuen Umhang zu holen. Er konnte den Stich des Stolzes in seiner Brust nicht unterdrücken, als er ihr hineinhalb, seine Fingerspitzen verfolgten ihre neuen, ungetragenen Kanten. Es war der erste Umhang, den sie je besessen hatte, der nicht zuerst von jemand anderem getragen worden war. Er war bescheiden, aber aus einer stabilen Wolle gemacht, die die Kälte fernhalten würde. Nyssas schlanke Finger spielten mit dem Verschluss. Sie gab ihm einen Dankeskuss, ihre Augen schimmerten zu Vallen auf.

Bald fanden sie sich draußen wieder, in der grauen Luft des frostigen Morgens färbten sich Nyssas Wangen schnell rosa.

Mit ihrem Frühstück, das ihre Mägen füllte, gingen sie Seite an Seite die schmale Gasse hinunter, die zum Herzen von Puzur führte.

Schneeflocken fielen weiter und bedeckten den Pfad in einer Decke makellosen Weiß. Das sanfte Glitzern der Schneeflocken tanzte im schwachen Morgenlicht und ließ die Welt sich wie ein magischer Ort anfühlen. Das Knirschen unter ihren Stiefeln hallte befriedigend im Murmeln des erwachenden Königreichs wider.

Sie gingen schweigend, der Rhythmus ihrer Schritte synchronisierte sich, ihre Atemzüge nebelten in der Luft. Vallen grinste, als er beobachtete, wie Nyssa lange, neblige Atemzüge in die Luft blies, die sehr den alten Männern aus Erishum mit ihren Rauchpfeifen ähnelten. Die Sonne ging hinter ihnen auf, während sie gingen, die ersten Streifen der Morgendämmerung warfen lange Schatten voraus.

Als sie sich der Bäckerei näherten, brachte Vallen Nyssa zum Stehen und bemerkte den warmen Glanz, der aus den hohen, gewölbten Fenstern des Gebäudes strömte. Selbst in diesen frühen Stunden herrschte geschäftige Aktivität innerhalb der Bäckerei; viele der Gäste waren Kollegen-Fischer, die sich für die langen Tage bevorrateten.

Seine Hand fand Nyssas, ein beruhigender Druck auf ihre zarten aber rauen Finger. Mit Bedauern in seiner Stimme flüsterte Vallen: »Ich muss gehen. Pass auf dich auf, Nyssa. Ich werde so bald wie möglich zurück sein. Du wirst mir schrecklich fehlen.«

»Sei vorsichtig da draußen«, flehte Nyssa. »Ich will dich nicht an das Meer verlieren.«

»Das wirst du nicht«, versprach er. Sein Blick verweilte einen Moment länger auf ihr, bevor er sie in eine feste Umarmung und einen Abschiedskuss zog. Dann ließ er sie los und trat zurück.

Aufrecht stehend hob Vallen seine Hand zum Winken zu Frau Tylant, als er bemerkte, dass sie sie durch das Frontfenster beobachtete. Sie erwiderte sein Winken, bevor sie sich zu einem Ofen wandte und ein Tablett mit Brötchen herauszog.

Er überließ Nyssa der Wärme der Bäckerei und Tylants Fürsorge und machte sich auf den Weg zu den Docks, der Duft der Salzlake im Wind führte ihn. Das Innere von Puzur begann zu erwachen, als er sich durch die Straßen bewegte, das Klappern der Schmiede und das Schnauben der Stallpferde vermischten sich mit den ersten Rufen der Morgenhändler.

An den Docks beobachtete Vallen mit lebhaftem Interesse, wie die Fischer begannen, geschlitzte hölzerne Krabbenfallen auf die Boote zu laden. Der salzige Hauch des Meeres vermischt mit der feuchten Luft raubte ihm fast den Atem aus den Lungen.

Ein lauter Ruf seines Namens zog Vallens Aufmerksamkeit von dem Boot weg, das er angestarrt hatte, in Gedanken verloren. Kapitän Falcrow winkte ihm herüber.

»Vallen! Hör auf, die Möwen anzugaffen und krieg deinen Hintern in deine Overalls!«, Kapitän Falcrows raue Stimme konkurrierte mit dem kreischenden Geschrei der Möwen, die über ihnen kreisten. Sein wettergezeichnetes Gesicht war vor Verärgerung zusammengezogen.

Vallen, abrupt aus seinen Betrachtungen gerissen, drehte sich um und schoss ein Grinsen zum Kapitän. »Jawohl, Sir! Ich bin gleich da.« Vallen ging zum Lagerschrank hinüber und zog die Overalls heraus. Sie waren schwer in seinen Händen, der Gestank von Fisch und Salz und harter Arbeit klebte stur an ihnen, trotz des Waschens nach jedem Gebrauch.

»Dann leg mal einen Zahn zu, Vallen. Diese Krabben werden sich nicht selbst fangen«, sagte der Kapitän, sein halbherziges Bellen schlüpfte durch seinen dichten Bart. Vallen nickte und zog die Overalls hoch und über seine Kleidung, bereitete sich auf die mühevolle Arbeit vor.

Mit festem Griff hievte Vallen eine schwere Krabbenfalle vom Stapel auf dem Dock, ihr drahtiger Metall- und Holzkäfig knarrte, als er sie die Laufplanke hinauftrug. Sobald er die Kiste auf das Deck der Silvan Gale fallen ließ, driftete sein Blick zum Meer, einer weiten Leinwand stürmischen Graus, das das brütende Wetter darüber zu spiegeln schien. Unruhige Wellen mit schaumigen weißen Kämmen rollten auf die Küste zu. Vallen fühlte einen Knoten der Sorge in seinem Bauch sich winden und erkannte, dass der Tag vor ihm ein unerbittlicher Kampf sein würde.

KAPITEL 29

$\mathcal{E}$ ine Monsterwelle schwappte über den Bug des Schiffes und krachte in Vallen, ließ ihn sich an der Reling festklammern für Sicherheit. Die kalte, erbarmungslose Gischt peitschte Vallens Gesicht und betäubte trotz seiner Handschuhe seine rissigen Hände. Er griff inbrünstig das Schiff mit einer Hand und das geknotete Seil einer Krabbenfalle mit der anderen. Es fühlte sich an wie eiszapfenscharfe Pfeile, die in seine Haut stachen, während er kämpfte, seinen Stand auf dem rutschigen Deck zu behalten. Das Salz stach in seine offenen Schnitte und durchnässte die Teile seiner Tunika, die nicht von den Overalls geschützt waren, fügte zum Gewicht seiner Ausrüstung und seinem Unbehagen hinzu. Aber Vallen biss die Zähne zusammen und zog, riss die Krabbenfalle aus der tödlichen Umarmung des Ozeans Hand über Hand.

Die Kälte des Meeres, eine eisige erstickende Hand, krallte sich tiefer in Vallens Mark. Eine unerbittliche Kälte nagte an ihm, floss durch Sehnen und Fleisch, testete seine Entschlossenheit und Willenskraft.

Kapitän Falcrow hatte ihm gesagt, dass dies vielleicht ihre letzte Fahrt sei. Der Laderaum unter dem Deck war nah daran, gefüllt zu werden. Trotz der betäubenden Kälte brannte ein Feuer in ihm, flackerte mit hoffnungsvoller Intensität. Seine Muskeln spannten und entspannten sich mit einem nun vertrauten Rhythmus, als er Krabbenfalle nach Krabbenfalle über die Schiffsseite mit seinen Kameraden hievte.

Als die nächste Krabbenfalle die Oberfläche des Ozeans durchbrach, schwang sie an ihrem Seil und spritzte Wasser hoch, während sie aus den Tiefen gezogen wurde. Das Seil, das er zog, knarrte unter dem Gewicht der vollen Falle. Nach zwei Tagen unerbittlicher Schinderei hatte Vallen eine Intuition entwickelt, eine Vertrautheit mit dem Gewicht der Fallen, die ihm erlaubte zu erkennen, noch bevor die Kiste die Wasseroberfläche durchbrach, ob sie vor krebsartigem Leben überquoll oder enttäuschend spärlich war. Triumph flammte in seinem Herzen auf, als er die Vielzahl gehärteter Panzer betrachtete, die übereinander krochen. Die Tiere, größer als er je erwartet hätte, waren ein beeindruckender Anblick; fremdartig in ihrem bräunlich-rostigen Schimmer, mit einschüchternden Krallen, die leicht die Finger der Unvorsichtigen entfernen konnten, und einer unheiligen Anzahl von Beinen. Diese ungewöhnlich aussehenden Tiere ließen den Bürgern von Puzur das Wasser im Mund zusammenlaufen und füllten die Taschen der Fischer mit Münzen.

Ein überschwänglicher Freudenschrei baute sich in seiner Brust auf, blieb aber unausgesprochen; die Kälte hatte ihm die Stimme geraubt. Sie wären bald fertig, beendet mit der beißenden Kälte, der schmerzenden Müdigkeit und der ständig wachsamen Furcht vor den eisigen Tiefen des Ozeans. Sein eigenes Herz echote das Gefühl in einem stetigen Pochen, umhüllte ihn, bestätigte ihn – sein einziger Gedanke war, zu Nyssa zurückzukehren.

Vallen gab einen letzten Ruck, der eine weitere volle Krabbenfalle frei vom Wasser brachte. Rasco stand im Nu an seiner Seite. Die beiden Männer stemmten sich gegen den beißenden

Wind und arbeiteten zusammen, um die Falle auf das Deck zu ziehen.

Als schließlich die Falle an Bord war, neigte sich das Deck unter ihnen, als das Schiff geschaukelt wurde. Beide Männer stöhnten unter der Anstrengung, sich stabil zu halten und sicherzustellen, dass sie ihre Kameraden nicht gefährdeten, die dasselbe mit den Fallen taten, die sie hievten. Die Falle klapperte und rasselte, als die Krustentiere darin sich bewegten und schnappten, ihre Krallen klickten gegen die harten Stäbe ihres hölzernen Gefängnisses.

Mit routinierter Geschicklichkeit öffnete Vallen die Tür der Falle, als Rasco mit einer breit-zinkigen Heugabel bereitstand. Das Deck wurde sofort zu einem sich windenden, schnappenden Meer scharfer Krallen und sich wälzender Beine. Es war ein chaotischer Tanz der freigelassenen Krustentiere, die in ihrer Verzweiflung huschten und krabbelten. Ihre fremdartige Anmut erweckte eine gewisse ursprüngliche Schönheit. Aber Vallen und Rasco verpassten keinen Takt.

Mit der Ruhe zweier Tage Übung sortierten sie durch die rasenden Krustentiere. Rasco warf die Weibchen und untermaßigen Krabben mit einer Geschwindigkeit zurück in den Ozean, die seine massige Größe Lügen strafte. Jede zurückgeworfene Krabbe war ein Versprechen für gut gefüllte Fallen in zukünftigen Saisons. Unterdessen trieb Vallen die größeren, wertvolleren Krabben zum Laderaum, seine Augen suchten nach den fleischigeren Männchen.

Als die erste Falle geöffnet worden war und die monströsen Krustentiere auf das Deck geschüttet wurden, hatte Unglaube ihn erfasst. Er war an die winzigen Krabben gewöhnt, die im Schlamm an der Basis der Schilfe lebten, die entlang der Ufer des Flusses Assur wuchsen – die etwa so groß wie sein Daumen waren. Der erste Anblick dieser Kreaturen, jede so groß wie ein Essteller und starrend vor dornigen Höckern auf ihren harten Panzern, war erschreckend gewesen. Die einschüchternden

Krallen hatten geklackt und in der Luft gewunken, als sie übereinander kletterten und huschten. Es hatte ihn so vollständig
schockiert, dass er seinen Stand auf dem glatten Deck verloren
hatte und inmitten des chaotischen Schwarms klickender, gepanzerter Körper gelandet war. Vallens Kameraden hatten vor
Lachen gedröhnt, erfreut, aus erster Reihe seine erschrockene
Begegnung mit den furchteinflößenden Krabben mitzuerleben.

Eine weitere Stunde des Hievens von Fallen verging, bevor
das scharfe, plötzliche Läuten der Glocke des Kapitäns über dem
Lärm hallte und das Ende ihrer mühevollen Reise signalisierte.
Der müde aber triumphierende Jubel, der folgte, war ohrenbe-
täubend, der widerhallende Chor des Sieges hallte durch den
Rumpf des Schiffes. Eine Welle der Erleichterung erfasste die
gesamte erschöpfte Besatzung und ließ die Spuren der Anstrengung und Sorge von ihren salzverkrusteten Gesichtern
verschwinden.

Vallen fand sich erwärmt von ihrer Kameradschaft. Er beobachtete, wie sie sich umarmten und sich gegenseitig auf den
Rücken klopften. Als Rasco ihn in eine kräftige Umarmung
wickelte, hoben sich Vallens Lippen in einem erfreuten Lächeln.
Seine Müdigkeit fühlte sich nicht mehr so schwer an, und er
dachte dankbar an die herzhafte Mahlzeit, warme, trockene Kleidung und eine solide Nachtruhe, die auf ihn auf festem Land
warteten.

Die Segel blähten sich kraftvoll über den Köpfen der Besatzung, als die Winde sie sanft zurück zu den vertrauten Küsten
von Puzur führten. Wellen der Kameradschaft wuschen über sie,
ihre schwitzigen, salzbeladenen Körper arbeiteten alle im
Einklang, um sie so schnell wie möglich nach Hause zu bringen.
Sie teilten Geschichten des Meeres und stießen auf eine weitere
erfolgreiche Reise an, ihre Herzen leicht und ihre Geister unbe-
zähmbar.

Vallen, mitgerissen von ihrer ansteckenden Fröhlichkeit, fand
sich mit seinen Kollegen-Seeleuten lachend wieder. Das Dröhnen

herzlichen Gelächters und Fetzen derber Geschichten machten eine angenehme Reise nach Hause. Seine gehärteten Muskeln schmerzten von harter Arbeit, und sein Herz zog an ihm und zog ihn zu Nyssa. In seinem geistigen Auge sah er sie an den Docks auf ihn wartend, silhouettiert gegen die helle Kulisse von Puzur. Sie war seine Motivation, sein Leuchtturm inmitten tückischer Dunkelheit.

Puzurs geschäftige Hafenseite war ein Wirbel der Aktivität. Kisten neu gefangener Krabben, ihre Panzer glitzerten in der späten Nachmittagssonne, drängten um Platz. Er half mit und machte schnelle Arbeit beim Entladen der Krustentiere, bereit für den Markt des nächsten Tages. Jede Kiste wurde mit Sorgfalt behandelt wegen des Wertes der Krustentiere.

Nachdem die Krabben sicher geliefert und die lärmende Energie der Docks etwas zerstreut war, machte sich Vallen auf den Weg zum Badehaus. Das Gehen fühlte sich eigenartig an, als wäre der feste Boden ein launisches Meer, das sich bei jedem Schritt unter seinen Stiefelsohlen hob und senkte. Dieser unvorhergesehene Schwindel ließ ihn taumeln und verwandelte sein festes Tempo in das unsichere Schwanken eines Betrunkenen, der in einem Sturm gefangen war. Als er schließlich das Badehaus erreichte, ließ er sich im heißen, wohltuenden Wasser nieder, der Schmutz und die Müdigkeit der Reise schmolzen von ihm wie Wachs von einer Kerze. Ein Gefühl der Ruhe umhüllte ihn, ein Reichtum weit jenseits des Inhalts jeder Schatztruhe.

Vallens Herz summte vor Erwartung, als er seinen Lohn von Kapitän Falcrow einsammelte, der raue Seemann nickte zustimmend. Sein wettergezeichnetes Gesicht brach in ein seltenes Grinsen, als er eine Hand auf Vallens Schulter klopfte und die Worte äußerte, die Musik für müde Ohren waren: »Die ganze Besatzung bekommt morgen frei, Junge. Aber ich erwarte, dich übermorgen als erstes zu sehen.«

Als die Sonne begann sich zurückzuziehen und einen Streifen brennenden Rots über den Himmel malte, stand Vallen auf und wandte sich, um Kapitän Falcrows Büro zu verlassen. »Oh, ich hätte fast vergessen, Junge; jedes Besatzungsmitglied darf sich zwei Krabben aus dem Fang zum Abendessen aussuchen. Sie machen ein feines Fest.«

Vallen blickte den Kapitän etwas verschämt an. »Ähm, was ist der beste Weg, sie zu kochen?«

»Du hattest noch nie Krabben, oder?«, kicherte der alte Seemann. »Nun, es ist nicht schwer. Du brauchst nur ein starkes Feuer und anständig gewürztes Wasser, um sie darin zu kochen. Und sobald es fertig ist, drehe und ziehe die Beine, knacke sie auf, hole das Fleisch heraus. Die meisten Leute tauchen das Fleisch gern in geschmolzene Butter.«

Falcrow griff in eine Holztruhe bei der Tür, wühlte herum, bevor er eine eigenartige Gabel und ein seltsam aussehendes Paar Zangen herauszog. »Benutze die Krabben-Knacker, um die harten Panzer zu brechen, und die Gabel, um das Fleisch herauszuholen«, erklärte er und drückte sie in Vallens Hände.

Vallen steckte die Werkzeuge ungeschickt in seine Tasche. Mit einem letzten Winken und einem Dankeschön verließ Vallen Falcrow in seinem Büro.

Die weite Ausbreitung der Krabben glitzerte unter der schwindenden Sonne nur wenige Meter entfernt. Vorsichtig suchte er zwei scheinbar gesunde Krabben aus, ihre Körper wanden sich mit subtiler Bewegung. Er bündelte sie in einen Beutel und verließ das Dock, die dünne Schicht Schnee und Erde knirschte unter seinen Schuhen.

Er brauste durch die summenden Straßen und machte sich auf den Weg zur Bäckerei. Der Gedanke an Nyssa und das gemeinsame Abendessen, das sie haben würden, erleichterte seine Schritte, bis er fast sprintete, um zu ihr zu gelangen.

Vallen kam schließlich vor der Bäckerei an, eingeklemmt zwischen einer Reihe ähnlicher hölzern strukturierter Einrichtungen. Der mundwässernde Geruch frischen Brotes rührte seinen leeren Magen um und wischte momentan seinen Geist von allen anderen Gedanken. Während ihrer Reise hatte es auf dem Schiff viel heißes Essen und dampfend heißen Tee gegeben, aber die meisten hatten es an diesem Tag in der Eile, die Arbeit zu beenden und nach Hause zu gehen, übersprungen.

Vallen beobachtete, wie Nyssa mit müheloser Anmut hinter der glas-umschlossenen Theke arbeitete, die mit allerlei köstlich aussehenden Leckereien gefüllt war. Ihr rabenschwarzes Haar war zu einem dicken Zopf zurückgebunden und zeigte ihre dunklen Augen und scharfe Kinn, ließ sie sowohl auffallend als auch ätherisch aussehen. Die zarte Kurve ihrer Wange errötete unter der Hitze der Öfen und passte zu ihren Lippen, als sie sich zu einem Lächeln für ihre Kunden streckten.

Vallen lehnte sich gegen eine Holzwand und fand sich beim Anblick von ihr lächelnd. Es war nicht oft, dass er sie so sehen konnte, so perfekt in ihrem Element. Die Stärke und Wärme, die sie ausstrahlte, widerlegten ihre harte Vergangenheit und ließen ihn tiefer für sie fallen.

Nyssa muss Vallens Blick gespürt haben, weil sie abrupt ihre Bewegungen anhielt und ihre Augen hob, um sich mit seinen durch das dunstige, kondensations-geküsste Glas des Frontfensters der Bäckerei zu verschränken. Ein Flackern der Überraschung, gefolgt schnell von Freude, blitzte über ihr Gesicht, ein breites Lächeln blühte auf ihrem Mund.

Sie wechselte hastig ein paar Worte mit Frau Tylant, die ebenfalls hinter der Theke stand. Der Ausdruck der älteren Frau wurde aufgeregt – Vallen nahm an, weil Tylants Ehemann auch auf einem Fischerboot arbeitete und sie annahm, dass er auch bald zu Hause sein würde. Ihr Grinsen nahm eine schelmische Kante an, als sie Nyssa zum Ausgang scheuchte. »Geh schon, Mädchen!«

Nyssa erschien bald vor Vallen, verwirrt aber lächelnd, und ihre Augen funkelten vor Glück unter der untergehenden Sonne. Sie überbrückte die kleine Lücke zwischen ihnen und schlang ihre Arme um seine Taille, vergrub sich in die Wärme seiner Brust.

»Das habe ich vermisst«, flüsterte sie, während ihre Stimme sanft gegen sein Brustbein summte.

Vallen umarmte sie fest zurück, seine Hände liefen beruhigend die Länge ihres Rückens hinunter. »Das habe ich auch, Nyssa«, gab er leise zu und schwelgte im Gefühl von ihr dort in seinen Armen. »Das habe ich auch.«

Sich zurückziehend, blickte Nyssa zu ihm auf, ein Schimmer der Freude in ihren lebendigen Augen. »Frau Tylant sagte, ich könnte den Rest des Tages freihaben!«, verkündete sie, ihr Lächeln strahlend.

Sein eigenes Grinsen weitete sich bei ihren Neuigkeiten. »Das ist wunderbar, Nyssa. Kapitän Falcrow gab mir morgen frei«, sagte er ernst, seine Augen kringelten sich an den Ecken vor ungezügelter Freude. Einen Arm von um sie befreiend, gestikulierte er zu den schneebestäubten Straßen von Puzur. »Sollen wir dann nach Hause gehen?«

Nyssa nickte, eine sanfte Röte zierte ihre Wangen. Doch sie zögerte nicht, ihre Finger durch seine zu fädeln. »Lass uns«, stimmte sie zu.

Als sie zu gehen begannen, blickte Vallen zu Nyssa hinüber, ein spielerischer Schimmer in seinem Auge. Er fühlte eine Blase des Gelächters in ihm aufsteigen, als er seine Überraschung enthüllte. »Kapitän Falcrow gab mir heute Krabben«, verkündete er und stieß sie sanft mit seiner Schulter an. »Ich dachte, vielleicht könnten wir sie zum Abendessen zubereiten?«

Überraschung flackerte einen Moment über Nyssas Gesicht, bevor Gelächter hervorsprudelte. »Krabben? Ich hörte jemanden über sie sprechen. Es klingt, als wären sie nicht wie die, an die wir gewöhnt sind. Diese Krabben würden kaum eine Mahlzeit ergeben.«

Er zuckte die Schultern und heuchelte Gleichgültigkeit trotz seiner wachsenden Begeisterung. »Sie sind nicht ganz wie die, an die wir gewöhnt sind«, sagte er leicht und stellte sich bereits das Gesicht vor, das sie machen würde, wenn er ihr ihr Abendessen zeigte.

Vallen und Nyssa machten sich auf den Weg zu ihrem kleinen Refugium, das auf einem Hügel außerhalb der Sterbenden Wildnis lag. Das gedämpfte Knirschen ihrer Stiefel, die sich in die frische weiße Decke setzten, war das einzige Geräusch neben ihren Atemzügen in der Stille von Winters Griff. Jede Flocke, die ihre Wangen streichelte, war leichter als ein Flüstern.

Bei ihrer Ankunft präsentierte Vallen erfreut die Früchte seiner Tagesarbeit, zwei hartschalige Krabben in einem Jutesack verknotet. Nyssas Keuchen hallte im winzigen Raum wider, ihr Ausdruck belebt mit einer Mischung aus Schock und einer vagen Abscheu, die an Vallens Lippen zog und ihn in Gelächter ausbrechen ließ.

»Ehrlich, Vallen«, stotterte Nyssa und sah gleichzeitig fasziniert und angewidert aus. »Wie in aller Welt isst man so etwas? Das Ding trägt ja seinen eigenen Panzer.«

»Kapitän Falcrow schenkte mir einige Werkzeuge, die schnelle Arbeit an ihren Panzern machen sollten.«

Vallen und Nyssa beugten sich tief über ihren Herd und machten sich an die Arbeit, ihre Mahlzeit zu kochen, ihre Schatten tanzten mit dem Tanz der Flammen. Als das Aroma gedämpfter Krabbe den Raum füllte, ließ Nyssas Furcht vor den Viechern allmählich nach, ersetzt von Ehrfurcht und Neugier.

Unter Vallens Anweisungen meisterte Nyssa die Kunst des Krabbenbein-Knackens. Gelächter brach unter ihnen aus und füllte ihr Heim mit einem Gefühl fröhlicher Kameradschaft, als sie ungeschickt stachen, knackten und schließlich das saftige Fleisch extrahierten. Mit jedem Bissen wuchs Nyssas glückliches Grinsen, und Vallen erfüllte ein Siegesgefühl, weil er ihr etwas bieten konnte, das sie genoss. Ihre Mahlzeit wurde zeitweise von Kicheranfällen unterbrochen, als Säfte über Hände liefen und Krabbenpanzer über ihren Tisch verstreut wurden. Das freudige

Chaos und die pikante Köstlichkeit der Nacht hallten in Vallen wider und prägten eine warme Erinnerung auf die Leinwand seines Herzens.

Als Vallen in dieser Nacht einschlief, fühlte er sich noch immer, als würde die Welt langsam um ihn schaukeln. Seine Träume begannen mit Erinnerungen an krachende Wellen, salzbeladene Brisen in seinem Geist flüsterten Geschichten des Meeres, bis sie sich langsam in Visionen der Hyvas verwandelten, die durch die eisige Landschaft außerhalb ihres Heims schlichen.

KAPITEL 30

allen beschloss, seinen freien Tag zu nutzen. Nachdem er Nyssa zur Bäckerei begleitet und sich widerwillig von ihr getrennt hatte, entschied er, nach Hause zurückzukehren und sich um einige dringend benötigte Reparaturen zu kümmern, die er aufgeschoben hatte. Ihre Hütte, obwohl gemütlich genug, hatte ein paar Risse in den Holzwänden, die Winters kühle Finger hineinließen.

Vallen begann in ihrem Wohnraum herumzuwühlen und suchte nach einer kleinen Schaufel. Er musste etwas Erde von einem Fleck draußen graben, der die perfekte tonähnliche Textur hatte, ideal zum Herstellen eines Dichtmittels. Mit der richtigen Kombination aus Erde, Wasser und Stroh konnte Vallen einen hausgemachten Mörtel herstellen, um die Zugluft zu stopfen.

Als Vallen in einer Lagertruhe herumgrub, streifte seine Hand gegen einen vertrauten, zerfetzten Stoffbeutel, der in einer der Ecken versteckt war. Er zog ihn heraus, noch immer zerrissen und ungewaschen von der Reise durch die Sterbende Wildnis. Als sie sich in ihrem Heim niedergelassen hatten, hatte Vallen die Beweise ihrer Reise weggesteckt und jede Erinnerung an ihr altes Leben vermieden.

Den Beutel umkehrend, beobachtete Vallen, wie ihre alte Karte, die zwei Amulette und ein halbvoller Wasserschlauch herausfielen. Der Anblick des abgenutzten Pergaments sandte einen nachdenklichen Stich durch ihn. Die Karte entfaltend, starrte er auf die komplizierten Linien, die die dichte und gefährliche Sterbende Wildnis illustrierten, ihre Reise noch immer markiert mit rußigen X, wo er die Lage grüner Gebiete aufgezeichnet hatte. Die Erinnerungen an die zermürbende Reise überfluteten Vallens Geist.

Neben der Karte lag der Wasserschlauch, noch immer gefüllt mit der magischen Flüssigkeit, unberührt seit sie der Sterbenden Wildnis entkommen waren. Vallen hob das Leder auf und entkorkte es, starrte auf seinen glühenden Inhalt. Es musste die Urquellmagie sein, von der Herr Uben ihnen erzählt hatte. Wenn König Jerwan die Grenzmauern gebaut hatte, um die Magie zu enthalten, wie hatte der Urquell es dann über die Grenzen von Erishum hinaus geschafft? Wenn die Mauern oder eine Art magische Barriere geschaffen wurde, um die Flüssigkeit eingeschlossen zu halten, musste das bedeuten, dass sie durchsickerte, basierend auf dem, was sie in der Sterbenden Wildnis erlebt hatten.

Er griff den Wasserschlauch fester, sein Geist wirbelte bereits mit den möglichen Implikationen.

Vallen richtete sich auf, erfüllt von plötzlicher Entschlossenheit. Ohne Gedanken oder Verständnis entschied er, in die Sterbende Wildnis hinauszugehen, nur für ein wenig. Er war so beschäftigt gewesen zu versuchen, nicht an Erishum oder die Menschen zu denken, die sie zurückgelassen hatten, dass er der Sterbenden Wildnis nicht viel Gedanken geschenkt hatte. Jedoch ließ ihn der Anblick der Beweise ihrer Reise das Bedürfnis spüren, den schattigen Wäldern ein letztes Mal zu begegnen. Das Bedürfnis, in die Wälder zu gehen, war ein unerklärlicher Zug – wie eine Motte zum Kerzenlicht. Mit seiner fest gesetzten Entschlossenheit würde er die Wildnis wagen, wenn auch nur, um das Gebiet nahe ihrer Hütte zu überprüfen, um sicherzustellen, dass es sicher war. Seine Stirn nachdenklich knetend, murmelte Vallen einen stillen Schwur zu sich selbst. Er würde nur so weit und so lange wagen – gerade genug, um ein wenig mehr Einsicht zu gewinnen und zurückzukehren, bevor der Tag zur Abenddämmerung wurde. Es gab Aufgaben zu Hause, die darauf warteten, erledigt zu werden.

Entscheidung getroffen, verlor Vallen keine Zeit. Er griff schnell seinen Umhang und wickelte ihn um seine Schultern. Dann fädelte er eines der Amulette über seinen Hals, stopfte die Karte in seine Tasche und befestigte den Wasserschlauch an seinem Gürtel. Er packte hastig etwas Wasser, gesalzenes Fleisch und trockenes Brot ein, gerade genug, um durch den Tag zu kommen.

In seinen Winterumhang gehüllt, trat er in die Kälte. Seine Stiefel knirschten im Schnee, als er sich dem bedrohlichen Blätterdach der Sterbenden Wildnis näherte, ihre skelettartigen Äste reichten in den Himmel wie bleiche Finger des Todes. Die Karte herausziehend, verfolgte er einen unerforschten Pfad mit seinem behandschuhten Finger, holte einen beruhigenden Atemzug und stürzte sich vorwärts in die ungezähmte Wildnis.

Ein unheimliches Gewicht drückte die Luft, verstärkt durch zunehmende Düsterkeit. Mit einem stillen Seufzer zog sich das süße, klare Morgenlicht widerwillig zurück und überließ seine Herrschaft den sich verschlingenden Ranken eines Nebels, der sich durch die Äste oben schlängelte. Es war, als zöge der Wald einen düsteren Umhang über seine Schultern, sperrte die Außenwelt aus und schloss seine Geheimnisse in seine triste Reichweite ein.

Die Sonne war verloren inmitten eines rauchigen Dunstes, der sich durch die blattlosen Bäume wand und die Verwüstung mit einem bläulichen Ton färbte. Der Nebel fühlte sich schwer und grausam an, ein unwillkommenes Band um Vallens Brust.

Schnee fiel lautlos inmitten der Hohlheit und verhüllte den

Waldboden in einer dicken Schicht, die an Vallens Stiefeln klebte, als er ging. Jede Schneeflocke schwebte wie ein Geist, wirbelte hinunter, um die vergessenen Blätter darunter zu bedecken.

Vollständige Stille durchdrang die Wildnis. Alle vertrauten Geräusche des Lebens wurden innerhalb der Grenzen der Sterbenden Wildnis verschluckt. Keine Kreatur rührte sich; keine Vögel riefen; nicht einmal das Rascheln des Windes durch die Äste brach die Stille. Eine tiefe Ruhe hing in der Luft. Die Stille war so schwer, so buchstäblich, dass die einzigen Dinge, die Vallen hören konnte, das langsame Knirschen seiner Stiefel im Schnee, sein Atem, der in und aus seiner Brust sägte, und sein Puls waren, der in seinen Ohren pochte.

Nach einer endlosen Zeit in vollständiger Stille zerriss ein klickendes, trillerndes Geschrei die dichte Stille der Sterbenden Wildnis. Das Geräusch war so nah, dass es ihn zusammenzucken und sich ducken ließ. Vallens Herz hämmerte gegen seine Rippen, seine Lungen verkrampften sich, als er schockierte Keucher einsog. Er zuckte, eine unwillkürliche Bewegung, die ihn fast umgeworfen hätte.

Um ihn herum kehrte die unheimliche Stille der Sterbenden Wildnis langsam zurück, aber das Echo des Rufs der Hyva hallte in seinem Schädel wider. Der gutturale, kiesige Chor von Klicks kroch unter seine Haut und ließ Vallens Muskeln sich zusammenballen und anspannen in Bereitschaft zu fliehen. Jeder Nerv schrie ihm zu entkommen, aber er stand an Ort und Stelle verwurzelt, seine Hand griff instinktiv nach dem rosa Steinamulett um seinen Hals. Seine kühle Oberfläche bot einen winzigen Hauch von Trost inmitten der Beklemmung, die ihn ergriff.

Das Geräusch schweren Gleitens schwoll durch die Stille und riss seine Aufmerksamkeit zum sich nähernden Raubtier. Sein Atem stockte, als eine Hyva ins Blickfeld schlich, ihr prächtiger schlangenartiger Körper glitzerte unter dem sanften, gedämpften Licht. Das Wetter schien die Bestie nicht zu beeinträchtigen; nicht einmal der gefrorene Schnee dämpfte ihre bedrohliche

Aura. Ihre goldenen Augen waren auf Vallen gerichtet und verschluckten ihn in ihrem räuberischen Blick.

Eine unerträgliche Stille, die sich in eine Ewigkeit dehnte, umhüllte sie. Ein Herzschlag, zwei – ein stilles Duell wurde zwischen Mann und Bestie geführt. Vallen drückte das Amulett näher an seine Brust, seine Knöchel weiß. Seine instinktiven Ängste, ein residualer ursprünglicher Abdruck, kämpften gegen sein Wissen, dass er vor dem Monster sicher war. Wie hatte er vergessen können, wie einschüchternd die Präsenz der Bestie wirklich war?

Als sie sich anstarrten, erstarrt, blinzelte die Hyva ihre goldenen Augen zu Vallen. Plötzlich blähte die Hyva ihren Kehlbeutel auf und stieß ein knochenerschütterndes Brüllen aus, das durch die trostlose Wildnis hallte. Der urtümliche Klang war ein Schlag in die Magengrube für Vallens Sinne, Instinkt schrie ihm, sich umzudrehen und zu rennen. Aber er hielt stand, schluckte Wellen der Furcht, während die Bestie brüllte und ihre Reihen rasiermesserscharfer Zähne zeigte.

Dann, genauso abrupt wie sie erschienen war, schnaubte die Hyva und drehte sich auf ihren schuppigen Fersen. Mit einer Luft der Gleichgültigkeit glitt sie weg, bis ihre massive Form mit den Schatten verschmolz und Vallen einmal mehr allein in der weiten, kühlen Stille der Sterbenden Wildnis zurückließ.

Sobald er sicher war, dass die Hyva wirklich gegangen war und nicht in den Schatten auf der Lauer lag, begann Vallen sich zu bewegen. Trotz des nagenden Drangs, der an ihm zog, seine Wanderung aufzugeben und nach Hause zurückzukehren, gab es eine unerklärliche Kraft, die ihn weitertrieb in die wilde Wildnis der Sterbenden Wildnis.

Mit einer Mischung aus Dringlichkeit und Vorsicht ging er mehrere Stunden. Die Szenerie der Sterbenden Wildnis blieb störend still. Gesprenkelte Dornbäume streckten sich, so weit das Auge sehen konnte, und warfen lange, skelettartige Schatten. Der

Himmel hing tief, verschluckt von einer Decke schwerer, aschgrauer Wolken.

Vallen markierte seinen Pfad, obwohl die Wildnis seinen Pfad ständig zu verwischen schien. Er ritzte drei parallele Linien in die Rinde der Bäume, um seine Spur zu kennzeichnen. Er hielt auch seine Route auf der Karte fest.

Periodisch hielt er inne, sog die spröde, beißende Luft ein und spannte seine Sinne an, um nach Geräuschen zu lauschen, die jenseits des gedämpften Klangs seiner eigenen Schritte lauerten. Gelegentlich dachte er, das verstohlen Rascheln einer lauernden Hyva zu hören, aber wenn er anhielt zu lauschen, wurde er nur mit Stille begrüßt. Vallen erkannte bald, dass es nur seine eigene lebhafte Vorstellungskraft war, die gespenstische Bilder des Monsters in jedem Blätterraschen und Schattenzucken beschwor.

Periodisch wanderte seine Hand zum Amulett. Sein simples Design, kühl gegen die Wärme seiner Haut, war beruhigend.

Vallen behielt die Sonne im Auge, verfolgte ihre Bahn über den harten, azurblauen Himmel und stellte sicher, dass er reichlich Zeit haben würde, nach Hause zurückzukehren und seine notwendigen Projekte zu beenden, bevor Nyssa ihren Arbeitstag beendete.

Seine Reise blieb ungestört, bis er eine kleine Höhle fand, die in eine hervorstehende Klippenwand eingelassen war. Es war ein dürftiger Schutz vor den Elementen, aber selbst dieses Refugium war mehr, als Vallen in der Sterbenden Wildnis zu hoffen gewagt hatte. Nach einer Überprüfung seiner Umgebung schlüpfte er hinein, sein müder, belasteter Körper dankbar für Schutz. Er hielt inne und lauschte dem ruhigen Rhythmus seines eigenen Atmens. Allmählich begannen sich Vallens Augen an die Düsterheit zu gewöhnen und erkannten ein wellendes Schimmern im hinteren Teil der Höhle. Im Halbdunkel pulsierten die Wände unheimlich und lockten Vallen weiter in die Höhle.

Die Luft hatte eine Feuchtigkeit, die an seiner Haut und Kleidung klebte, doch anstatt ihn kälter zu machen, wärmte sie ihn irgendwie, wie von innen. Es fühlte sich fast nährend an, ein starker Kontrast zur ausgetrockneten Luft seiner früheren Reise. Fasziniert doch vorsichtig bewegte sich Vallen nach innen, angezogen vom schimmernden silbernen Glanz.

Vallens Sinne kribbelten in der stillen Ruhe, fühlten sich erwartungsvoll und irgendwie leichter an. Das pulsierende silberne Schimmern verstärkte sich, als er näher trat. Obwohl er es noch nicht ganz sehen konnte, wusste er, was er entdecken würde.

Er navigierte behutsam zum sich verjüngenden Ende der Höhle, ein kleines Lächeln bildete sich auf seinen Lippen. Da war es, genestelt in einer natürlichen Höhlung des Gesteins – ein kleiner, glitzernder Teich Flüssigkeit, strahlte eine Irisienz aus. Es war Urquellmagie, über eine Woche Reise von ihrer Quelle in Erishum entfernt, und doch lag sie hier an diesem unwahrscheinlichen Ort.

Vallen kniete nieder, seine müden Knie nahmen dankbar den kalten Stein an. Er streckte eine zitternde Hand zum Teich aus, Finger glitten durch das Wasser. Es war wie flüssiges Mondlicht, ein glühender Glanz, der an seinen schwieligen Fingerspitzen klebte. Er konnte die Woge der Magie spüren, prickelnd und stark, wie ein flatterndes Versprechen von etwas mehr.

Wenn das Wasser das korrupte Land der Sterbenden Wildnis heilen konnte, was konnte es sonst noch kurieren? Nach einer nachdenklichen Pause tauchte er einen aufgeschürften Knöchel in den verzauberten Teich. Sein Puls dröhnte vor Erwartung; sein Blick war intensiv auf den kleinen Kratzer gerichtet.

Nichts änderte sich. Der Schnitt, obwohl klein, blieb so rot und roh wie zuvor. Sein Herz sank, die geflüsterten Geschichten schienen nun hohl, bar der Wahrheit. Es hieß, dass die Magie nur von der königlichen Familie mit ihren ungewöhnlichen grünen Augen gewirkt werden konnte. Oder vielleicht erforderte die

Magie Training zu verwenden, und Vallen hatte einfach nicht die Fähigkeit oder das Wissen.

Einen Seufzer ausstoßend, schüttelte er das überschüssige Quellenwasser von seiner Hand. Erkennend, dass er nach Hause gehen musste, wenn er seine Projekte beenden wollte, bevor Nyssa von der Arbeit zurückkehrte, stand Vallen auf und klopfte seine Hosen ab.

Er starrte einen Moment auf den schimmernden Teich, bevor er die Spitze seines Amuletts abschraubte und es in die Flüssigkeit tauchte. Als nächstes entkorkte er seinen Wasserschlauch, der die magische Wasser enthielt, und füllte diesen ebenfalls wieder auf.

Vallen zog die Karte heraus und stellte sicher, genau zu markieren, wo die Höhle innerhalb der Sterbenden Wildnis war. Sobald er das beendet hatte, drehte er sich um und begann hinauszugehen, musste nach Hause kommen.

Aus der Höhle schreitend, hielt er direkt im Eingang an und stahl einen letzten Blick auf den Teich, bevor er aufbrach. Seine Schritte hallten hohl gegen den steinigen Boden, als er schnell die Höhle hinter sich ließ und nach Hause ging.

KAPITEL 31

*E*s war noch eine weitere dreitägige Krabbenreise auf der Silvan Gale gewesen. Die Sonne war Stunden früher untergegangen, und der Mond stieg hoch über dem Wasser auf und warf es in einen silbernen Schein. Vallen stand am Bug und beobachtete, wie das Mondlicht die Wellen silbern vergoldete, versuchte, nicht von der Erschöpfung überwältigt zu werden. Als die Bitterkeit des Winters ihre eisigen Zähne tiefer in das Mark der Welt versenkt hatte, schien die Zeit, die es brauchte, um den Laderaum des Schiffes mit Krabben zu füllen, länger und länger zu werden. Der einst reichhaltige Meeresboden war von Krabben entblößt worden, die sie behalten konnten. Kapitän Falcrow hatte erklärt, dass die Weibchen mit der ersten Schneeschmelze beginnen würden, Eier zu legen und das Meer mit seinen hart-schaligen Bewohnern wieder zu bevölkern. Das bedeutete jedoch, dass Reisen viel länger dauerten.

Ein Spritzer eisigen Wassers schwappte über Vallen und ließ ihn mit zusammengebissenen Zähnen gegen das Schaudern ankämpfen, das seinen Körper erschüttern wollte. Die Meeresbrise trug den scharfen Geschmack von Meersalz mit sich und verkrustete Vallens bereits schmutzige Kleidung mit einer Schicht weißen, salzigen Rückstands. Der Laderaum unter seinen Füßen war lebendig vom Huschen der Krallen und dem sanften Plätschern des Wassers. Er stand am Bug des Schiffes und schmeckte den salzigen Geschmack der Meeresgischt auf seinen Lippen. Das Schiff war voller Krabben gepackt, ihre glänzenden Exoskelette ein Zeugnis der drei harten Tage, die mit der Jagd auf offener See verbracht wurden. Drei zermürbende Tage ohne einen Blick auf Land, drei Tage belagert von konstantem, knochendurchdringendem Wind und wütenden Wellen. Als die verschwommene Silhouette festen Terrains ins Blickfeld blinkte, blühte Vallens Herz mit einer Welle stechender Erleichterung auf. Er konnte es kaum erwarten, seine Füße wieder auf festen Boden zu bekommen und Nyssa in seinen Armen zu haben. Er schloss seine Augen und genoss die Erwartung, die durch seine Adern floss.

Alles schmerzte, und Müdigkeit setzte sich tief in sein Mark. Er blickte auf seine schwieligen Hände, seine Knöchel rissig und gerötet.

Von hinter ihm näherten sich die stetigen Geräusche schwerer Schritte. Vallen musste sich nicht umdrehen, um zu wissen, wer es war. Schweigend machte er Platz für Kapitän Falcrow, als er sich ihm an der Reling anschloss.

Mit einem herzlichen Klaps, der ihn erschütterte, grinste Kapitän Falcrow Vallen an. »Nun, Junge, wie immer bin ich glücklich, dass die Krabbensaison fast zu Ende ist. Ich wette, du wirst froh sein, zu den Netzen zurückzukehren und die Fallen hinter dir zu lassen.« Sein Bart, bereift mit salzigem Tau, raschelte im Wind, als er sprach.

Vallen blinzelte zurück zum Land, das am Horizont größer wurde. Mit einem fragenden Blick zum Kapitän erkundigte er sich: »Fast vorbei?«

Falcrow lachte, ein dröhnendes Gelächter, das in die Nacht

hinaus schwoll. »Hast du nicht bemerkt, Junge, dass es nicht so kalt wie üblich war?« Seine große, knorrige Hand, die Hände eines erfahrenen Seefahrers, gestikulierte zum wirbelnden eisigen Wasser, das gegen den Bug brach.

Ein schelmisches Lächeln verzog Vallens Lippen, als er eine Augenbraue zum Kapitän hob, sein Blick unerschütterlich. »Nach einer Weile, Kapitän, ist Kälte einfach Kälte.«

Ein herzliches Dröhnen des Gelächters brach aus Falcrow bei Vallens Worten hervor. Er lehnte sich über die Reling lachend, dann klopfte er Vallen auf die Schulter, sein Griff überraschend leicht für einen so gewaltigen Mann.

»Da liegst du nicht falsch, Junge. Kälte ist einfach Kälte, wenn man so viele Jahreszeiten gesehen hat wie wir«, lachte er, seine Augen leuchteten vor einer Fröhlichkeit, die Vallen ansteckend fand.

Als der Winter sich erbarmungslos über Puzur gelegt hatte, verwandelte er die einst grüne Landschaft in eine ätherische Aussicht von Weiß. Die Temperaturen waren drastisch gefallen, und jeder Atemzug draußen fühlte sich an wie ein scharfer Eiszapfen, der die Lungen kratzte und stach. Ein wilder Nordwind heulte entlang der Küstenlinie und schnitt durch die Straßen des Königreichs. Trotz der unerbittlichen Kälte blieb die Silvan Gale pflichtbewusst in ihrer Aufgabe. Wie ein Uhrwerk stach sie in die ewig wirbelnden Gewässer auf der Suche nach Krabben hinaus. Mindestens zweimal die Woche segelten sie ins Meer hinaus mit ihren Fallen, leer von ihrer Beute, hoch auf dem Deck gestapelt, geduldig auf ihre Einsetzung in die tintige Tiefe wartend.

Das Leben an Bord des Schiffes war langweilig, hart und betäubend repetitiv. Mit seinen lebhaften Kameraden und einem ebenso lärmenden aber groben Kapitän startete das Schiff immer wieder hinaus in offene Meere. Der Lauf der Zeit war nur durch arbeitsreiche Stunden und kurzen, unruhigen Schlaf unter einem

sternenklaren Himmel markiert. Bald war Vallen so wetterge-
gerbt wie seine Kameraden und seine Hände genauso schwielig.
Die eisigen Ozeanwellen würden gegen den Rumpf ihres Schiffes
schlagen, aber die Silvan Gale hielt standhaft unter der Wut. Mit
jeder Reise, als der Laderaum allmählich bis zum Rand mit
Krabben gefüllt wurde, fand sich Vallen nach dem Anblick von
Land sehnend, nach einer Pause von der unerbittlichen Plackerei
des seefahrenden Lebens.

Unsicherheit würde sich häufig in Vallens Geist während
dieser zermürbenden Tests der Ausdauer einschleichen, seine
Entschlossenheit schwankte, als er die Entscheidung hinter-
fragte, eine Karriere auf dem Ozean zu verfolgen. Doch wenn
sein Lohn in seine Hände gelegt wurde, schien alles den Aufwand
wert. Als er Gegenstände für Nyssa kaufte oder zusah, wie ihre
spärlichen Ersparnisse langsam aber stetig anwuchsen, schienen
die Prüfungen den Aufwand wert. Die Dankbarkeit in Nyssas
Augen, als sie seine dürftigen Geschenke annahm, oder sogar die
einfache Befriedigung zu wissen, dass sie eine Münze weiter von
der Armut entfernt waren, diente als Balsam gegen seine Müdigkeit und als Treibstoff für seine Entschlossenheit.

Als Monate vergingen, schien Wohlstand sie zu begünstigen.
Ihr versteckter Vorrat an Geld wuchs, ihre dürftigen Mahlzeiten
wurden herzhaft, und ihre abgetragene Kleidung wurde durch
neue ersetzt. Das Leben hatte seinen quälenden, nagenden
Hunger verloren, mit dem sie zu vertraut geworden waren. Doch
ein Unbehagen hatte begonnen, in Vallen zu wachsen, eine
Unzufriedenheit, die jede Nacht an seinen Eingeweiden nagte, als
er wach lag und auf das Dach ihres gut eingerichteten Zimmers
starrte.

Sein Leben hätte in Zufriedenheit gebadet sein sollen,
erwärmt von der Verheißung des Wohlstands. Er hätte in der
Freude schwelgen sollen, die Nyssas Gelächter brachte, berauscht
von der Liebe, die in ihren Augen schien. Jedoch war sein Geist

in einem spiralförmigen Netz der Unzufriedenheit verheddert, das er vor Nyssa versteckt hielt. Er stimmte in ihr Gelächter ein und küsste sie mit all der Zärtlichkeit, die sein Herz hielt, konnte aber eine schleichende Trauer nicht verjagen, die im Hintergrund seines Bewusstseins verweilte. Er war nicht undankbar für den Komfort, den sie nun hatten, aber etwas fraß an ihm – ein tief verwurzelter Instinkt, der seine Gedanken unerbittlich zurück zu Erishum zog.

Er sorgte sich um die Menschen, die sie zurückgelassen hatten. Er stellte sich ihre Kämpfe vor; ihren Hunger, während er satt war, und ihre fröstelnden Schauer, während er in der Wärme seines gut geschützten Heims schwelgte. Trotz der stillen Flüster dieser unregelmäßigen Unzufriedenheit, die in ihm braute, fuhr Vallen fort, eine Fassade des Glücks zu malen, unwillig, Nyssas neu gefundene Zufriedenheit mit dem Sturm zu trüben, der in seinem Herzen aufzog.

Mit jeder Rückkehr von einer erfolgreichen Krabbenfangexpedition würde Kapitän Falcrow Vallen und die Besatzung mit einem freien Tag belohnen, oft zwei. Er hatte Vallen einmal erklärt, dass, wenn er seine Angestellten überarbeitete, sie mehr Verluste sehen würden, und er würde nicht in der Lage sein, loyales und zuverlässiges Personal zu behalten. Für die Besatzung der Silvan Gale wurden diese freien Tage zu wertvollen Schätzen – Momente der Erholung, die aus den Klauen rauer Meere und noch härterer Leben gerissen wurden. An ihren freien Tagen konnten viele der Besatzung beim Feiern in einer der vielen Tavernen gefunden werden, die sich entlang der Werft ausbreiteten und die Müden mit herzhaftem Ale und lärmender Kameradschaft willkommen hießen.

Anders als die meisten der Besatzung fühlte sich Vallen nicht zu den Kneipen hingezogen.

Nyssa hatte versucht, freie Tage von der Bäckerei zu nehmen, wenn er zu Hause war. Jedoch wurde schnell offensichtlich, dass ihre Zeitpläne sich selten ausrichten würden, da seine freien Tage zufällig waren. Vallen begann, seine Dienste einem örtlichen Hüttenbauer anzubieten. Es war eine Aufgabe, die mehr Muskelkraft als Verstand erforderte, und Vallen – mit den Muskeln, die er sich in seinen Tagen als Neuntöter angeeignet und später als Fischer weiter ausgebaut hatte – war mehr als dafür ausgerüstet. Der Besitzer, ein einschüchternd aussehender aber umgänglicher Mann namens Old Crick, war einmal in seiner Jugend Soldat gewesen, also fühlte er eine Art Kameradschaft mit Vallen. Er störte sich auch nicht an Vallens unvorhersagbarem Zeitplan und nahm ihn bereitwillig als Tagelöhner an.

Die Arbeit war anspruchsvoll aber befriedigend. Vallen half Old Crick bei verschiedenen Aufgaben, vom Fällen stabiler Bäume in nahegelegenen Wäldern bis zum Schleifen und Formen des Holzes zu funktionellen Möbelstücken. Die robuste körperliche Arbeit hielt seine beunruhigten Gedanken in Schach und füllte seinen Geist stattdessen mit der angenehmen Ruhe, etwas Greifbares aus der Fülle der Natur zu schaffen. Inmitten der Holzspäne und des Sägemehls von Old Cricks Werkstatt fand Vallen ein stilles Refugium vor der nagenden Sorge, die ihn an Nyssas Arbeitstagen heimsuchte. Er fand, dass das Verbringen von Zeit allein in ihrer Hütte nur zu Grübeln und beißender Schuld führte. Wenn er beschäftigt blieb, war er weniger mürrisch, zentrierter. Bei der seltenen Gelegenheit, dass ihre freien Zeiten sich ausrichteten, erkundeten Vallen und Nyssa ihr neues Königreich zusammen oder hatten oft schöne, friedliche Tage zu Hause. Und an diesen unerwarteten Tagen geteilter Muße schwelgten sie in der Gesellschaft des anderen, ihre Bindung verstärkte sich inmitten der stillen Momente geteilten Gelächters, der stillen Austausche wissender Blicke und der einfachen Freude, in der Gegenwart des anderen zu sein. Die Fäden ihrer Verbindung webten sich in diesen Momenten enger zusammen und bildeten einen Wandteppich des Vertrauens und tiefer Intimität, von der Vallen nur geträumt hatte.

Es gab zahlreiche Male, dass Vallen am Rande gewesen war,

Nyssa seine Schuld und Sorge anzuvertrauen, Momente, in denen er fast seine geheime Unzufriedenheit preisgegeben hätte. Seine Zunge würde an der Schwelle der Offenbarung stehen, wenn das glückliche, ernste Lächeln auf ihrem Gesicht ihn seine Zunge halten lassen würde.

KAPITEL 32

»*D*er zweite Mond wird in den nächsten Wochen aufgehen«, sagte Kapitän Falcrow zu Vallen, als sie zurück zu den Docks segelten. »Das ganze Königreich Puzur feiert. Wir veranstalten ein wunderschönes Fest. Viel Essen, Gesang und Tanz. Hattet ihr etwas Ähnliches in Hassuna?«

Vallen zuckte zusammen, bis ins Mark erschrocken. Er starrte unsehend auf die silbernen Wellen, die gegen den Schiffsrumpf schlugen. Der zweite Mond. Er hatte es geschafft, nicht daran zu denken, aber nun war er mit der Wahrheit konfrontiert. Bald würde er seinen Weg in den Himmel winden und das Erriba-Fest in Erishum einläuten. Die Feier, benannt nach König Jerwans Frau, sollte die Bevölkerung Erishums von der grimmigen Tatsache ablenken, dass eine weitere Gruppe Unschuldiger, verkleidet als schuldige Verräter, der gnadenlosen Sterbenden Wildnis von König Jorek und seinen Priestern übergeben werden würde. In nur wenigen Wochen würden fünf Menschen in Hyvas verwandelt werden, dazu verdammt, den Rest ihres Lebens als wuterfüllte, gedankenlose Monster zu verbringen, die durch einen toten Wald wandeln. Für einen Moment dachte Vallen, er würde sich über die Reling des Schiffes übergeben.

Kapitän Falcrows Blick wanderte nach oben, wo der einsame Mond die Wellen silbern vergoldete, ohne Vallens plötzlichen Stimmungsumschwung zu bemerken. »Warte nur ab. Der Frühling kommt hier schnell. Hat etwas zu tun, würde ich wagen, mit der Meeresbrise, die die Winterwolken wegbläst.«

Falcrows herzliches Lachen hallte noch einmal in der stillen Nacht hinaus, verschlungen von den launischen Wellen. Vallen versuchte mitzulachen, aber seine Stimmung war düster geworden.

In dieser Nacht, während er den schmalen Pfad entlangtrottete, der ihn nach Hause führte, war Vallens müde Gestalt eine einsame Silhouette, seine Schultern unter der Kälte und anhaltenden Erschöpfung zusammengesunken. Vallen spürte die bedrückende Last des bevorstehenden Opfers in Erishum tief in seinen Knochen, eine Furcht so tiefgreifend, dass sie seiner Müdigkeit fast gleichkam.

Vallen blickte nach oben und richtete seinen Blick auf die strahlende Oberfläche des ewig wachsamen Mondes, dessen Schwester sich bald auf die Reise über den nächtlichen Himmel machen würde. Seine Gedanken wirbelten, während er innerlich mit den Worten des Kapitäns rang. Wie sollte er mit seinem Leben weitermachen, gutes Essen und Liebe genießen, wenn er jeden Moment während des Aufgangs des neuen Mondes bewusst wäre, was in Erishum geschah?

Als er sich ihrem Zuhause näherte, flackerte Erleichterung in ihm auf beim Anblick eines einzelnen Kerzenlichts, das im einzigen Fenster der Hütte schimmerte. Nyssa. Er hatte angenommen, dass sie zu dieser Stunde schlafen würde. Das bloße Bild von ihr, das in seinem Geist heraufbeschworen wurde, war ein Balsam für seine gequälte Seele. Sie war der Leuchtturm, der ihn vor seinen dunkelsten Gedanken und Erinnerungen beschützte.

Seine Füße beschleunigten sich mit neuer Dringlichkeit, fast rennend durch den schneebedeckten Pfad in seiner Eile, zu ihr zurückzukehren. Er sehnte sich nach nichts mehr als dem Trost ihrer Arme und dem beruhigenden Klang ihrer Stimme. Die Tür knarrte unter seinem kraftvollen Stoß auf, das flackernde Licht der Kerzenflamme warf tanzende Schatten ins Innere ihres Zuhauses. »Nyssa«, rief er aus, sein Ton eine Mischung aus Erschöpfung und Erleichterung. Seine Augen richteten sich auf sie.

Nyssa blickte vom Esstisch auf und begegnete Vallens Blick mit einem unergründlichen Ausdruck.

Sie streckte ihre Hand aus in einer Geste, dass er sich setzen solle. Die Tatsache, dass sie noch nichts gesagt hatte, löste Alarmglocken in seinem Kopf aus. Vallen blickte auf den Tisch – die Karte der Sterbenden Wildnis lag über seine Oberfläche ausgebreitet.

»Nyssa, was...« begann er, seine Stimme war nichts als ein leises Murmeln, das kaum die unüberbrückbare Stille zwischen ihnen überdeckte.

Schwer schluckend wandte Nyssa ihre Augen von Vallens verwirrtem Blick ab. »Ich bin heimlich in die Sterbende Wildnis gegangen«, gestand sie. Ihre Worte hingen schwer in der angespannten Luft. »Und ich habe die Orte kartiert, wo die Urquellmagie auftaucht.«

Vallen trat näher und starrte auf die Karte hinab, bemerkte, dass sie viel mehr markiert war als beim letzten Mal, als er sie gesehen hatte.

Vallen schwieg einen Moment, bevor er verwirrt den Kopf schüttelte und sich neben Nyssa setzte. »Warum würdest du in die Wälder gehen? Es ist gefährlich.«

Nyssas Blick begegnete schließlich wieder seinem, ihre dunklen Augen erfüllt von einer tiefgreifenden Unsicherheit, die sie selten zeigte. »Unsere Freunde zu Hause... Sie sind in Erishum gefangen, und sie wissen nicht, was jenseits der Sterbenden Wildnis liegt. Ich meine... was wäre, wenn wir sie durch die Wälder bringen und hierher holen könnten? Ich kann nicht mehr so leben – nicht zu wissen, was wir über die Hyvas und die Urquellmagie wissen.

»Ich fühlte mich zur Sterbenden Wildnis hingezogen. Ich denke, es könnte Schuld gewesen sein, die mich antrieb – sie hat an mir genagt, der Gedanke an alle, die wir zurückgelassen haben und die noch in Erishum leiden.« Sie zuckte zusammen, schloss die Augen, bevor sie sie wieder öffnete und ihn mit ihrem Blick durchbohrte. »Aber ich wollte dich nicht damit belasten, besonders wenn du so glücklich warst.«

»Mich belasten?«, keuchte Vallen, schockiert, dass er Nyssas Unglück übersehen hatte. Vielleicht hatte er nur gesehen, was er sehen wollte. Er atmete tief ein, sammelte seine Gedanken. Er blickte Nyssa an, ihre dunklen Augen schimmerten von ungeweinten Tränen. »Nyssa, ich... ich bin nicht so zufrieden, wie du zu denken scheinst.«

Nyssa blinzelte, überrascht. »Vallen, ich habe dich in den letzten Monaten mehr lächeln sehen als in all den Jahren zuvor. Ist das nicht—«

»Lächeln ist nicht alles, Nyssa«, unterbrach Vallen. »Ich mache mir auch Sorgen um unsere Freunde... um all die Menschen, die wir zurückgelassen haben. Ich mache mir Sorgen um dich, um... um alles.«

»Und die Schuld, Nyssa«, fuhr er fort, ballte seine Fäuste an seiner Seite, bis seine Knöchel weiß wurden. »Sie ist immer da, nagt an mir. Ich spüre sie jeden Moment, in dem ich nicht beschäftigt bin. Die einzige Zeit, in der sie nicht an mir frisst, ist wenn ich arbeite. Wenn ich allein zu Hause bin, finde ich mich dabei, wie ich immer wieder in dieser Hütte auf und ab gehe, gefangen in dem Gedanken an das, was in Erishum geschieht.«

»Ich hätte dir sagen sollen, wie ich mich fühlte. Keiner von uns sollte das Gefühl haben, diese Last allein tragen zu müssen, Val«, antwortete Nyssa, ihre Stimme inbrünstig. »Wir müssen Partner in allem sein – uns wohl dabei fühlen, uns aufeinander zu stützen. Wir waren zusammen Straßenwaisen, wir haben den tyrannischen König Jorek zusammen überlebt, wir haben es durch die Sterbende Wildnis geschafft, weil wir einander hatten. Wir können allem begegnen, was als nächstes kommt... aber wir müssen es zusammen tun.«

Vallen streckte die Hand aus und bedeckte ihre geballte Faust mit seiner breiten Handfläche. »Nyssa, ich... ich dachte, ich würde dich beschützen, dich sicher halten. Aber ich hätte es besser wissen müssen.«

»Wir hätten es von Anfang an zusammen angehen sollen, Vallen. Ich hätte dir anvertrauen sollen, was ich gefühlt habe. Ich habe mich hinter einer Maske versteckt und wollte dich auch beschützen«, sagte Nyssa in einem letzten Flüstern.

In der Stille des schwach beleuchteten Raumes zog Vallen Nyssa von ihrem Stuhl hoch. Er umarmte sie, schloss sie in seine Arme ein und sperrte den Rest der Welt aus. Vallens Herz setzte einen Schlag aus, als er den vertrauten Duft von ihr einatmete – eine Mischung aus Seife, Zucker und frisch gebackenen Gebäckstücken. Ihren Kopf an seine Brust schmiegend, flüsterte Vallen seine Dankbarkeit in ihr Haar. »Du hättest niemals das Gefühl haben sollen, allein in die Sterbende Wildnis gehen zu müssen. Es tut mir so leid, dass ich dir nicht gesagt habe, wie ich mich gefühlt habe. Ich werde das nicht wieder tun, das verspreche ich«, schwor er.

»Ich auch. Es tut mir so unendlich leid, Vallen.«

Die Zeit verlangsamte sich zwischen Vallen und Nyssa. Sie hielten einander fest, zogen Widerstandskraft und Trost aus der Wärme und Vertrautheit ihrer Umarmung. Das war ihr Zufluchtsort – einer stillen Verständigung. Seine Finger folgten der Linie ihrer Wirbelsäule, spürte, wie sich die Last seiner Sorgen und Täuschung von seinen Schultern hob.

Langsam löste er sich von Nyssa, hielt sie auf Armeslänge, um einen Blick in ihre Augen zu erhaschen. Die Worte stolperten unsicher von seinen Lippen, zerrissen die momentane Harmonie, die sie geschaffen hatten. »Kapitän Falcrow... er erinnerte mich daran, dass das Erriba-Fest in nur wenigen Wochen ist.«

»Das Erriba-Fest?«, wiederholte sie. Das Licht in ihren Augen flackerte, Unsicherheit wurde durch eine dämmernde Erkenntnis ersetzt. »Nein...« hauchte sie, machte einen wackligen Schritt rückwärts, ihre Hand ging entsetzt zu ihrem Mund. Ihr Blick begegnete seinem, weit und gequält. »Das bedeutet... die Opfer. Ich habe versucht, nicht daran zu denken. Ich wusste nicht, dass es so bald war.«

Vallen beobachtete sie, als sich ihre Augen vom Entsetzen in etwas anderes verwandelten. Sie löste sich nach einem angespannten Moment von seinem Griff und wandte ihren Blick zum Wasserschlauch, der auf dem nahen Tisch stand, ein ferner Blick in ihren Augen. Ihre Stirn runzelte sich tief in Gedanken.

»Wir müssen zurückgehen«, erklärte sie, ihre Stimme erfüllt von stählerner Entschlossenheit. »Wir können sie retten.« Die Traurigkeit in ihren Augen wurde schnell durch erneute Hoffnung ersetzt, ließ Vallens Herz einen freudigen Rhythmus gegen seinen Brustkorb schlagen.

»Zurückgehen?«, wiederholte Vallen langsam.

Nyssa nickte, ein fast manischer Glanz in ihren Augen. »Ja, wir nehmen die Urquellmagie und schleichen uns zurück nach Erishum. Wenn die Priester die Tribute auf dem Opferhügel zurücklassen, können wir sie befreien. Sie hierher oder nach Hassuna schicken. Ihnen zeigen, wie sie durch die Sterbende Wildnis kommen und sie neu anfangen lassen, wie wir es getan haben.« Nyssa ging zum Tisch hinüber und legte eine Hand auf einen Wasserschlauch. »Wir können sie retten.«

»Und wir werden auch unsere Freunde holen. Wir werden sie alle zurückbringen.«

FORTSETZUNG FOLGT...

DANKSAGUNGEN

Vielen Dank, dass Sie sich die Zeit genommen haben, mein Buch zu lesen. Ihr Interesse und Ihre Unterstützung sind es, was mich am Laufen hält! Ich hoffe aufrichtig, dass Sie die Reise genossen haben. Die Geschichte wird im dritten und letzten Teil, Die Sterbende Wildnis, fortgesetzt, der im ersten Quartal 2024 erscheinen wird.

Ich muss meiner Familie für all ihre Unterstützung danken. Außerdem danke ich meinen Beta-Lesern: David, Jessica, Jillian, Joanne, Karen, Leon, Paige, Pam, Rachel und Susan. Ich möchte meiner Buchcover-Künstlerin Rebecacovers und meiner Lektorin Arundhati Subhedar danken.

Schließlich möchte ich auch Lauretta Hignett für Ihre unschätzbare Führung und Betreuung danken.

Wenn Ihnen Der Rinnstein-Neuntöter gefallen hat, hinterlassen Sie bitte eine Rezension – das hilft Indie-Autoren wie mir wirklich.

Gwen DeMarco ist eine begeisterte Leserin, Wein- und Kaffeetrinkerin, Gärtnerin und liebt alles Nerdige. Gwen schreibt gerne paranormale Liebesromane mit Fokus auf das Seltsame und Wunderbare. Sie liebt es, eine schlagfertige Heldin und einen mürrischen männlichen Protagonisten zu schreiben. Sophie Feegle ist ihr erster Ausflug in die Welt der Gestaltwandler, Feen, Oger und Vampire.

Gwen ist glücklich mit ihrer Jugendliebe verheiratet und hat zwei Teenager-Kinder. Man kann sie oft mit der Nase in einem Buch und einem Glas Wein oder einer Tasse Kaffee in der Hand antreffen.

Melden Sie sich für ihren Newsletter an und erhalten Sie eine **kostenlose** Kopie einer Novelle aus Macs Sicht vom ersten Treffen mit Sophie aus »Sophie and The Odd Ones«.

Um mehr zu erfahren, besuchen Sie bitte meine Website und melden Sie sich für meinen Newsletter an, um Updates zu erhalten unter www.GwenDeMarco.com

BÜCHER VON GWEN DEMARCO

Sophie Feegle Serie

Sophie und die Sonderlinge

Vorzeichen und Sonderbarkeiten

Sonderbare Zeiten für Sophie Feegle

Gegen alle Widrigkeiten

Allerlei und Sonderlichkeiten

Auren & Glut Serie

Gideon Bean

Seelengezeichnet

Königreich Erishum Trilogie

Der Schlammlerche

Der Gosse-Neuntöter

Die Sterbende Wildnis